少加盐奶油

芥菜糊糊 著

廣東旅游出版社
GUANGDONG TRAVEL & TOURISM PRESS
悦读书·悦旅行·悦享人生
中国·广州

Cream
李乃幼
技术值:
艺术值:
可爱值:

1419
关沛
技术值：
艺术值：
自律值：

“奶油是甜品里最不好把控的，不甜的太过寡淡，太甜的又容易腻。”

“你这么挑的话——那我就都替你吃掉，你饿一辈子的肚子好了。”

“不可能的——因为这里有一个甜而不腻的，他够我吃一辈子的独食了。”

Cream

他感觉关沛就像是那朵由劣质奶油做成的花，

其实并不那样完美和好吃，

甚至有时候尝起来会有一些冰凉和过甜，

但是那种埋在心底的期盼，

是很久很久不会变的。

关沛 × 李乃幼

Flowers

李乃幼就像是一只很活泼的鸟，

每天都会衔来带着露水的鲜花和果子，

带着一束清晨的阳光轻巧地落在自己身旁，

把这个冰冷的方盒一点一点地装饰成了

一座很温暖漂亮的花房。

魅丽文化

图书在版编目（CIP）数据

劣质奶油 / 芥菜糊糊著．— 广州 ：广东旅游出版社，2023.2
ISBN 978-7-5570-2805-3

Ⅰ．①劣… Ⅱ．①芥… Ⅲ．①长篇小说－中国－当代
Ⅳ．① I247.5

中国版本图书馆 CIP 数据核字（2022）第 112627 号

劣质奶油
LIEZHI NAIYOU

出 版 人：刘志松
责任编辑：梅哲坤
责任校对：李瑞苑
责任技编：冼志良

广东旅游出版社出版发行
地址：广州市荔湾区沙面北街 71 号首、二层
邮编：510130
电话：020-87347732（总编室） 020-87348887（销售热线）
投稿邮箱：2026542779@qq.com
印刷：湖南天闻新华印务有限公司
（地址：长沙市望城区星城镇星城大道湖南出版科技园 电话：0731-88387578）
开本：880 毫米 ×1230 毫米 1/32
字数：312 千字
印张：10.5
版次：2023 年 2 月第 1 版
印次：2023 年 2 月第 1 次印刷
定价：49.80 元

目录

CONTENTS

CONTENTS

第1章
甜甜奶油粥

把那个叫作“甜甜奶油粥”的玩家拉进队伍的时候，关沛并没有感到有什么不对。

依旧是平平无奇的直播的一天，关沛单排上分两个小时，局局喜得败方 MVP（指最有价值游戏者），梦幻俯冲连掉五颗星。

最后关沛盯着泉水里挂机的三个队友，冰冻了一晚上的脸上难得露出了几分茫然之色。

弹幕笑得那叫一个天花乱坠，直呼节目效果有了有了。

关沛对他们的调侃已经习惯了。

他慢吞吞地把保温杯盖合上，又盯着猩红的战绩沉吟了一会儿，半晌抬起眼盯着镜头，问弹幕：“家人们，用膳吧？”

用膳就是指吃饭。

关沛一般游戏打腻歪了准备下播的时候，才会给粉丝们做会儿吃播，所以一般他问用膳，其实就是在问自己能不能下播休息了。

弹幕愣是直接给他刷了一片蓝色的哭泣海洋。

关沛看了一眼时间，确实还早，他叹了口气，又问：“要不拉个人双排？”

弹幕上刷了一串的“好好好妙妙妙”。

于是关沛点了召集，五秒之后，队伍里进来了一个叫“甜甜奶油粥”的玩家。

这个玩家头像是一只蓝眼睛的布偶猫，典型的“软妹”。关沛对着这个名字和头像端详了三秒，歪了一下头，微不可察地叹了口气。

弹幕却变得格外兴奋，不少人直呼“有妹子了我清醒了”“不要踢不要踢”“原来你还知道这游戏能双排”。

在游戏胜利和直播效果中权衡再三，关沛最终还是很现实地选择了后者，停顿了一下，直接开了游戏。

关沛玩的这游戏叫《食用指南》，其实本质就是个 MOBA（指多人在线战术竞技游戏）推塔推水晶的游戏。

但和别的游戏公司出的什么大概念大背景不同，这游戏的核心设计元素可以说是极其接地气的——是吃的。

别人的游戏英雄叫什么“地狱之子”“救赎之女”，这游戏的英雄叫“豆腐脑”“大饼”“鸡蛋”，就连出的装备都是叉子、勺子、花椒、大料。

这导致局内对话一度非常具有喜剧效果，经常能听见“炸酱面你来上路抓下这个龟苓膏不行吗”“焦糖布丁这傻瓜英雄不是有手就行”之类有些令人恍惚的发言。

关沛这人话少性子冷，但是技术好、颜值高，做直播这行也有三四年了。

他粉丝积累得不少，算得上是黑桃平台排名靠前的主播。技术圈粉是一个因素，主要他那张冷淡的脸也是真的够俊，因此男粉女粉数量倒也算是均衡。

早期关沛也是各种游戏换着玩，这款游戏算是他玩得最久的了，刚好两年前这游戏突然火了，关沛也算是跟着沾了光。

关沛确实更喜欢单排，但是也明白观众更喜欢看有互动效果的直播，这两年他也偶尔也会拉拉路人或者熟人，算是满足观众的愿望。

进入 BAN&PICK（指游戏内本局禁用英雄和选择英雄）环节，关沛直接预选了自己常用的“辣子鸡”打野。

他正低头喝茶润嗓子，再抬起头，才发现那个甜甜奶油粥发了一句：“你好。”

关沛挑眉，似乎没有明白这是闹的哪一出，出于礼貌，他也回了一句。

gp1419：“你好。”

弹幕快笑死了。

“我服了，这干吗呢，真就礼仪之邦？”

“妹子软乎乎的好可爱，多和人家聊聊天啊沛哥！”

这妹子的位置是五楼，正好差了个辅助位，甜甜奶油粥沉吟三秒，问：“gp1419，请问你需要什么辅助？”

关沛喉咙里的一口热茶不上不下地卡住了。

这人说话的方式怎么……有点微妙？关沛蹙眉，说不上是哪里不对，就是觉得这人客气得有些离谱了，感觉自己像在和手机里的Siri讲话一样。

关沛瞥了一眼这妹子的常用英雄，发现她设置了他人不可见，一时间也没辙，为了求稳，就言简意赅道：“焦糖布丁吧。”

焦糖布丁，这游戏里最简单的辅助英雄，就是个基础奶妈，哪里亮了点哪里。

甜甜奶油粥：“好的。”

关沛看着甜甜奶油粥把焦糖布丁锁了，游戏进入倒计时。

于是关沛趁着这个空当，仰脖把保温杯里的热茶喝了个底朝天，等抬起眼的时候，却发现弹幕数量激增，“哈哈哈哈哈哈”密密麻麻地布满了屏幕。

他先是一愣，随即便看向了对话框。

甜甜奶油粥：“辣子鸡这个英雄，比较突进，我是个团战型辅助。”

甜甜奶油粥：“这样，打不出最好的配合的，希望你，以后可以注意一下。”

关沛一脸问号。

然后关沛眼睁睁地看着甜甜奶油粥把治疗术换成了眩晕。

游戏正式开始，关沛感觉自己也有点眩晕。

甜甜奶油粥：“不过没关系的，既然，你想让我玩，那我就PICK

一把好了。”

甜甜奶油粥：“你不用，和我客气的。”

你不用和我客气的。

关沛硬是被这句厚颜无耻的话说愣了，举着手机难得有点茫然，整整三秒站在泉水里没有动弹。

弹幕快要笑疯了。

“哈哈哈哈哈哈，希望你以后可以注意一下，哈哈哈哈哈哈！”

“带眩晕的焦糖布丁，好家伙我直呼内行，看这ID看这头像，这位怕不是个顶级大混子来指点江山的吧？”

“哈哈哈哈会不会是粉丝啊，认出来了故意阴阳怪气搞节目效果的噢？”

做直播这么多年了，游戏里什么样的人关沛都见过，他最后没说话，只是操纵轮盘，一个位移跳出了泉水。

可是打着打着，他就发现哪里好像有些不对劲儿。

打野的明明是掌控全盘节奏的人物，可是这局打着打着，节奏慢慢地就落在了自己身旁这个蓬蓬裙手里。

关沛的打法偏稳，喜欢在自身经济碾压的情况下再开始打架。

这游戏里打野打的也不是怪物，而是南瓜白菜胡萝卜，也确实是把美食元素贯彻到底了，关沛平日的打野路径是把蓝区最后一对西红柿收了到四级，再直接上路蹲草抓人。

但这个甜甜奶油粥是真的有够邪门。

焦糖布丁这个英雄的人设是个穿着蓬蓬裙的黄发小萝莉，按道理团战时应该是“苟”在团队最后默默奶人的位置。

但这位不太一样，关沛三级的时候她就打了个集合的信号，也不管队友跟不跟，基本上是见到个活口就挥舞着勺子冲进敌方人群，直接一手眩晕准确控到敌方C位（指游戏中的领队角色）。

关沛没办法也只能跟着上，辣子鸡抓着长枪，帅气地刺入战场，及时跟上进行收割。两个人的配合默契得惊人，基本是一抓一个准。

打到最后对面的射手也急了眼，看见黄头发的小萝莉辅助，第一反应就是交闪现撒腿就跑。

焦糖布丁裙摆一转，也位移跟上，直接糊上一脸眩晕。

关沛操纵着辣子鸡慢悠悠地跟上，直接扛塔，一个大招接平 A（指游戏中的普通攻击）直接带走，焦糖布丁及时大招奶上，一拨下来二人丝血未掉。

弹幕也全都看傻了。

“今夜过后，峡谷里又少了一位云吞面玩家。”

“所以眩晕流布丁真的可行吗？为什么我平时玩的不是这个效果啊呜呜呜……”

“人家妹子技术在的啊，这几拨团战，而且交闪交得果断，加上沛哥的辣子鸡跟得好，你有这样的手和这样的队友？”

对面的射手干脆在泉水里挂机，打字质问道：“对面辅助请问我是怎么得罪你了吗？眩晕为什么只往我脸上糊？”

关沛正清着兵准备最后一拨直接推，就看着在原地站着不动了一会儿的小萝莉萌萌地转了个圈，拿勺子先给关沛奶了一口。

甜甜奶油粥：“不是啊，你最好抓而已。”

关沛瞥了一眼左下角的对话，没说话，只是嘴角微微上扬了一下。

然而有弹幕还是发现了端倪，有人零零星星地开始刷“yooooo”，也有人说“瞎带什么节奏，一会儿咱沛又不乐意了”。

关沛倒是没注意到这些，这一局赢得太快，他自己打得爽不说，直播间的观众也得到一番视觉享受，一时间弹幕刷得飞起，全都是叫他加好友俩人继续双排的。

关沛倒是难得地犹豫了一下。

然而沉思过后，他还是退出了房间，平静地对着镜头说：“用膳吧。”

弹幕又是一片哭号，关沛这回也不心软了，正准备退出游戏，手机右下角就弹出了一个红色小加号，点开：甜甜奶油粥请求加您为好友。

关沛指尖一顿。

他刚点了通过，那边像是一直在等他似的，飞快地就弹过来一条：“你好。”

这条带句号的“你好”让关沛差点没绷住。

甜甜奶油粥：“谢谢你，今晚，和我一起打游戏。”

甜甜奶油粥：“不知道为什么，我每进一支队伍，连话都没有说，他们就直接把我，踢掉了。”

关沛寻思你这不是废话，你顶着这个 ID 这个头像，英雄池还设置不可见，是个人都以为你是个混子，真想上分的谁敢和你打。

甜甜奶油粥：“你的技术，很符合我的 standard（标准），请问以后，可以和你一起打游戏吗？”

很符合这人 standard 的关沛陷入了沉默。

姑娘技术好归好，就是这说话风格是真的莫名其妙。关沛盯着屏幕摇了摇头，一时间感到索然无味。

断断续续磕磕巴巴不说，还没事儿来个中英混杂，太装模作样了，看着实在是别扭。

关沛这人面上永远都是风轻云淡的模样，但其实本质“社恐”，从来不愿和陌生人展开对话，而且私底下又比谁都挑剔。

之前平台也强迫他和别的区的女主播合作过几次，那是关沛这辈子都不愿意回忆的噩梦，也是他的粉丝们至今津津乐道的“黑历史”。

他光是听这姑娘说话的调调就一个头两个大，觉得自己和这人的性格可以说是天差地别，俩人应该是处不来的。

然而弹幕刷了一片“可以可以可以可以”，甚至有暴躁老哥直接刷了支大火箭，留言四个大字：“快！答！应！她！”

关沛终究还是迟疑了一下。

gp1419：“等 you（你）能好好用 Chinese（中文）夸 me（我）的时候，

I（我）就和 you（你）一起排。”

然而事实就是“真香”来得比什么都快。

第二天关沛镇定自若地开播了一个小时，上两颗星又掉两颗星，达到了完美的生态平衡，四大皆空。

关沛沉默了一会儿。

他起身泡了杯新茶，又回了座位，随便瞅了一眼好友列表，瞥见了那个小猫咪头像。

“主要是想这个月给辣子鸡冲个牌子。”

点下邀请键的一刹那，关沛镇定自若地解释道：“这赛季打野有多困难你们也不是不知道，单排风险大。”

弹幕又开始刷一串儿的“真香警告”。

然而今天的甜甜奶油粥仿佛有了脾气，关沛耐心地等了好半天，那个小猫咪头像才出现在了队伍里。

关沛问：“开？”

那边磨蹭了一会儿才慢吞吞地回他：“好。”

关沛就利落地点了“开始游戏”。

这局果然打得奇顺无比，这位甜甜奶油粥闷不吭声掏了一手豆沙青团。这是当前赛季难度极高的辅助，脆皮强控，也是当前版本和辣子鸡最契合的辅助之一。

不得不说这妹子的操作实在给力，探草给视野这种基本操作就不说了，而且预判控人一控一个准，加上关沛收割得及时，人头也是大把大把地收。

一局下来，关沛是真的打舒服了。

但关沛发现好像哪里不对劲。

太安静了——今天的这位。

没有了昨天那句灵性的“你好”和微妙的断句，关沛竟然有点说不上来的别扭，总感觉自己好像缺了点儿什么。

如果不是自己身旁时时刻刻跟了一个绿油油的小胖团子，默默无声地一直帮着自己刷野打龙清线，他简直要怀疑自己是在单排了。

就连观众也渐渐看出了端倪。

“奶油妹子有情绪了吧，今天怎么一句话都不说了？”

“咱沛昨天最后的那段工地英语给人家说委屈了吧，啧，老‘直男’了。”

关沛确实也有点不自在。

他想着虽然这妹子说话风格有点一言难尽，但好歹也辛辛苦苦地给自己打了两把辅助，又想着自己昨天最后说的话……可能对女孩子而言，确实有那么点过分？

关沛这人话少归话少，就算再“社恐”再不想开口，基础情商还是在线的。他心里有些过意不去，便还是主动开口问了话。

gp1419：“你平时主打什么位置？辅？中？”

甜甜奶油粥：“嗯。”

关沛这回挺确定这位小姑娘是在生气了。

他皱了一下眉，下意识地觉得有些麻烦，但沉吟片刻还是做出让步，说：“这局你先选，我补位。”

甜甜奶油粥：“好。”

关沛：“……”

“妹妹生气了，绝对生气了，我对象生气也只回我一个字！小朋友生气无疑了！”

“笑死我了，关哥这副吃瘪的样子真的太好笑了太好笑了！”

关沛寻思自己也算是仁至义尽了。

这人玩惜字如金这一套，他也懒得再多说话，直接又开了一局。

俩人又连排了四把，全赢，关沛盯着战绩栏那个金黄的五连胜标志，沉默地掀开保温杯盖。

他有些茫然。

关沛问观众：“我这算不算是被带躺了？”

弹幕快要乐死了。

有弹幕建议他赶紧爆出主播身份，看看妹子的反应，关沛实在是觉得没什么必要，但架不住要求的人越来越多，礼物也越刷越勤。

关沛叹了口气，开始打字。

gp1419：“你技术很不错。”

gp1419：“其实我是个主播。”

“我猜她这回会回我一个‘哦’或者‘嗯’。”关沛把保温杯盖合上，盯着对话框，倒是难得有了几分兴致，“好久没给你们福利了，猜错了的话……我就在弹幕里抽五个一百元。”

然而对面沉默了十秒，然后发来了四个感叹号。

关沛愣了一下。

“行吧，是我失算了。”关沛摇头，“来吧，先从弹幕里抽五个，我——”

“好巧啊，我也是主播呀。”

一道清亮的声音突然响了起来。

是个年轻男孩的声音，脆生生的，很好听，就是语速稍微有些迟缓，最后那个“呀”字拉得有些长，但是不难听出其中的兴奋：“我在黑桃直播，你呢？”

关沛突然以一个诡异的姿势僵住了。

这个夏日的夜晚，后来被关沛的粉丝们称为仲夏夜之梦。因为短短两个小时内，事件的发展跌宕起伏，其戏剧性、其梦幻感、其离谱程度，就像是在做梦一样。

第一个小高潮就在甜甜奶油粥开麦的那一刻，时间似乎突然静止了。

随即关沛直播间的弹幕数量激增，顷刻间节目效果达到巅峰，屏幕上密密麻麻的满是弹幕，淹没了正中央坐在电竞椅上的、灵魂似乎出走的关沛。

一时间有人欢喜有人愁，有人爆笑有人哀叹，有人叹息“原来所谓的奶油妹子到头来不过是梦一场罢了”，也有人在小声说“不过有一说一，这个小哥哥的声音好好听啊”。

“我的房间号是 7891029，你的呢？”那端的男孩不知道这边的腥风血雨，继续自顾自地说个不停，“这其实是我做主播的第一周，但是好像，根本就没有人来看。”

关沛的大脑着实是转不过来了。

他面无表情地单手拿着茶杯，另一只手的指尖在键盘上缓慢摩挲了一会儿，然后做了一个让人意想不到的动作。

他打开自家直播平台，直接输入了男孩刚才说的那串房间号。

——然后迎来了今晚直播的第二个小高潮。

这个直播间的名字叫作“Cream 的直播间”，观看人数极其惨淡，勉勉强强只有三位数。

关沛进了房间。

三秒之后，他盯着电脑左下角加载出来的那张年轻男孩的脸，顿了一下，半晌，才冷静地咽下了喉咙里温热的茶水。

弹幕则是直接炸开了。

“嗯？这长相，我还以为是哪家男团的门面出来偷偷赚外快了！”

“眼泪不争气地从我家狗子的嘴角流了出来……”

“有些人不要把自己做的事栽赃到自家狗子身上好吗？”

“而且朋友们，最恐怖的是，据我观察这位漂亮弟弟脸上的光影变化，目测他应该是没开美颜的，所以他的脸本来就是这么小的……”

第二天还有人意犹未尽地重新看了录播，特意分析了一番关沛此时的微表情。

就在弹幕全部沦陷失神于这位男孩的盛世美颜之时，只有关沛依旧冷静清明、稳如泰山、面无表情、镇定自若，甚至还有心情继续抿了一口保温杯里的茶。

但只有关沛知道自己内心的惊涛骇浪。

男孩唇红齿白，干净漂亮，五官精致，骨相极佳，很明艳、很生动的一张脸。

他正举着手机，歪着头，似乎有些苦恼地盯着屏幕。

半晌他又把麦打开了，小声嘀咕道："gp1419，你为什么……不说话啊？"

关沛呼出了一口气。

他瞥了一眼镜头，又看了一眼自己直播间已经彻底失控了的弹幕，斟酌了一下，开始打字。

gp1419："你是中国人？"

屏幕上的男孩犹豫了一下，咬着下唇，也打起了字。

甜甜奶油粥："我是混血，怎么了？"

甜甜奶油粥："你的直播间，我也可以去看看吗？"

"观众朋友们，这个人，他好奇怪啊。"

男孩放下手机，抬起眼，气呼呼地开了口。

关沛："……"

游戏里人模人样、客客气气的，结果他转头就说关沛的坏话，最重要的是，还被关沛直播间里的几十万观众听了个清清楚楚。

关沛有些无奈地用手揉了揉太阳穴。

"这个人，他昨天不叫我讲英语，我今天就已经很克制地不和他说话了。"男孩琥珀色的瞳仁清透干净，只不过此时里面满满当当的都是愤懑，"然后他说他是主播，我还以为我，遇到同行了呢。"

"结果他现在又不理我了。"男孩闷闷地说。

关沛看了一眼自己直播间旁边的"爆"字，又看了一眼快要失控的弹幕，没说话，但也没退出男孩的直播间。

"我也不想理这个，gp1419 了。"

男孩很失落地垂下眼睫，似乎是真的很生气，语速越来越快："虽然他技术很好，而且是第一个愿意和我一起排位的人，但是他很

arrogant，我不想和这样的人一起玩。

“对不起……arrogant 就是、就是……”

男孩慌慌张张地抬手捂住了嘴，好像是非常苦恼地思索了一会儿，最后才含糊其辞道：“就是很坏的意思。”

男孩似乎是很珍惜自己的寥寥几个观众，停顿了一下，又凑近了摄像头，小心翼翼地抬眼问道：“可以吗？观众朋友们？”

关沛感觉他似乎对直播这事儿有点生疏，靠得太近，一时间快把脸全“怼”在摄像头上了。

于是那张精致昳丽的脸一时间更清晰了，就在他垂下眼帘的瞬间，关沛看着他柔软的睫毛扑闪着，似乎就快要碰到屏幕对面的自己了。

关沛这才发现男孩的眸子原来是浅棕色的。

然后男孩的表情突然冻结住了。

——因为此时此刻，关沛直播间的吃瓜群众大批地转移到他的直播间观光了，人数疯狂上蹿，原本冷清得只有几百号人的直播间，几乎是在顷刻间，就哗啦啦地涌进来了几万人。

而且数字还在持续飙升。

男孩直勾勾地盯着自己直播间左上角的观众数，像是难以置信一般地睁大眼睛，有些惊疑不定地后仰了一下。

半晌，他茫然地抬起手，用力地揉了揉自己的眼睛。

李乃幼低下头，茫然地盯着自己的手机屏幕。

gp1419：“房间号 14191419。我确实是你的同行，我也在黑桃。”

gp1419：“arrogant 的准确中文含义，应该是自大傲慢。”

gp1419：“不过我不是坏人，晚安。”

关沛在喝粥，邵吉在暴走。

“现在论坛、微博、各大视频网站上，全都是你昨天晚上直播的录播。”邵吉在手机上滑个不停，激动得连声音都有点抖。

他抬眼又看见埋头冷静喝粥的关沛，顿时有些恨铁不成钢起来：

“这样天然的热度有多久没落在你的头上了，怎么你还能和个没事人一样呢？”

关沛用勺子慢吞吞地把粥里的芹菜挑出来，不说话。

他去年收养了小区里的一只流浪猫，取名翠菊，名字虽土，但它是只很软很甜的小白猫。

翠菊扭着屁股嗒嗒嗒地走了过来，好奇地晃着尾巴，闻了闻关沛碗边小小的芹菜山，皱了皱脸，又摇着屁股慢悠悠地走远了。

“我问了一下平台的人，这孩子总共也就播了一周，所以一直还没签约。”

邵吉若有所思道：“但就冲他这张脸，还有现在话题度，我觉得咱们可以——”

“邵哥。”关沛冷淡地说，“我不要。”

邵吉的脸扭曲了一下。

邵吉是平台专门给关沛安排的负责人，平时直播前后大大小小的事都是他来管，他这两年来忙前忙后、尽职尽责，也算是为关沛操碎了一颗姆妈心。

关沛的条件绝对算是主播界里面顶尖的了，但是这脾气也是独一无二的，活动时不参加合作，每天开播就是端着个保温杯一个人自闭到天荒地老。

邵吉有的时候甚至怀疑他压根就不想赚钱。

“小关，邵哥知道你这人图安逸图稳定。”邵吉叹气，“可是直播这行每年都有无数个新人冒头，你真就能保证你的热度永远都保持在这个水平？”

“人家隔壁老蒋，是长得没你俊，技术也没你好，啤酒肚都赶上我的了。”邵吉越说越痛心疾首，“但是人家会造梗、会来事儿，直播间每天都嘻嘻哈哈的，而且人家为了维持自己的热度，还特地开了二台，每天他自己下播后请三个漂亮美眉在那儿跳舞。”

“你别说，就连我进去看着都挪不开眼。”邵吉摇头晃脑地感慨道，“人家直播间的热度上升幅度越来越大，你呢，你——”

关沛放下了勺子。

邵吉一瞬间也有点发怵。

“是，这几个月你的数据确实是不错。”邵吉赶紧给人顺毛，“可是咱得展望未来啊是不是？你这个脾气确实是个风格，可是就算你不想吸新粉，一直不注入新鲜血液，不来点新话题，你的这些老观众也会看腻，也会慢慢流失的呀。”

“你舍得吗？”邵吉问。

关沛不说话了。

邵吉这两年哄人哄惯了，知道关沛这孩子面冷心软，面上看着什么都不在乎，但其实私底下还是重视自己观众的想法，这两年为了让观众看得舒服，他已经做出了很大的让步和改变。

说白了他就是有点小傲娇，倒也不是真的死倔。

邵吉看关沛的表情似有松动，心下一喜，赶紧趁着这个机会继续打感情牌。

“邵哥老了。”邵吉用手似有似无地在眼尾捻了一下，吸了吸鼻子，说，“邵哥这辈子就一个愿望，那就是看着你拿个‘风云之星’，邵哥也能安心娶老婆去了。”

关沛：“……”

风云之星，每年黑桃评定的最佳主播奖，去年奖项落在了舞蹈区一个因为舞姿太过抽象而火了一阵的女主播身上，也算是对主播人气的一种认可。

“我也不是让这孩子每天都贴着你，要不这样，你们俩每天就一起双排一个小时，偶尔凑一起面对面地再播一场，提提节目效果。”邵吉拍着胸脯说，“其他时间你想播什么播什么，邵哥不管你。你给个准话，我立刻就给你去联系人。”

关沛没吭声。

“而且这小孩吧，我看应该是个没什么心机的。”邵吉给他指着手机屏幕，“你瞅瞅，哪有人一大早就开始播。小孩子什么都不懂，看着单纯，也不会起什么坏心思来吸你的血。”

关沛放在翠菊脑袋上的手顿了顿。

他捏了捏小猫咪柔软的耳朵尖，半晌还是抬起手，接过了手机。

现在的时间是早晨九点，正是上班族的上班时间，用户流量小，一般都是主播放录播的时间，没有主播傻到这个时间开播。

但是屏幕上的男孩依旧神采奕奕。

他双手托腮，精致的一张小脸“怼”在镜头前，眨着大眼睛，认认真真地读着屏幕上的弹幕。

“早上，吃的什么？”男孩一个字一个字地念着弹幕里的问题。

随即他垂下眼睫，有些沮丧地说：“我今天还没有吃早点——我在U市嘛，其实我真的一直想吃它们这里的，张记油条。”

男孩顿了顿，似乎是想到了什么，含含糊糊地说：“但是因为……有一点贵，我就一直没有吃到，好可惜啊。”

住在U市二十多年的关沛手上的动作一顿。

张记油条是U市最有名的早点铺了，以物美价廉、金黄酥脆的油条而闻名，这两年还开了分店，关沛家楼下刚好就有一家。

几块钱的油条还贵？

关沛有点愣神，心想这都什么年头了，真有人家里条件这么差？

话音未落，屏幕中间划过一道绚烂的光，男孩吓了一跳，像是受了惊的小动物一样瑟缩了一下，又变得不知所措起来。

是有人打赏了一支火箭。

“谢谢。”

男孩睁大眼睛凑近端详了好久，似乎是惊得不行，自言自语地小声飙了一串英语，半晌有些受宠若惊地说：“好漂亮啊，但是这个Rocket（火箭）……它是要花钱的吗？”

他这副懵懂且没见过世面的样子很容易叫人心尖跟着一颤，弹幕刷得飞起，有人热心地回复了他一支火箭的价格。

男孩人都傻了。

“太贵了。”男孩急到疯狂摆手，“你们、你们真的都不要再送了。”

“我昨天晚上看了一眼，我知道你们其实是、是那个关沛的fans（粉丝）。”屏幕中央的男孩瘪了瘪嘴，耳根子却稍微有些发红，“我是真的没想到他会是这么大的主播……我以为他和我一样，都是、都是小人物呢。”

“你们还是，留着给他刷吧。”

男孩忧心忡忡地说：“虽然我不是很喜欢他，但是你们是他的fans，如果他知道你们……遗落……遗忘了他，他一定会很伤心的。”

关沛：“……”

明明连根油条都舍不得吃，粉丝打赏支火箭就受宠若惊得不行，这人却想着别人会不会伤心，把到手边的钱往外面推，这还挺……

关沛没说话，只是又在翠菊软乎乎的脸上捏了一把，翠菊小声地喵了一声，蜷缩成团趴在关沛的身旁。

“不过，我好开心有人能和我说说话呀。”男孩雀跃地弯了弯眼睛，但随即似乎又想到了什么，眼底的光又暗淡了下来，“不过我今天晚上，有事情要做，可能播不了了。”

“如果你们，还能记得我的话，明天后天，可以来找我聊聊天吗？”

男孩希冀地把脸靠近了些，那双浅棕色的大眼睛眨啊眨，眼底光亮潋滟，好像要隔着屏幕直接看到关沛的心底一样。

他问：“好不好啊？”

关沛顿了一下，错开了视线。

这是李乃幼离家出走的第19天，他很难过。

因为他很想吃这里的张记油条。

可是他的酒店坐落于U市最中心的位置，而最近的一家张记油条分店也需要整整四十分钟的车程，李乃幼为了吃上一口油条，总共跑了三天，却每次都失望而归。

第一天他去得晚了，油条售罄。

第二天他排队等了半个小时，结果排到的时候老板说面粉没了，现炸不了。

第三天李乃幼直接早晨六点起床赶了过去，这回是没人，因为这天刚好是店铺休假日，人家压根就不开门。

李乃幼何时受过这样的委屈！

那天他站在路边愣怔地看着关了门的店铺，一时间伤心得不能自已，气得回酒店的法餐厅连吃了三大块拿破仑。

他捂着饱胀的肚子躺在床上，心中的万般忧愁快把整间屋子给淹了，有离家几日的感伤，但更多的其实还是吃不到美食的怨念。

可能因为是几十年老店，张记油条并没有什么所谓的外卖服务。

李乃幼去各大点评网站仔仔细细研究了三天之后，还是决定采用最质朴无华的方式来解决一切问题。

于是那天早晨，张记油条的老板接到了一个电话。

电话被接通的那一刻，年轻男孩清冽的声音从听筒的另一端传来，他先是客气而礼貌地说了一句："你好。"

"请问如果想要把你们家店买下来的话，具体需要多少钱啊？"男孩奶声奶气地问道。

然后李乃幼得到了一个数字。

其实怎么说呢，这笔钱对他来说真的不算多，可是他提醒自己，自己正在离家出走，是要拿出一些骨气出来的。

他不想再花家里的钱了。

和电视剧里演的"豪门公主出逃记"不太一样，李乃幼出走的这几天，他的爸妈不但没冻结他的账户，甚至还乐颠颠地给他打了一大笔钱。

就连酒店也无声无息地给他升成了顶级套房，早餐欧姆蛋里的青椒也被换成了他喜欢的蘑菇，想想就知道这是出于李乃幼妈咪的叮嘱。

于是李乃幼成功被激怒了，他决定要自己挣钱。

李乃幼他爸是中国人，是开游戏公司的，妈妈是英国人，家族是做服装的，俩人大学时期坠入爱河，后来就有了李乃幼。

其实李乃幼早在17岁的时候就赚到了人生中的第一桶金——那年，他跳级考上了英国顶级设计学院，又给他爸爸公司正在开发的一款新游戏设计了几个英雄。

后来那款游戏好像在中国发展得非常不错，李乃幼听说自己画的焦糖布丁和苹果派这两个角色在中国很火，还偷偷地高兴了好一阵子。

李乃幼算是被家里人捧在手心里长大的小朋友，被保护得很好，心性单纯善良，看事情好像永远都只会看到好的一面，对什么事情都有用不完的热情和耐心。

然而那天李乃幼和家里人有了一场争吵。

那天晚上他真的很生气很难过，哭得眼睛肿到都看不清东西了，蜷缩在床边，抱着自己床头柜上的照片。照片上是李乃幼的爷爷，他抱着当时小小的李乃幼。

那是在中国，在一个公园的湖边，爷爷笑眯眯的，而李乃幼举着一支很大很大的棉花糖。

爷爷走了好多年，李乃幼很想他。

于是20岁的李乃幼做了个决定，他离家出走了，气鼓鼓地直接飞到了他十几年来都没回来的、心心念念了好久的中国。

回到中国的第七天，李乃幼有些低烧，蔫蔫地缩在床上，第一次在酒店里打开了黑桃直播。

他一开始并不是想赚钱，只是看那些主播和他们的观众聊得好开心，很羡慕，因为他突然想和人说说话。

他翻了翻首页，才发现自家那个叫作《食用指南》的游戏——也就是当年自己画过角色的那个游戏，似乎这两年在中国真的很火。

李乃幼买了一个号，认认真真地改了一个他觉得很好听很可爱的名字，然后开启了他人生中的第一场直播。

李乃幼之前玩过不少MOBA类游戏，他很聪明，因此游戏上手也极快，很快就玩明白了。

直播间没有观众他是预料到了的，但是他不明白，为什么那些人总会莫名其妙地把他从队伍里踢出来，明明他一句话都还没有说。

那晚好不容易遇到了一个愿意和自己打游戏的人，李乃幼很珍惜自己的这位新朋友，他玩了自己并不喜欢玩的辅助位，和那个叫“gp1419”的玩家说了好多好多话。

然而那个叫作 gp1419 的人很酷，话很少，虽然第二天他还是邀请了李乃幼一起玩，但李乃幼能感觉到他似乎有些嫌弃自己说英语，于是李乃幼就不怎么说话了。

后来李乃幼才知道这个 gp1419 是一个特别厉害的主播。

那晚李乃幼没忍住输入了那串房间号，才发现那个人已经下播了，虽然并没有看到他的脸，但是李乃幼知道了他叫关沛，也看到了他的粉丝数。

那是很长很长的一串数字。

今天晚上……还是不要和他在一起打游戏了。

李乃幼有些泄气地想，虽然又要一个人了，但是自己总不能一直蹭他的热度，人家赚钱也很不容易的啊……

手机突然振动了一下。

李乃幼有些茫然地抬起眼，发现收到一封邮件。

他很少用邮件，以为那只是账单明细之类的东西，然而他点开一瞥，却整个人呆住了。

“Cream 主播您好，我是黑桃直播主播关沛的负责人。我们这边感觉您的直播风格十分新颖独特，有想和您合作的意愿，请问您有没有时间详细聊一下呢……”

第2章 合作

周六，关沛和邵吉来到了市中心的一家网红奶茶店。

漆成奶白色的门框上挂着一串串很少女心的风铃，他们两个大老爷们踩在柔软的粉红色地毯的那一刻，关沛在邵吉背后幽幽地来了一句："约在这种地方谈合约？"

邵吉汗如雨下。

"这也不是我选的啊。"邵吉搓手，"人家混血小朋友挑的地方，可能歪果仁（外国人）的审美就这样？我能有什么办法！"

关沛没接茬。

他环顾四周，视线在一群自拍的年轻小姑娘中掠过，目光最后落在了角落里唯一一张空着的沙发上。

他看着沙发上嫩粉色的桃心抱枕，脑子也开始一阵阵跟着发昏。

关沛这边木着张脸半天不说话，邵吉其实也有点尴尬，就说："我先去占座，你随便买点儿喝的给人家吧。"

邵吉叹息着落了座，五分钟之后，又进来了个人。

怎么说呢，这男孩踏入奶茶店的那一刻，邵吉就告诉自己，不论如何，就算是这人每天开播之后闭着嘴不说话，坐在关沛身边当个花瓶，今天自己一定也要把这人给拿下。

且不提那双漂亮的浅棕色眸子，就这男孩天真干净的气质，似乎连柔软的发尾都叫人心生爱怜之意，必然是能引起无数"姆妈粉"怒砸火箭的存在。

看着男孩晕乎乎地站在原地环视了一圈，眼看就要低头翻手机，邵吉赶紧起身，隔着老远冲他挥手："这里！"

男孩子对上了邵吉的目光，似乎是愣了一下，随即点了点头，朝邵吉走了过来。

"你好。"男孩很有礼貌地说。

邵吉："你好——"

"你就是关沛吧。"男孩落了座，似乎是先无声无息地深吸了口气，随即直截了当地说，"我是李乃幼，你的负责人发了很多封邮件给我。"

邵吉："那个——"

"我暗人不说明……"男孩似乎是呆滞了一下，随即就陷入了茫然之中，开始自顾自地纠结起自己的语法，"明话不说，话不说明暗……"

邵吉试探性地提示道："明人不说暗话？"

男孩的耳根子红了。

他方才身上的那股硬邦邦的气势也跟着弱了一些，邵吉不知道为什么，总感觉眼前这小孩就像是……虚张声势的小动物。

"对不起，我的中文不是很好。"李乃幼微微抿了抿嘴，但还是很坚定地重新抬起眼，"但是我的意思就是，虽然你人很 nice（棒），但是我感觉我们不太合适，所以我、我不想和你合作。"

邵吉："其实——"

"而且可不可以，麻烦你和你的负责人说一下——"李乃幼小声说，"叫他不要再发邮件骚扰我了。"

发"骚扰邮件"的负责人本人邵吉："……"

李乃幼其实一直在谨慎观察着邵吉的表情，他看着邵吉逐渐僵硬的脸，似乎以为自己说话说重了，顿时又有些不知所措起来。

"我、我不是不喜欢你啊。"李乃幼有些着急了，一时也有些语无伦次，"你不要太伤心，我……"

“你最近血糖不行，我就给你点了无糖的。”

一只清瘦的手捏着纸杯，突兀出现在了李乃幼的视线中，一杯冒着热气的奶茶被放在了邵吉的面前。

李乃幼呆了一下。

他茫然地仰起脸，随即便对上了一双冷峻的眼睛。

从侧脸可以看到这人的鼻梁高挺，五官深邃俊逸，就是脸上的表情有些不冷不热。这是个好看的有点冷淡的酷哥。

酷哥看到李乃幼倒也不惊不喜，只是点了点头，说了句“你好”。

这个声音……李乃幼蒙了一下。

“不知道你爱喝什么。”关沛随意地在李乃幼面前放下一杯粉色的冷饮，说，“他们家招牌，先尝尝吧。”

李乃幼小声说：“谢谢。”

三个人抱着饮料，总算是都尴尬地落了座。

关沛这人吧，邵吉是永远不可能指望他主动说话的，于是邵吉把目光放在了对面的混血美少年身上，却发现这位小朋友一反刚才进门时的气焰嚣张，突然之间就哑了炮。

李乃幼抱着饮料，埋头小口小口地吸着，还时不时偷偷抬起眼，怯怯地瞥一眼坐在对面的关沛。

关沛不明所以。

邵吉汗如雨下。

“那个，重新自我介绍一下。”邵吉说，“我是邵吉，这位是关沛，我是黑桃官方给他安排的负责人，所以你收到的那些邮件，其实是我发的。”

李乃幼愣愣地眨了一下眼睛，关沛对上他的目光，平静而客气地点了点头。

李乃幼这才意识到自己原来真的认错人了。

他耳根子倏地就红了，他又立刻低下头咬着吸管，闷闷地吸了一大口。

“李乃幼，也可以叫我Neo。”他含含糊糊地说。

“看你很年轻啊，大学毕业了吗？”邵吉笑眯眯地问，“其实今天就是想和你当面聊聊。你看你们俩都是一个平台的主播，那天晚上能双排碰到也算有缘，我看你们俩不仅游戏里配合得挺好，直播的效果也很不错，我觉得——”

李乃幼立刻警惕地抬眼看他。

小朋友防备心倒是很强。

话都说到这份儿上了，邵吉只能硬着头皮继续往下说，他先把和平台签约的好处以及礼物分红说了，随即也不再遮遮掩掩，表达了希望李乃幼能和关沛合作直播的意愿。

“基本上就是希望你们每天可以双排一下，聊聊天说说话就行。”

邵吉不动声色道：“你们俩还在一个城市，每周要是能合体一起直播一两场就更好了，你们俩共同直播时的打赏五五分，绝对是很合理的……”

没想到李乃幼看上去依然半信半疑。

“可是你已经，是一个大主播了。”李乃幼打量着关沛，小声而迟疑地问，“为什么要找我合作，你们是不是对我……不怀好意？”

邵吉：“……”

关沛倒是没什么大反应。

“我不太会说话。”关沛简洁明了地说，“我需要个话多的人和我一起抓住观众的眼球，这样观众才不会跑走，我才可以有更多的粉丝以及更稳定的收入。”

邵吉要昏了。

话糙理不糙，但是你也不用说得这么直接吧。

然而邵吉没想李乃幼似乎很吃实话实说这一套，不仅露出了非常理解的表情，甚至很同情地“唔”了一声。

邵吉赶紧清了清嗓子。

“其实这事儿对你也是有百利而无一害的。”邵吉说，“多少个新人主播播了几年还是不温不火，你帮着关沛搞效果巩固人气，关沛这边直接帮着你提热度，你的起点一下子就比别人不知道高了多少，等到后续人气起来了，你的广告合作也都来了。”

“对你而言肯定是不亏的呀，小朋友。”邵吉笑眯眯地说。

李乃幼很不高兴地说：“我已经二十一岁了。”

他其实还想说自己并不想红，也不缺钱，人气这种东西对自己来说没有任何意义，因为自己当初只是想找个人说说话罢了。

虽然这个酷哥长得很帅，李乃幼又抬眼偷偷看了一眼关沛的脸，可是他的脾气好怪，人冷冷淡淡，话很少的感觉，而且他之前还不让自己说英语……

关沛沉默半晌，说：“邵哥，不行就走吧。

“我要回家喂翠菊。

“它最近胃口一直不好，猫粮也不好好吃，我想在回去的路上给它买几罐猫罐头。”

邵吉的脸刹那间扭曲了一下。

他心想：你这小子在说什么鬼话啊，翠菊每天那胃口都快赶上我的了，屁股都快比显示屏大了，你管这叫胃口不好？

邵吉刚想踹关沛一脚叫他别帮倒忙，却发现对面原本兴致缺缺的混血小朋友猛地抬起了头，直勾勾地盯着关沛的脸看。

邵吉：咦？

关沛慢条斯理地继续开口：“还有邵哥，以后早点不要给我带张记油条了，吃腻了，换隔壁的李记包子吧。”

邵吉更茫然了，寻思着你这家伙口味这么淡，每次不都是喝自己点的粥，那些油条炸物不都是进我肚子里了吗？

然而当邵吉再次看向对面，却发现对面的男孩眼睛睁得老大，里面的憧憬和光彩似乎快要化成实质溢出来了。

李乃幼结结巴巴：“你……你家里有小猫咪？”

关沛平静道：“白色，母猫。”

李乃幼抿了抿嘴：“那、那张记油条……”

关沛颔首：“在我家楼下。”

李乃幼无限大震惊！

邵吉这边也总算是反应过来了，赶紧有模有样地说：“唉，你要是实在不愿意的话，那我们也不强求了，咱走——”

“我、我有一些条件！”李乃幼急巴巴地喊了出来，“我没有不愿意，就是有一些、有一些条件罢了。”

邵吉和关沛无声无息地对了个眼神。

关沛：“你说。”

“你刚才说，我需要每周两次，面对面地和你一起直播。”李乃幼迟疑地说，“那我要去你家吗？”

关沛：“是的。”

“如果我去你家，我、我可以摸那只小猫咪吗？”李乃幼很憧憬地问，“摸它的脑袋、耳朵和屁屁，还有尾巴，还有……”

关沛：“可以。”

李乃幼雀跃地抿了抿嘴。

“而且这两天的话，你们要包我的三餐。”李乃幼说，“我不会提出很过分的要求，不会很贵，而且……”

关沛：“行。”

李乃幼似乎松了口气。

“最后一个要求。”李乃幼澄澈的目光对上了关沛的目光，“既然是我们两个的直播，我希望我们可以看起来更像一个group（团队）。”

“如果每周有两天我们要见面的话，我希望其中一天，我们要直播的事情，是可以让我来决定的。”男孩子弯了弯眼睛，露出两颗尖尖的虎牙，问，“成交吗，哥哥？”

关沛和邵吉站在奶茶店门口，目送李乃幼骑着一辆小黄车摇摇晃晃地远去。

邵吉原本是想给他打辆车的，可是李乃幼执意要骑共享单车走。

俩人就看着这位美少年很开朗地冲他们挥了挥手，然后用手机笨拙地扫码解锁，最后踉踉跄跄地骑上了一辆掉了漆的小黄车，潇洒地扬长而去了。

“是真省啊。”邵吉感叹道，“这大热天的还不愿意打车——而且我刚才发现这孩子身上那件衣服已经破了口拉了线，还穿着呢，估计家里条件是真的不太好。”

关沛没反驳。

刚才邵吉打电话和平台的人沟通合同的相关事宜，关沛就眼睁睁地看着对面的少年咕咚咕咚把整杯甜到发腻的饮料喝到一滴都不剩，甚至还把盖子上的奶沫舔得干干净净。

——像是半辈子没喝过水一样。

最后这人还很谨慎地用吸管扒拉了一下杯底，晃了晃杯子，这才意犹未尽地把杯子扔进了垃圾桶里。

“邵哥。”关沛顿了一下，说，“不然前两个月，礼物还是先和他六四分成，让他拿六吧。”

并不知情的李乃幼慢吞吞地骑着车回到了酒店。

这就是中国这两年最最火爆的共享单车吗？李乃幼感叹道，平时总听自己的那些中国留学生朋友讨论，这回总算是亲身体验了一次，果然真的是好方便啊。

扫码很快，付钱也很快，就连车身的颜色也很 cute（可爱）。

然而酒店门口并没有可以放车的地方，李乃幼最后还是很不好意思地把自行车交给了门口的门童小哥。

他回了房，立刻就换掉了身上的衣服。

李乃幼今天本来是铁了心要拒绝的，为了让自己看起来有气势、不好惹，特地找自己搞音乐的艺人表哥安迪借了一身行头。

安迪表哥是英国人，李乃幼很喜欢和他聊天，因为这会让自己产生一种——其实自己的中文水平没有很差劲的错觉。

李乃幼当时是迟疑的，看着手里都快散成线的衣服，问："真的，会有用吗？"

"尊（真）的，里（你）相信窝（我）。"安迪表哥很骄傲地说，"这是窝（我）找窝（我）们组合的 rapper（说唱歌手）借的，老 cool（酷）了。"

李乃幼最后还是穿了，当然他审美的最后一丝倔强还是没有允许他戴上那一串快有三斤重的项链。

——当然最后这身行头并没有什么用，因为李乃幼的耳根子实在是太软了，他经不起一点点的诱惑。

有小猫咪还有油条，打游戏时时刻刻有人陪聊，甚至还有工资可以拿，而且那个酷哥今天给他点的那杯粉色的饮料真的好好喝，在好感度疯狂 up（上升）的情况下，李乃幼最后根本说不出一个"不"字。

邵吉刚才加了李乃幼的微信，先是又和他沟通了一下合同的相关事宜，然后还很热情把关沛的微信推给了他。

"新人嘛，慢慢来，有什么直播上的问题就问关沛。"邵吉说，"他这人就是闷，心眼其实大大的好，你千万不要不好意思哈。"

李乃幼好奇地盯着关沛的个人名片看了一会儿。

——头像是全黑，ID 就是一个“关”字，简直是将一个“酷”字贯穿到底。

那张冷淡俊逸的脸又在李乃幼的脑海里一闪而过，他抿了抿嘴，最后还是点下了添加好友的按钮。

关沛正在用膳。

他的吃播将“食不言”贯彻到底，因此也不会和观众有什么互动。关沛一般在这时候会选择放一些视频，边吃边看，这样观众们也不会看得太无聊。

比如今天看的，就是《名侦探柯南》。

屏幕上的黑衣人拿起匕首刺入被害人的胸膛，关沛眼睛都不眨一下，面无表情地挑起碗里的面条，慢吞吞地塞进了嘴里。

观众的心情极其复杂。

“我害怕极了。”

“真下饭了，我寻思咱沛这是咋咽下去的啊！”

“没办法了，今天最后一把排的队友太气人，我估计人还不高兴呢，有一说一想奶油弟弟了呜呜呜……”

“前面的，这算好的了，前两天他看的是《重案六组》，真是要命了……”

关沛这边总算把面给吃完了。

“我感觉这集我好像看过。”关沛把筷子放下愣了会儿神，突然来了一句，“凶手是她姐，不用往下看了。”

“今天先下了哈。”关沛说。

在弹幕一水儿的问号和“气人主播关某”中，关沛似乎是想到了什么，突然“哦”了一声。

“过两天我会和一个新人主播合作。”关沛轻描淡写，“不用太期待，下了朋友们。”

关沛还没等弹幕反应过来，就挥了挥手，利落地结束了这场直播。

连播五个小时着实是有点累人，关沛窝在椅子上又出了会儿神，有些疲倦地揉了揉眼，半晌才打开了手机。

然后他看到了李乃幼的好友请求。

李乃幼的头像依旧是一只小猫咪，只不过从布偶换成了金渐层。关沛也没有犹豫，直接通过好友请求，然后放下手机，去厨房把碗给洗了。

等他擦干净手回来的时候，却发现这人已经给他发了好几条微信。

除了一开始的那句经典的“你好”，剩下的是一大串各式各样有关直播的问题，差点直接让关沛看昏了头。

此时此刻李乃幼很纠结地在被窝里打了个滚。

虽然邵吉说他可以随时问问题，但不代表酷哥本人就真的愿意和他聊啊，也许只是客套话而已。

李乃幼闷闷地想，自己为什么就真的没忍住，主动找上门了啊……

几秒过后手机一振，关沛竟然回他了。

“你的问题有点多，发语音可以吗？”

李乃幼的眸子亮了亮，连忙认认真真地回了一个“好”字。

他抱着手机等了大概一分钟，一条语音弹了过来——

“我用的麦是这家的，其他设备的话我一会儿把店铺链接发给你，你自己回头比较一下……”

关沛的声音里情绪起伏不是很大，但是也没有丝毫的不耐烦，他只是很冷静很仔细地一条条给李乃幼解释。

李乃幼听得有些入神。

“你先观察一下别的主播的直播方式，再慢慢摸索自己的风格……”

“喵……”

话筒那端突然传来了很小的一声猫叫，随即李乃幼就听见关沛似乎是低声呵斥了一句："翠菊，松口。"

李乃幼：是小猫咪！

语音戛然而止，半晌关沛又发了条很短的语音过来，说："不好意思，等我五分钟。"

他这条语音的语气和前面公事公办的冷静语气不太一样，声线低沉，似乎带了点无奈，听起来反倒多了点人情味。

李乃幼耳根子莫名地有些烧灼。

他先是回了个"好"，又呆了一会儿，嘴角的弧度却怎么也下不去了。

我只是想……只是想再听一下小猫咪的叫声而已。

李乃幼努力地说服自己，他的手指微微蜷缩了一下，最后还是下落，再一次点开了那条语音消息。

"关翠菊，这是拖鞋。"关沛捏着翠菊脖子上的肉，又指了指地上的塑料拖鞋，"你吃了会死，懂？"

翠菊"喵喵喵"地挣扎着，似乎很不服气地竖起耳朵，凶巴巴地盯着关沛。

关沛叹气，松了手，翠菊警惕地跑远，拿屁股对着关沛的脸，慢慢地在沙发边趴了下来。

关沛今天实在是累了，上午出了门，下午又连着直播了五个小时，一时间脑子有点转不过来。

他盯着翠菊煤气罐一样大的屁股看了老半天，才突然想起自己好像忘了什么事儿。

"五分钟已经过去啦……"

"十分钟了。"

"睡了，晚安。"

手机屏幕上短短的三句话，关沛却看得有点头大。

天真单纯，有点小脾气，喜怒哀乐都写在脸上，一点社交经验都没有的样子。心情好的时候就满脸都写着“我超开心”，不乐意的时候字里行间都能看出来不高兴，完完全全的小孩儿心性，而且极其好骗。

——关沛还真没和李乃幼这种人打过交道，他不知道邵吉的选择是对是错，不知道这次合作会带来收获还是麻烦。

关沛叹了口气，重新拿起手机，说：“其实也没什么可说的了，你自己多去看看别的主播的录播就行。”

关沛又想起了今天李乃幼那一身豁了口的麻袋一样的衣服。

“着装方面还是要得体一些。”

他隐晦地说，不想伤到男孩儿的自尊心，半晌，他又不太自在地补充道：“其实衣服什么的不用太贵，干净清爽，观众看着舒服就行。”

最后关沛犹豫了一下，又有点儿别扭地加了一条：“刚才家里猫乱咬东西，不是故意‘鸽’你的，晚安。”

李乃幼放下了手机。

其实李乃幼根本没睡，只是觉得这个人说好了五分钟回来，却足足让自己等了半个小时，反倒显得自己好像很想和他聊天一样，好没面子。

但李乃幼其实是有些开心的。

因为除了前几天家里的老管家罗森给自己发了几封歇斯底里的邮件，李乃幼已经好久好久没有这样和人聊天了。

他趴在床上心情很好地晃着腿，听完了关沛发来的最后两条语音，却直接呆住了。

干净清爽的衣服李乃幼肯定是有的，但是不太贵的衣服他好像……

不妙啊。

李乃幼有些着急地跳下床，赤着脚踩在柔软的地毯上，直接往衣帽间里跑去。

他急躁地一件一件翻过自己的衣服，把各种大牌高奢一件件地直接丢在地上，愣是没找到一件算得上不太贵的衣服。

李乃幼就这么站在衣柜前，蒙掉了。

关沛感觉李乃幼对“干净清爽”的理解，可能存在小小的偏差。

他盯着男孩身上廉价的大码T恤，目光落到下面憨爆了的杰尼龟涂鸦上，人生中第一次体会到了哑口无言、无力至极的感觉。

“你知道今天是咱俩第一次‘合体’直播对吧。”关沛沉默良久后开了口，“几百万的热度，无数双眼睛，到时候全都会盯着咱俩。”

门口的男孩露出了疑惑的表情。

“我知道啊。”李乃幼说，“我把你那天的叮嘱全都记住了，还特地买了新衣服，你看，这上面印着的是Squirtle（杰尼龟），它是我最喜欢的PokeMon（宠物小精灵），很可爱的……”

关沛的头又开始痛了。

他对这种天真烂漫的小朋友是真的没辙，就当自己当时说的话都对牛弹琴了。毕竟是别人的穿着，他也不好再多指点。

关沛拉开门，示意李乃幼进来。

李乃幼很有礼貌地说了声谢谢。

那天正式签完合同之后，李乃幼一个人偷偷地兴奋了好久，他感觉自己好像做了一个很大胆很莽撞的决定。

尽管有些心浮气躁，但李乃幼这两天并没有开播，他听了关沛的话，看了好多主播的录播，还跟着学了很多专业的直播词汇。

李乃幼还偷偷地上了号，把游戏商城里所有在售的皮肤都买了。他倒也不心疼，毕竟是自己家做的游戏，就等于把钱换了个口袋装罢了。

关沛的家和李乃幼想象中的差不多，很干净敞亮的一套房子，装修和家具都以简洁舒适为主。

李乃幼换了关沛给他的拖鞋。

他怯怯地走进了客厅，总觉得出于礼貌自己应该夸夸，就小声地对关沛说："你的家很干净。"

关沛抬头看了他一眼，没搭茬，转头向厨房里走去。

李乃幼本来也没指望关沛接话，好奇地这儿瞅瞅那儿瞅瞅，他本来是想找小猫咪的，但是最后在一个很高的柜子前停住了脚步。

李乃幼大学时期结交了不少设计师朋友，他们大多有收集的爱好，只不过他们家里收藏的，一般都是古董酒啊画啊之类的东西。

这是李乃幼第一次见到有人收藏保温杯。

——不是珐琅器皿，也不是珠宝油画，是各式各色的杯子，其中保温杯占比最大，马克杯其次，这些杯子高矮大小不一地占满了整个柜子，壮观得不行。

"最上面一层的杯子是给客人的，你随便拿。"关沛背对着李乃幼，却好像预料到他在干什么一样，说，"下面几层的不要动。"

李乃幼顿了顿，偏过头，有点不高兴地为自己辩解道："我没有碰。"

关沛不置可否。

气氛安静得有些微妙，李乃幼仰着脸，认认真真地挑选了好久，最后踮起脚尖，从上层取了一个很可爱的马克杯抱在了怀里。

这是很新的一个陶瓷马克杯，李乃幼相中它的原因是它有一个配套的盖子，盖子上面有一对尖尖的猫耳朵。

李乃幼踩着拖鞋，抱着杯子嗒嗒嗒地走到关沛身后，小声问道："你的小猫咪在哪里啊？"

"白天在睡觉，藏起来了。"关沛从罐子里拎出一袋茶包，淡淡地说，"醒了就出来了。"

李乃幼有些失落地"唔"了一声。

他看着关沛，又盯着水壶上方腾起的雾气看了一会儿，突然冷不丁地问了一句："今天是你的还是我的？"

关沛愣了一下，才明白过来他是在说今天直播主题的归属权。

“今天是我的，毕竟是第一次。”关沛说，“后天归你。”

李乃幼似乎也很赞成这样的分配，说“好”。

关沛刚准备把茶叶盒的盖合上，一只手就伸了过来，大大咧咧地揪出了一袋新茶。

李乃幼刚把茶包放在鼻尖嗅了嗅，就对上了关沛的目光，他眨了眨眼，很无辜地说：“你说过要包我三餐的。”

“现在已经下午了，我已经亏掉了两顿饭。”李乃幼有条有理地分析道。

关沛的表情倒是没什么波动，只是垂下眼帘，说了句“随你”。

李乃幼兴致勃勃地学着关沛的样子把茶包拆开，放在杯子里，又小心翼翼地把盖子扣上，然后雀跃地站在他旁边，等水烧开。

雾气在狭小的空间里腾起，关沛突然问：“发券的意思是？”

李乃幼呆了一下，才反应过来关沛是在考查自己。

“券就是黑桃券。”李乃幼字正腔圆地回答道，“发券就是主播叫观众去给自己打赏黑桃券的意思。一张黑桃券价格是十黑桃币，折合成人民币大概就是六块钱左右，如果是网页版的话好像会有 discount（折扣）……”

关沛顿了顿。

水开了，他拎起水壶，又问：“过任务是什么意思？”

“每个主播都会有周任务。”李乃幼骄傲地说，“就是观众的礼物打赏需要累计达到一定的数值，任务过了之后会得到平台奖励的……嗯嗯嗯嗯。”

关沛不说话了。

李乃幼却来劲了。

"老板们点点屏幕右上角的小心心，清一清没有送完的烟花，如果大家觉得主播的操作可以的话，就发发券，老板们大气鸭（呀）！"李乃幼回忆着自己这周末积累的知识，模仿着那些主播的语气腔调，有些艰难地背诵道，"谢谢老板给妹妹打赏的大礼花，想看什么舞蹈……"

关沛："……"

"你背得挺熟。"关沛说。

"当然啦。"李乃幼很骄傲地说，"我特地……"

"但是不要这么说。"关沛打断了他。

李乃幼呆住："什么……"

关沛比李乃幼高半个头，李乃幼微仰起脸，就能很清楚地看到他的侧脸。

五官深邃，下颌棱角分明，无疑是很俊逸的一张脸。

只是酷哥眼底似乎永远都不冷不热，因此看起来是一副对什么事情都很懒散漠然、不太关心的样子。

一般人看到李乃幼这种人都很容易心软，但是关沛不会，他还是会毫不留情地先提出自己的要求。

"不用学别人这么说话。"关沛重复道，"很土。"

李乃幼懵懂地眨了眨眼。

"虽然最终的目的是赚钱，但我不想找一个模板化的主播坐在我旁边当网络乞丐。"关沛接过李乃幼手里的杯子，"你保持自己最自然的状态就好，有人送礼物就正常致谢，没有的话就顺其自然。"

李乃幼茫然道："可是不求礼物的话……"

"我很红，也不差钱。"关沛微不可察地停顿了一下，别过脸，言简意赅道，"没人打赏，你的工资我也发得起，所以你不用去求礼物，做自己就好。"

李乃幼又眨了眨眼。

碧绿的茶梗被热水浸泡，在杯底打着旋儿，茶香氤氲在厨房里，李乃幼盯着关沛的侧脸看了一会儿。

李乃幼发现酷哥面上虽然依旧是平平淡淡、波澜不惊的表情，但是说完那句话后，他却有些欲盖弥彰地清了清嗓子，随即又抿起了下唇，下颌也跟着微微收紧。

那是一副有些不太自在的神情，就好像是在为刚才他自己说的那番话……不好意思一样。

李乃幼愣了愣。

半晌他歪着头，又露出了两颗虎牙，笑盈盈地说：“我知道啦，rich（有钱）哥哥。”

第3章 常驻嘉宾

关沛其实已经做好了这场直播尴尬收场的准备。

毕竟自己和李乃幼性格天差地别，况且俩人认识不过几天还没有磨合，加上李乃幼还是个新人，这样第一次合作直播，效果很有可能会不怎么样。

但是关沛没有想到最后的效果居然这么好。

关沛的直播下午五点准时开始，到晚上十一二点结束，从不拖延从不熬夜，一桌一电脑一人一保温杯，将养生贯彻到底。

因此，如此“佛系”的他这次公开声明要和别人合作，有人说是因为他终于开始担心流量流失了，也有人说他是想接广告了，更有人说他是被平台逼着带新人，说什么的都有。

他的粉丝这两天也担惊受怕。

有的女粉担心他找个舞蹈区的女主播合作，有的“技术粉”害怕他找个菜鸟新人主播影响观看体验，一时间传什么的都有，微博和论坛上也是“腥风血雨”地闹了好一阵子。

因此正式开播的那一刻，一切谣言不攻自破，所有人盯着关沛身旁坐着的棕眼睛美少年，刹那间有了一种松了口气的感觉。

“是那位怪味中文的奶油弟弟！关姓主播你太会找人了呜呜呜！”

“我活了我活了我活了，这两个大男孩的脸凑在一起，差不多把游戏区的天花板给顶破了！”

“兄弟们快把‘满意’刷在公屏上！”

李乃幼腼腆地说：“大家好鸭。”

粉丝们似乎很喜欢他这个味儿的口音，都开始模仿着他的语气说话，一时间也调侃个不停，弹幕里飘了一连串儿的“鸭鸭鸭鸭”。

“你们总说我闷，”关沛把保温杯放在桌前，自然地接过了话，“这回请了个话多的。大家给奶油弟弟的直播间也点点关注，算我关某欠你们一个人情哈。”

李乃幼偷偷瞥了关沛一眼。

这个人明明刚才还叫自己不去求人，现在却为了帮自己涨流量说出了这种话……李乃幼的耳根子莫名地有些发热。

他掀开杯盖，小心翼翼地喝了一口热茶，刹那间被苦得脸都皱了起来，他捂着嘴，惊恐地扭头看向了身侧的关沛。

关沛对上他的视线，慢条斯理地举起自己的保温杯喝了一口，挑了一下眉，示意“这明明是你自己要抢着喝的”。

观众却看得一头雾水。

“《眉目传情》。”

“关哥今天宠幸的还是小蓝，是小银不够保温还是小橘容量不够，为什么最近独宠小蓝一杯？”

“奶油弟弟手里的杯子好 cute（可爱）我好 love（爱），不过这不会也是咱沛的杯子吧……”

“上游戏吧。”关沛轻飘飘地说，“今天先看你表现怎么样，当我的陪玩也是有考核期的，得观众满意了再让你常驻。”

李乃幼大惊。

关沛其实就是想逗逗李乃幼，结果没想到这位外国小朋友心眼子格外地小。

一进游戏，李乃幼正好在一楼，关沛就看着他鼓着脸小手一点，直接秒选了一手关沛正准备用的辣子鸡。

——然后“秒”锁。

关沛一脸疑问。

李乃幼别过脸，学关沛的样子装酷，假装看不见关沛的目光，若无其事地掀开杯盖喝了口茶，当然又苦得舌尖一麻，最后勉勉强强地咽了下去。

“开始了开始了，节目效果开始了！”

“奶油弟弟，永远的神。”

“这种吃瘪的表情又一次出现了哈哈哈哈哈，沛哥只能拿辅助了哈哈哈哈哈哈，爷青结（我的青春结束了）哈哈哈哈哈哈哈……”

在一片笑声中，尾楼的关沛只能咬着牙选了个团控辅助，游戏正式开始。

别的主播第一次搞合作好多尴尬得全场无言，要么就是硬聊、尬聊让人别扭到脚趾抠地，李乃幼这种毫不见外的自来熟，确实是让直播效果大大提升了不少。

关沛其实是暗自松了口气的。

关沛之前也是见识过李乃幼的交流能力的，一长串中英混杂断断续续地往外面蹦。但那都是在没开麦打字的情况下。

这次俩人第一次面对面地打游戏，他总算是见识到这人是多么能说了。

李乃幼走到野区的南瓜旁边，嘀嘀咕咕：“先把瓜瓜吃掉……”

他再走到土豆旁边，开始有策略地规划未来：“再把破忒头（potato，土豆）收掉，上路位置不好的话……那就先去打大龙吧……”

最后他走到关沛旁边，不满地控诉：“辅助，你要出抵抗鞋啊。”

关沛最后都快气笑了，弹幕也跟着疯狂带节奏。

“关沛辅助，不行。”

“这弟弟的中文真给我笑裂了，破忒头、托码头是什么啊？哈哈哈哈哈哈……”

“我看奶油弟弟打野玩得也很不错，英雄池看来不浅啊，那两天给咱沛打辅助也挺不容易了。”

李乃幼这个人真的是“尴尬免疫体”，一开始还有些不好意思，后面简直是完全放开，说什么话都能自己给自己圆回来。

关沛时不时凉飕飕地插上几句，俩人的气场竟然和谐得诡异，倒真的起到了互补的奇妙效果。

比如这一局，残血的李乃幼嘀嘀咕咕地走到了蓝区打野，关沛抬头看了一眼镜头，闷声不响地跟在他后面帮着他打。

然而在李乃幼即将收下大南瓜的那一刻，关沛位移上前，飞快地平A了一下，将buff（指电子游戏中的增益魔法）纳入自己囊中。

李乃幼的辣子鸡原地呆滞两秒，突然恶狠狠地丢了一个二技能，砸在了关沛操纵的御姐柠檬茶身上。

李乃幼气急败坏：“你、你为什么要抢我的buff？”

关沛一脸平静：“我帮你打，你自己没收掉。”

李乃幼伤心不已：“我技能交了，我能量格空了，我怎么这么快收得掉！你就是故意的，你刚才有很刻意地在平A，你就是……”

于是关沛大方承认：“对，我是故意的。”

李乃幼蒙掉了。

“哈哈哈哈哈哈哈哈哈，睚眦必报关某人。”

“《记仇》。”

“奶油弟弟人傻了哈哈哈哈哈，老坏了。”

“现在！立刻！马上！给他打一个新的瓜瓜！给他打对面的buff！还给他还给他还给他！”

关沛全当没看见，继续感谢礼物打赏，若无其事地继续在峡谷里逛。

这属于小学生级别的幼稚斗嘴，但不知道是因为李乃幼泫然欲泣伤心得太真实，还是因为他俩的节目效果太出色，观众笑得不行，看得那叫一个津津有味。

有的人爱心泛滥，直接刷了支大火箭过去，说“弟弟不难过，给你大火箭买好七（吃）的”来安慰李乃幼。

关沛抬眼瞥了一眼，轻轻地踢了身旁的李乃幼一脚。

李乃幼茫然地抬起头看向屏幕，才意识到自己这一局玩得太投入，一直都没有注意到去和弹幕互动。

反倒是关沛，两边都顾得很好。

李乃幼抿了抿嘴。

“谢谢苹果不绿的飞机。”李乃幼真挚地眨了一下眼睛，绞尽脑汁地夸人，“你很大方，你一定是一个不斤斤计较的、很善良的人。”

斤斤计较并不善良的关沛：“……”

阴阳怪气拿捏得太好，弹幕笑得天花乱坠。

然而斗嘴归斗嘴，俩人的配合还是很到位的，几局游戏下来总共输了两局。

而且因为李乃幼这人选英雄全看心情，关沛不得不拿了些他平日里并不常用的英雄，让他的老观众们耳目一新，弹幕直呼过瘾，礼物也刷得飞起。

不知不觉，俩人饭还没吃，斗着嘴，就直播到了十一点多。

关沛看了一眼时间，退出了游戏。

观众们意识到他们是准备下播了，都在刷“建议弟弟常驻”“建议直接替代主播本人”“满意满意满意”“要不二位一起用膳吧”。

调侃玩笑居多，但看得出来，观众们对今天这场直播是十分满意的。

李乃幼有一些得意。

关沛面色如常，并没有什么表示，只是又和弹幕寒暄了几句，然后下了播。

屋子里一下子安静了下来。

五个小时的直播，精神高度紧绷，李乃幼第一次发现玩游戏原来也可以这么累人。

他缩在椅子上，累得连手指头都不想动，半晌才小幅度地动了一下，仰起脸看着关沛，小声说了一句："好累啊……"

李乃幼感觉自己今天的表现很好，于是眨了眨眼，期待关沛可以夸自己一下，或者说一句"辛苦了"。

然而关沛没接话，只是点了点头，随即自顾自地把保温杯里的茶喝干净，起身向屋子外面走去。

李乃幼呆了一下。

他别过脸，垂下眼睫，有些失落地哼了一声。

装什么酷啊。

他气呼呼地想，我今天晚上表现得这么好，这个人都没有夸夸我，而且喝的茶还那么苦，和直接喝咖啡有什么区别……

——怀里突然落下来了一个沉甸甸的、软绵绵的活物。

李乃幼吓了一大跳，然后定睛一看，直接对上了一双绿色的、圆圆的眼睛。

翠菊："喵。"

李乃幼心里刷起一排感叹号。

"你要的小猫咪。"关沛松开了手，让翠菊肥硕的身子彻底沉在了李乃幼的怀里，"先别戳它的肚子，它会咬人。"

翠菊警惕地嗅了嗅李乃幼的指尖，发现这味道自己并不讨厌，便在他的怀里换了个姿势，安心地舔起了身上的毛。

关沛感觉李乃幼快要晕过去了。

"它、它是热的。"李乃幼颤抖着说，"屁股胖胖的软软的，尾巴还在动……"

关沛："……"

如果是冷的就出问题了。

"它、它叫什么名字呀？"李乃幼问，"白白？球球？还是……"

关沛说："翠菊。"

李乃幼显然对这个并不可爱的名字感到茫然："吹橘？什么意思？"

关沛重复了一遍，然后顿了顿，面不改色地胡扯："就是……绿色的花的意思。"

李乃幼似懂非懂地"哦"了一声，说"这样啊"。

"吸"到小猫咪的李乃幼欢喜得不行——他两只手支撑着翠菊肥胖的身躯，一时间没有办法抽出手来摸，就只能小心翼翼地低下头，用自己的鼻尖轻轻地蹭了蹭翠菊毛茸茸的脑瓜。

少年的眼睛里亮晶晶的满是欢欣。

关沛莫名地看得有些出神。

——当然他很快就回过神来，先是欲盖弥彰地清了清嗓子，随即便起了身，有些不自在地重新出了房门。

关沛刚在厨房把火打开，李乃幼抱着自己的杯子出来了。

"它跑掉了。"

李乃幼很伤心地对关沛说："我就是想伸出手摸摸它的耳朵，它就突然跑了……"

关沛在锅里下了面条，说"正常"。

李乃幼停顿了一下，又歪着头，说："谢谢你把它拿过来给我摸，吹……吹橘很可爱，我很喜欢。"

关沛点了点头，开始切菜。

这个人怎么……又不说话了啊？李乃幼有点郁闷。

“我今天表现得可以吗？”李乃幼终于还是没忍住，有些希冀地问出口，“我看到了很多很多大火箭和礼花，他们喜欢我吗？我可以尝猪吗？”

关沛思考了半天，才明白他说的是常驻。

“抢我的英雄。”关沛说。

李乃幼有些心虚地别过了脸。

“礼物打赏的感谢也总是忽略。”

关沛说：“不用求礼物是一回事，但要让送礼的观众得到反馈，感受到被感谢，产生沟通感。不用跳舞唱歌，但至少要说一句谢谢，这是很重要的。”

李乃幼一下子就蔫了。

他垂下纤长的睫毛，沮丧地说：“我知道……我当时打得太入迷了，你确实要比我更 professional（专业）……更、更厉害的。”

“但是和观众的互动还是可以的。”关沛若无其事地敲开了一个鸡蛋，“将直播间的氛围保持得很活跃，可圈可点。”

李乃幼猛地抬起头。

他的眼睛唰地就亮了，睫毛颤啊颤，他仰着脸希冀地看着关沛的脸，像是在等老师发小红花的幼儿园小朋友。

“那我……”

“可以常驻。”关沛言简意赅地接过了话，把做好的汤面麻利地匀在两个碗里，转身向厨房外走去，“把自己的杯子洗干净，出来吃面。”

罗森：

请你不要再用邮件轰炸我了，我很好，只是不想回复你而已。

我仍然并不觉得我做错了什么，所以在他们主动和我道歉之前，我是不会主动回去的。

中国的饭真的很好吃，我在网络平台上交到了很多中国朋友，他们说话很有趣，我偶尔还会画一些画——只不过我忘记把我的画板一起带过来了。

我还认识了一个人，他和你一样，也很爱喝很苦很苦的茶，他还有一只小猫咪，不过他不是很爱说话，脸还很臭。

但是他请我陪他一起打游戏，还让我摸了他的小猫咪，我现在甚至有了一笔意外的收入，所以你不要担心我。

希望你和 Rebecca 都好。

不想回家的 Neo

关沛去逛超市。

大部分主播的生活是昼夜颠倒的，然而关沛的作息十分规律，每天固定时间上播下播，从不熬夜，保温杯在手，春夏秋冬都泡着热茶，堪称养生行家。

他每周三、每周五的早晨会去游泳。每周日会去逛一次有机食品超市，买下周需要的食材。他喜欢自己下厨，很少点外卖。

粉丝调侃他提前步入了老年生活，他倒是没什么感觉，他自律惯了，过这样有条有理的生活反而很舒服。

关沛推着购物车，先去自己最爱的杯子区浏览了一圈。

遛了一圈没什么看着顺眼的保温杯，倒是隔壁有台破壁机看着不错，关沛寻思着也快入秋了，回头弄点热豆浆喝喝也不错。

把破壁机装进了购物车里，把翠菊的罐头也买了，关沛又随便转了转，感觉没什么可添的了，就去排队结了账。

收银员小姐姐手上麻利地扫着码，同时还不忘笑眯眯地进行推销：“这是 ×× 茶近期推出的大热速溶奶茶，现在我们买一送一，您需要来一盒吗？”

关沛瞥了一眼那花里胡哨的包装盒，光看着包装盒上的图片就感觉甜腻。

然而他的脑海却莫名浮现出了另一个场景——男孩被杯子里的茶苦到，皱着张小脸，棕色的大眼睛眨啊眨，震惊而哀怨看着自己。

“来一盒吧。”关沛说。

这是为了让以后少些麻烦而已。关沛这么对自己说，不然自己的各种好茶还是会遭殃，嗯。

关沛回了家，随手刷了刷微博。

昨晚他俩直播结束后，邵吉激动得不行，弹来了一连串的消息，说是各处都在热议他俩合作的直播效果，夸颜值也好夸节目效果也罢，总之是一片好评。

关沛倒是没什么感觉——不过看着这周的任务进度，他也确实松了口气，毕竟自己是真不擅长要礼物这种事儿。

邵吉至少有一点说得没错，这小孩确实招人怜，是个吸打赏的体质。

——但他也是真能吃。关沛想起了昨晚被吃得一滴汤都不剩的碗，心情颇为微妙。

今天关沛不打算开播，又正好赶上游戏更新，直到明天上午十一点游戏才会开服，于是关沛切了小号，在黑桃的大厅随便逛了逛，看了看别的游戏主播的直播。

关沛当了几年主播，同行朋友也认识不少，游戏区生活区的都认识几个。

关沛平时看他们直播还挺有意思的，结果今天不知道为什么，越看越困，半晌又索然无味地退了出去。顿了顿，他又输入了另一个直播间的号码。

毕竟是合作关系。关沛是这么想的，不为别的，检查一下罢了。

这两天李乃幼的直播间疯狂涨粉，粉丝数量有破三十万的趋势，这成绩对于他这种新人主播而言非常不错了。

李乃幼已经开播四十分钟了。

关沛点开李乃幼直播间的一瞬间，震耳欲聋的响声让他感觉自己的耳膜要被震破，天灵盖都要跟着被掀开了。

——那是一种十分诡异凄凉、极具穿透力的乐器发出的声音，仿佛直击灵魂。关沛眉头紧皱，半晌定睛一看，整个人无语凝噎。

李乃幼在拉二胡。

那是一把货真价实的二胡，虽然李乃幼手法生疏得不行，拉得那叫一个肝肠寸断、一塌糊涂，但是当事人露出十分陶醉的表情。

弹幕满满当当的都是“救命 SOS”“我已经在掐人中了”“兄弟们等他拉完了喊我回来”。

好在李乃幼很快就收了手，腼腆地笑了笑，把二胡放了下来。

“这个乐器的音质，好神奇啊，怪不得你们都推荐给我。”李乃幼意犹未尽地说，“操作手法和 cello 有一点点像，让我查查 cello 用中文怎么说……嗯，大提琴，和大提琴有点像。”

李乃幼眨了眨眼，才发现了满屏幕的调侃。

“这是刚刚从朋友那里借过来的，所以拉得不好。”李乃幼小声地为自己辩解，“我之前很喜欢大提琴的，我也会拉，只是后来因为一些事，没有办法继续学……”

关沛看到李乃幼似乎是怅然地发了会儿呆。

半晌他又把食指抵在唇边，警惕地凑近屏幕，小声嘘了一声：“你们先不要和别人说，这是我明天要给他准备的特别节目，要让他大吃一惊，你们要保密的鸭。”

听了个正着的关沛：“……”

不好意思，有点晚了。

弹幕刷了一串“好好好行行行”。

李乃幼弯着眼睛，嘿嘿地笑了一声。

他先是小心翼翼地把二胡收好，然后拿起桌子上吃了一半的酸奶，一边小口小口地吃着，一边又把脸凑近读起了弹幕，挑着回答起了问题。

“我是中国人，只不过五岁后就在英国生活了。”

李乃幼很有耐心地回答道：“我喜欢吃的东西有很多，但很讨厌大蒜和青蛙，嗯嗯。”

“而且我最近很馋冰激凌。”李乃幼有些伤心地往镜头外瞥了一眼，“可是我这里没有办法囤，因为我这里的冰箱……有点特殊，有些小，而且制冷不是很好……”

关沛愣了一下，弹幕似乎也不太能理解这种情况，李乃幼也不愿意多说，糊弄过去了。

“谢谢用户 9801 的小烟花，你很大方你很善良——不过有些问题我是不会回答的，你们也不要再刷了。”

李乃幼咬着勺子很严肃地说。

他这话一出，弹幕提出的问题果然就收敛了一些。有人好奇关沛为什么会选择和他合作，而不是和别人。

“可能我说话比较多吧。”

李乃幼想了想，说：“其实我们都有各自的需求罢了，虽然他算是我的老板，但我感觉我们更像是搭档，他人很 nice，就是……”

李乃幼偷偷摸摸地放低了声音：“他如果可以多说点话，不要总是那么闷，就更好啦。”

“而且明天我们还会一起直播。”李乃幼骄傲地说，“他虽然游戏打得比我要好一些，但是我要比他有趣多了，除了打游戏和二胡表演，我还准备了好多节目呢，你们一定要来看啊。”

真行啊。

关沛凉飕飕地想：昨天这人当着面对我敢怒不敢言，原来第二天就忍不住和自己的观众吐苦水，说我的坏话了啊。

屏幕上的男孩认认真真地用勺子刮着酸奶杯的底部，最后又用将勺子嗦干净，随即抬起手，很满意地给大家展示干干净净的杯底："我都吃光啦。"

观众们看得那叫一个五味杂陈。

"崽，咱拿礼物的钱多买几杯酸奶吧，不至于不至于，咱真不至于。"

"这也太让人心酸了呜呜呜……"

"弟弟吃什么都好香啊，能不能教教关某人好好吃饭，不要每次都看那种下饭视频吓走新粉……"

关沛："……"

他退出了李乃幼的直播间。

关沛这人和邵吉不太一样，他不是那种愿意打听和八卦别人家境的人，他只想着过好自己的日子，懒得去操心别人生活是好是坏。

不过李乃幼这个情况真的是有点特殊——舍不得买油条吃，两次的衣着都一言难尽，吃什么都吃得干干净净渣都不剩，烈日炎炎下坚持骑共享单车，家里的冰箱还不制冷……

关沛的心底已经有了大致的判断。

三十秒后，关沛重新进入了李乃幼的直播间。

屏幕前的男孩依旧神采奕奕，关沛点开背包翻了翻，指尖顿了顿，把剩下的几个小礼物都打赏了出去。

李乃幼今天衣服上的涂鸦是皮卡丘，这是除了杰尼龟以外，他第二喜欢的"宝可梦"。

那天他为了满足关沛"不要太贵"的要求，特地仔仔细细地在网上筛选半天，最后选购了一家价格低廉实惠同时又印着自己喜欢的角色的衣服。

和关沛约好的，今天直播的主题是由李乃幼来定的，他期待很久了。

他认认真真地熨好了衣服，背上找表哥安迪借来表演节目的二胡，准备给关沛一个巨大的惊喜。

李乃幼心情很好地站在关沛家门口，敲了敲门。

开门的是邵吉。

他一看见李乃幼就笑容灿烂：“呀，小李呀，早上好早上好。”

看到门口站着的人不是预想之中的关沛，李乃幼感觉有些莫名的失落。

他垂下了眼睫，但最后还是很礼貌地说：“早上好，邵吉叔叔……”

今年刚刚三十岁的邵吉笑容逐渐变得僵硬。

“那个，关沛在洗澡——你之前不是说想吃张记油条吗？”邵吉清了清嗓子，指了指桌子，说，“正好我今天买了，一起来吃吧……”

“谢谢你。”李乃幼猛地仰起脸，露出一个很甜的笑，“邵吉哥哥。”

邵吉心尖儿跟着一颤，魂儿都快跟着飞了，他连忙笑着说“没关系没关系”。

李乃幼坐在餐桌旁，小口小口地咬着热气腾腾的油条，酥脆又筋道的油条在舌尖、唇齿间流连，他感觉自己快要幸福而死了。

翠菊好奇地露出了脑袋，跳上了桌子，嗅了嗅李乃幼的手指。

关沛擦着头发走出浴室的时候，就看到李乃幼正试探性地把手里剩下的一小截油条放在翠菊的嘴边，企图对翠菊进行谋杀。

“它不能吃。”关沛说，“它肠胃敏感，吃错东西就会拉肚子。”

李乃幼仰起脸，愣了一下。

他每次见到的酷哥都是一副很冷淡严谨的模样，因此此刻刚刚洗完澡的关沛看起来有些新奇而陌生。

关沛的身上似乎笼罩着一股微暖的潮意，发丝随意地耷拉在额前，露出的一双眼虽然睥睨着他，但是好像多了一丝平日里没有过的温度，不那么有距离感了。

李乃幼怯怯地收回了手。

“对不起。”他很乖地道歉，“我只是看它好像很想吃的样子。”

关沛只是摇了摇头。

关沛擦干了头发，在李乃幼的对面落了座，安静地喝起了粥。邵吉去别的地方打电话了，李乃幼盯着自己手里的半截油条，有些沮丧。

他好像让气氛尴尬起来了，他想。

关沛喝完了粥，视线落在了餐桌另一端的黑色长盒上，坐在对面偷看他好久的李乃幼立刻精神抖擞了起来。

李乃幼问：“你猜猜，这是什么。”

“是一种乐器哦。”李乃幼很好心地提醒道。

不知道是不是李乃幼的错觉，他总觉得关沛的表情在刹那间似乎变得有些微妙。

但等李乃幼眨眨眼，定睛一看，发现这人的脸上只是一贯的平静，似乎并没有带别的情绪。

可能是错觉吧，李乃幼迟疑地想。

“小提琴吗？”半晌关沛开了口。

“很接近啦。”

似乎料到关沛会给出类似的答案，李乃幼露出了很得意的表情，希冀地托着下巴，看着关沛的眼睛说：“是中国的传统乐器，你再猜猜啊。”

关沛沉默了一下。

他说：“猜不出来。”

“是二胡。”李乃幼美滋滋地把盒子打开，“我为了今天的直播特地准备的，想不到吧，是不是很惊讶啊？”

然而关沛沉默着，这和李乃幼设想的场景不太一样。

他竟然不惊讶吗？李乃幼蒙蒙地想，他为什么不说话，还要这样看着我啊……

“嗯。”半晌他听见关沛沉声说，“确实没想到，我很惊讶。”

下午三点钟，关沛准时开播。

这次的标题是李乃幼定的，叫《双人顶级音乐会》，关沛光是看着这串儿标题和李乃幼坚定的侧脸，就知道这人今天是下定了决心，势必是不会让观众活着出去的。

观众一头雾水点进来了，就看见关沛和李乃幼端端正正地坐在屏幕前，李乃幼抱着他的二胡，很开朗地挥了挥手，说：“你们好鸭。”

关沛更是直接放狠话，平静开口：“有胆量的，进来了就别走。”

大部分观众昨天没有看李乃幼的单人直播，并不知道李乃幼的二胡水平有多梦幻，因此都不以为意。

有怜爱李乃幼的女观众更是大放厥词：“弟弟放心大胆地演奏，姐姐们永远在这里给你打 call（指加油）！”

李乃幼很感动：“谢谢你们。”

于是他不再收敛，很陶醉地表演了一首他准备了很久的《小星星》，一曲肝肠寸断百转千回，听得关沛沉默喝茶，观众哀号连连。

翠菊顶开门嗒嗒嗒地跑进来了，凶巴巴地咬着关沛的裤腿，要求关沛立刻制止李乃幼的危险行为。

门外的邵吉没忍住探头进来查看情况，一时哭笑不得，半晌也苦着张脸，抱着翠菊离开了。

一曲终了，李乃幼很腼腆地问关沛怎么样。

关沛木然地说：“还行。”

李乃幼很高兴：“太好了，我还准备了一首，是……我自己的原创歌曲，叫作……”

弹幕也沉浸在半痛苦半欢乐的海洋里，满屏幕的“哈哈哈哈”和“救命”交织而过，有人没忍住刷了架大飞机，说：“弟弟，真的很好听，但是可不可以不拉了？我们想看点别的节目。”

李乃幼信以为真。

他很认真地思考了一下，恋恋不舍地说：“那好吧，我也确实有些累了。”

他又转过头很真挚地邀请关沛：“你要不要试试二胡？很好玩的。”

关沛沉默了一阵，说：“不需要。”

李乃幼哼了一声。

“那你会不会什么别的乐器啊？”李乃幼问，“或者唱歌跳舞什么。音乐会就是要很热闹才好玩，你不要干坐着不干事儿啊。”

关沛今天本来是铁了心混到底，刚想说自己什么都不会，弹幕里他的老粉却是一个个“仰卧起坐”，齐刷刷地刷起了弹幕。

“黑桃歌王关沛！请您重出江湖！”

“上一次咱沛唱歌是公元前的事情了吧，怀念啊怀念啊，给我们唱一首吧呜呜呜！”

“就在刚刚，因为听见咱哥要唱歌，我家残疾两年的狗子站起来了，硬是叫我把音量调大点儿……”

李乃幼看呆了。

“你唱歌很好吗？”李乃幼蒙蒙地问，“他们好像都很兴奋的样子。”

关沛头又开始痛了。

“要不你再拉一首。”关沛说，“我突然感觉我还挺想听……”

“那就来唱歌吧！”李乃幼很兴奋，“我知道有一个软件，给你找伴奏，好像还可以评分呢……”

于是最后关沛不得不唱了一首最近大热的情歌。

关沛唱出第一句的时候，李乃幼就明白为什么弹幕都兴奋得像是打了鸡血——因为关沛唱歌确实很好听。

吸引人的不仅是他的唱腔，还有他唱歌时的模样，他的眉眼似乎都在音乐中温柔了很多，好像真的和歌词一样，在很深情、很热烈地喜欢着一个人。

李乃幼连眼睛都舍不得眨。

弹幕刷满了“好听好听好听好听”，礼物也是一个接一个地刷，有个“暴躁老姐”直接刷了艘平台最贵的豪华黑桃大飞船，说“关沛你每天唱一首，我就每天给你刷个船，就问你敢不敢答应”。

一艘豪华黑桃飞船价值两千多，而且是全平台通报的那种，弹幕直呼“老板大气”。

关沛直播这么多年了，对这般场景习以为常，只是礼貌地道了谢，便自顾自地打开保温杯喝茶，半晌又感觉哪里不对。

他偏过头，对上了李乃幼的视线。

李乃幼睫毛颤了颤，直勾勾地盯着他，半晌才呆呆地眨了眨眼。

关沛：“……”

李乃幼半天才回过了神。

“你唱的这首歌，歌名是什么？”李乃幼很严肃地打开了手机备忘录，“我今天回家就要练习一下二胡的版本，咱们下次可以进行一次合奏。”

关沛：“……”

——你放心，下次你只要敢带着二胡来，我根本就不会让你进门。

这场顶级的音乐盛宴最后以李乃幼的一首英文歌收了尾——其实李乃幼还很想听关沛再多唱几首，但是关沛很狡猾地将话题一转，弹幕就又开始起哄让李乃幼唱歌了。

李乃幼唱歌还是比他的二胡水平高多了，年轻男孩的声音清冽，奶声奶气的，听着就叫人的心跟着变得柔软。

李乃幼唱完后偏过头，眼睛亮晶晶地看着关沛。

关沛这回也没吝啬自己的夸奖，点了点头，表示了肯定。

弹幕这回也刷了一串的“good（好） hear（听），good hear”，通过“工地英语”来表示他们的满意。

“这英语也太好了吧……我真实震惊了。”

“那个楼上的，你有没有想过，可能他的母语就是英语呢……”

“弟弟的声音也好好听啊呜呜呜，而且这两个人坐在一起也太养眼了……”

“把养眼刷在公屏上！”

虽然最后的节奏莫名其妙地跑到了关沛不能理解的地方，但是弹幕整体的氛围还是很不错的，关沛看了一眼时间，到饭点了。

关沛今天没办法自己下厨，只能求助于万能的外卖。

“铁子们，音乐会先中场休息一下。”关沛说，“今天整个双人用膳，在座的各位有什么建议吗？”

于是在观众的提议下，关沛选择了一家中规中矩的韩国料理店，点了份大酱汤加饭。

至于李乃幼，关沛估计他是想让自己在今天之内破产。

李乃幼选择了一家生意很红火的烤串，手指轻飘飘地一扫，把店里所有的串儿都点上，最后还有模有样地加了个小可乐。

毕竟当初同意了包他三餐的人是自己，关沛也没辙，只能利落地付了款。

“你这个汤，看着太清淡了，”李乃幼得意扬扬地说，“一看就不好吃。你看我这个的图片，一看就好香好香的。”

结果饭来了之后李乃幼就傻眼了。

“为什么……会这么辣啊？”李乃幼眼泪汪汪地说，“撒在肉上就算了，为什么连这个馒头片片上，都要撒辣椒面？我喀喀喀……”

关沛优哉游哉地喝了口自己的汤，向李乃幼点头，表示自己爱莫能助。

李乃幼把烤串上面的辣椒面刮掉，勉勉强强地咽下了两串，而且把小可乐喝光了。

他看着自己面前山一样的血红烤串，第一次对他信赖且热爱的中国美食产生了质疑。

弹幕也快笑死了。

“是X记烤串！他家香是真的香，但是辣也是真的无敌辣，我也受不了。弟弟可能忘记说少加辣了我寻思，脸都辣红了哈哈哈哈哈哈……”

“喝汤的那位你在暗爽吧，没错吧没错吧没错吧！”

“给孩子来一口吧，我感觉弟弟的眼珠子快要掉沛哥的汤里了……”

于是五分钟后，李乃幼举着一把串串，一寸一寸地缓慢挪到了关沛旁边。

“有人想吃好吃的串串吗？”李乃幼若无其事地开了口，“一共有十串，都是很好吃的肉哦，我不贪心的，只要一小碗汤和米饭就可以换走哦……”

关沛：“没有人想。”

李乃幼抿了抿嘴。

一分钟后，李乃幼举着更多的串串，又吭哧吭哧地贴了过来。

“有人想吃好吃的串串吗？”李乃幼希冀地眨着眼，“一共有十五串，都是很好吃很好吃的肉，外加一根我珍藏的烤玉米，只要一小碗汤和米饭就可以换走哦……”

关沛的心情有点复杂。

如果此时坐在自己对面的人是邵吉，而不是眨巴着大眼睛一脸憧憬地看着自己的李乃幼，关沛是可以毫不犹豫拒绝掉这个请求的。

因为邵吉是正常人。

然而李乃幼的棘手程度和翠菊是一个级别的，在达到自己的目的之前，它好像有无限的能量来折腾你，直到你答应给它打开一罐新的猫罐头。

不是心软，关沛这么和自己说，是因为正在直播，自己不想惹麻烦而已。

但关沛也是绝对不会让自己吃亏的那类人。

“换是可以换。”关沛放下筷子，平静开口，“但是要换就全换，你敢不敢？”

李乃幼愣了一下。

现在他面对的情况可以说是非常严峻的——因为所有的串串都被撒上了奇辣无比的辣椒面，其中二十串肉几乎全军覆没，馒头片也辣到无法入口，蔬菜中唯一可以下咽的，就是两根玉米。

李乃幼刚刚已经让出了其中一根，认为自己已经很大方了，却没想到关沛这个人无比贪婪——他想要的是全部。

李乃幼陷入了两难的境地。

可是他的汤看着也很好喝呀……李乃幼纠结地看来看去，里面有扇贝、蔬菜，还有豆腐……

“这样，我不全拿走，给你留两串我不想吃的。”关沛拿起纸巾擦了擦嘴，漫不经心地问，“成交？”

李乃幼咬咬牙，说“好”。

观众看得那叫一个津津有味。

“好家伙，吃顿饭愣是整得和非法交易似的。”

“关沛，狡猾。”

“不行了太好笑了，奶油弟弟真的像极了小学时候找我要辣条吃的同桌……”

交易成功，于是李乃幼接过了关沛的汤和饭，关沛搬走了李乃幼的串串山，然后关沛挑挑拣拣，挑出了三串形状很诡异的串串送回了李乃幼的手里。

李乃幼警惕地眯起了眼睛。

“这是什么肉啊？”李乃幼看了半天没认出来，又放在鼻前警惕地闻了闻，半晌抬起眼迟疑地问，“不像鸡肉也不像猪肉，闻着味道又好奇怪，你可不可以给我别的——”

关沛：“你自己说的，全都是好吃的肉肉。”

李乃幼被噎得说不出话。

李乃幼没注意到，在他举起那三根串串的那一刻，弹幕已经炸开了。

“看这个形状我好像知道这是什么了……”

“关沛，臭不要脸。”

“是不是那个东西？是不是那个东西？我好好奇弟弟知道后的表情哈哈哈哈哈……”

李乃幼没有感到不对，只是先把串串放到了一旁。

他小口小口地把热乎乎的汤就着米饭喝了，又立起勺子，把碗底残留的米粒挖得干干净净然后吃掉，最后餍足地眯起了眼睛。

嘴里的辣消散得差不多了，李乃幼又心满意足转过头，看了看身旁的关沛。

明明是把李乃幼辣到眼泪汪汪、神志恍惚的东西，关沛吃起来却脸不红心不跳。他只是慢条斯理地缓慢进食着，似乎这样的辣对他而言只不过瘙痒一般。

李乃幼傻眼了。

李乃幼五岁来到英国之后家里就请了营养师，从小到大，家里的每一顿饭营养丰富但又寡淡无味，各种蔬菜汁混着往他肚子里灌。

他中学上的贵族学校，为了让家长放心，每周固定的菜谱设置得十分健康，当同龄人下课考虑是吃烤冷面还是吃麻辣烫时，李乃幼只能默默期盼今天学校的甜点不是胡萝卜蛋糕，因为胡萝卜真的真的很难吃。

——所以李乃幼可以说是从小饿到大的，他没有浪费食物的习惯，还养成了把所有东西都吃得干干净净连渣都不剩的好习惯。

于是此时此刻，他把目光放回了那三根串串上。

李乃幼又凑近闻了闻，半晌还是没有忍住，试探性地咬了一小口。

这是肉，辣还是辣，但是就连辣味也掩盖不住这肉的怪味，口感也有点怪异，难以形容。

怪是怪……但还挺香的。

李乃幼辣得直哈气，又问关沛："这到底，是什么肉呀？"

关沛也好久没吃辣吃这么爽了。

此时此刻的他心情尚好，于是没再瞒李乃幼，直说："羊腰子。"

李乃幼又咬了一小口，鼓着腮帮子茫然道："羊妖子？是什么？是妖怪吗？"

关沛沉默了一下。

他似乎在犹豫，思考有没有说下去的必要，停顿了一下，半晌吐出一个单词："kidney（肾脏）。"

李乃幼瞬间瞪大了眼睛。

弹幕快笑疯了。

"哈哈哈哈哈哈哈，好一个'漂亮混血弟弟早期驯服羊腰子的珍贵景象'……"

"说实话这玩意儿我也吃不了，太冲了太冲了。"

"这就是文化人的对话吗？"

李乃幼的饮食清单极其保守，他很少吃动物的肝脏，偶尔吃一次鸡肝就能难受到抓心挠肺。

所以嘴里剩下的小半口羊腰子李乃幼是真的不敢咽了，他急得手忙脚乱，含含糊糊地向关沛求救："纸，给窝（我）纸……"

关沛身旁的柜子下层倒确实放着一盒抽纸，然而现在他自己吃得满手是油，根本没办法去拿。

"你自己去够一下。"关沛给他指了一下位置，"就在下层，我手太脏。"

李乃幼心急如焚，只能伸长了胳膊，将身子压在关沛的大腿上，低下头，努力伸长手指去够那一包小小的抽纸。

结果指尖始终差了那么一点点距离。

关沛颇为无言："就这一口，你咽下去不行吗？"

李乃幼气鼓鼓地抬眼看他，声音含含糊糊。

李乃幼耳尖带着点粉意，可能是因为烤串对他而言真的很辣，那双棕色的眼睛泛着潋滟的水光。

关沛停顿了一下。

半晌他说："行吧。"

然而此时此刻，观众的视角就有那么一些不一样了。

因为摄像头摆放的位置，观众只能看到关沛的上半身和李乃幼的半个头顶。

弹幕上刷了一大片明黄色的问号。

"等一下？"

"这个错位我人傻了，报警了报警了哈哈哈哈哈……"

"等等刚才超管好像进来了？我没看错吧，一级警报拉响了，二位请注意一下影响啊……"

超管就是平台的超级管理员，巡视管理直播维护秩序的，比如舞蹈区某个主播露多了超管就会警告，尺度更大就会封禁三天。

关沛也终于看见了弹幕的提醒，虽然不明白为什么，但他感觉情况有点不对，眉头微蹙，连忙催促李乃幼：“你快点。”

吃了奇怪的东西，李乃幼的心情本来就很差，他很不高兴地应了一声，够了半天终于碰到了纸巾盒的边缘。

他又努力伸手，总算是拿到了自己心心念念的纸巾。

李乃幼心满意足地起了身，赶紧别过脸把嘴里的东西吐掉，又抱着水壶猛灌水，漱了漱口，这才缓了过来。

然而等他再次抬起头时，却发现关沛的脸上露出了自己从未见过的表情。

那是一种有些微妙，有些茫然，但又好像无言以对的表情。

李乃幼没明白他怎么了，只是擦了擦嘴，懵懵懂懂地歪着头问：“怎么啦？”

关沛没说话，半晌猛地起身，喊着邵吉的名字，头也不回地走出了屋子。

李乃幼愣了一下。

他茫然地转过头，才发现，不知道什么时候，直播间的界面竟然黑掉了。

关沛的直播间被封了。

第4章 雨夜留宿

罗森：

谢谢你寄过来的画板，我收到啦。

我记得妈咪去年给过生日的Zoe婶婶送了一套很好看的杯子，好像当时是你给准备的，我现在也想入一套，你可以把sales（销售）的联系方式给我吗?

希望你和Rebecca都好。

Neo

李乃幼感觉自己好像惹了大麻烦。

关沛和邵吉那天看着倒是很镇定，他们告诉李乃幼没事，只是叫李乃幼先回去，说他们会处理好后续的一切。

李乃幼不是很懂这种事，以为直播间被封就像是进监狱一样，这种情况会成为关沛一辈子的污点，会影响他的事业乃至前途。

因此李乃幼整个人惶惶不安。

他不知道他们这种情况属于误封，当天晚上邵吉就联系了平台，解了封。

并不知情的李乃幼辗转反侧，无法入睡。

他感觉自己可能要失去这份有趣的工作了——他不知道关沛会不会生自己的气，也不知道关沛愿不愿意和自己继续合作了。

关沛的脾气虽然很怪，但是李乃幼不想失去这位新朋友兼同事，于是第二天他还是没忍住发微信给关沛，问关沛情况如何了。

关沛过了很久才简洁地回他两个字：“没事。”

关沛没有细细解释一下这个“没事”是什么意思，李乃幼更慌了，他以为关沛在敷衍自己，一时间越想越乱，乱七八糟的可能性都想出来了。

李乃幼很愧疚。

他想起了关沛那一柜子杯子，没忍住发了一封邮件给管家罗森，最后又一个人筛选了半天，才选了一套很符合关沛气质的水晶杯。

杯子有点贵，但李乃幼还是忧心忡忡地觉得不够，杯子送到后他又特地买了新的包装纸，自己仔仔细细地又重新包装了一下。

然而与此同时，关沛完全就是另外一种心境了。

关沛万万没想到自己的直播间有一天会被封，还是因为吃烤串而被封。

知道了前因后果的邵吉也哭笑不得，但闹得更厉害的其实还是微博和论坛。

关沛有个粉丝自发组织的录制组。录制组为了方便当晚没看直播的粉丝，便做了个名为《关哥和奶油弟弟直播间吃烤串被封全过程》的截取视频，配上了详细的文字讲解和诙谐的音乐，发到了微博和视频网站上。

视频起初只是在关沛的超话里小范围传播，可能是因为太好笑了，慢慢地就被转到各处，当晚转发量直达八千。

评论也是一片笑声。

“真就梦幻错位，太好笑了太好笑了太好笑了，超管封神了。”

“嗯？这是关沛对吧，黑桃游戏区那个手长在保温杯上的主播，我好久没看他直播了，怎么突然变风格了？”

“是他是他还是他，最近找了混血小帅哥一起播，两个人凑在一起真的节目效果爆炸，虽然昨天有点炸过头……”

“纯路人，这俩小哥哥坐一起也太顺眼了吧呜呜呜，求微博指路……”

邵吉先是傻眼了，然后邵吉美了。

这次确实是意外之喜，主要这一出戏剧性太强，不管是粉丝还是路人都看得津津有味，评论里有人指路了关沛的微博和直播间，热度也有了，粉也涨了，不论从哪个角度看都很赚。

关沛倒是继续风平浪静地过他的日子，周末早晨，他正惬意地站在厨房里泡黄豆，准备一会儿用他新买的破壁机做豆浆喝。

圆滚滚的豆子安安静静地躺在水里，关沛擦了擦手，然后透过厨房的窗户，看到楼下闪过一辆黄色的共享单车。

然后从车上下来了个人。

再然后关沛家的门铃响了。

关沛：“……”

关沛不知道这两天发生了什么，感觉不过几天，李乃幼似乎整个人都没有了生气，突然颓掉了。

他抱着一个盒子，低落地垂着眼睫，像是幼儿园里犯了错等着领罚的小朋友。

两个人在门口对峙半天，没有人主动开口，半晌李乃幼怯怯地抬起眼，谨慎地观察着关沛的表情，才小声地来了一句：“你好。”

关沛：“……”

这犯的又是什么病？

“你是不是记错日子了？”关沛心平气和地说，“明天好像才是咱俩……”

“没有记错。”李乃幼又垂下了眼帘，把手里的礼物盒一股脑塞进了关沛的怀里，小声地说，“我今天是来给你送……道歉礼物的。”

关沛看着手里的东西，诡异地停顿了一下。

“我知道，你可能现在并不想看到我。”李乃幼揉了揉眼睛，说，“但我还是想告诉你，我真的很抱歉，我可以少要一点工资的，你可不可以不要……”

“李乃幼——”关沛突然喊他的名字，“你在干什么？”

李乃幼吸了吸鼻子。

“我在道歉啊。”他说。

关沛还是没懂：“为什么道歉？”

李乃幼眼里的光瞬间暗淡了，他看起来好像更难过了。

“你以后……还可以直播吗？”李乃幼不敢直视关沛，低着头掰着自己的手指，声音越来越小，“如果你不能直播了，我可以把我的账号给你用，虽然粉丝要比你现在的少很多，或者你想换份别的工作……”

——如果你愿意的话，你可以和我一起回英国，在我们家公司随便挑一份工作做，做得不好也没有关系。

——如果你坚持要当主播，我可以把我家的律师团队免费给你用，咱们可以先把平台告了，然后再换……

关沛好像突然明白过来了。

“你是不是这几天一直没上播？”他直接打断了李乃幼。

李乃幼顿了顿，又蔫蔫“嗯”了一声。

我这两天都快替你急死了，哪里有心情去直播啊，他想。

“我的订阅量破八百万了，你的破五十万了。”关沛说。

李乃幼抬头，倏地瞪大了眼睛。

“怎么回事？”他蒙掉了，“我记得我之前不是还只有……”

“早就解封了——你为什么不知道去问问邵吉？”关沛似笑非笑地打量着他，“不会真有人觉得直播间被超管封了，就这辈子再也直播不了吧？”

就是这么认为的而且为此三天没睡好觉的李乃幼：“……”

“我以为后果会很严重。”他喃喃道，“那天你的直播间整个黑下去了，我……”

“观众很喜欢那天的效果。”关沛转过身把泡黄豆的水滤掉，将圆滚滚的豆子倒进了破壁机里，轻描淡写道，“所以你不用道歉。”

黄豆与破壁机的内壁碰撞发出清脆的声响，关沛好像明白过来李乃幼为什么会这么着急找上门来了。

“而且工资少不了你的。”关沛又淡淡地补充道，“我不是那种出尔反尔的人，都是苦日子这么过来的，我都明白。”

李乃幼茫然地眨了眨眼。

他说：“啊？我其实没有很……”

除了酒店附近的路况总是太糟糕，导致他无法打车不得不骑车过来，以及酒店里的冰箱太小太难用以外，他最近的日子没有很苦啊。

“被封这事不怪你，是我当时没有给你拿纸巾。”关沛把破壁机的盖子盖好，打开了开关，“不过我们既然是在合作，以后有话问明白了，不要藏着掖着自己瞎想，记住了吗？”

李乃幼呆愣愣地眨了眨眼。

五分钟后，李乃幼骑着他的小黄车，容光焕发脱胎换骨一般，开开心心地离开了关沛家。

关沛叹了口气。

他看着茶几上包装得鲜艳醒目的礼物盒，半晌摇了摇头，还是走上前，三两下把盒子给拆开了。

盒子里躺着一套杯子，关沛愣了一下。

有一说一，虽然李乃幼这人脑子有点儿不太灵光，但是选东西的眼光还算不错，除了包装实在有点扎眼，但杯子很好看，杯身的质感确实不错，不论是杯壁的声音还是底部的细节，都很过关。

估计这不是什么太廉价的东西，得花四五百块，对于李乃幼而言应该是大手笔了，看得出来是用了心的。

豆浆刚好做好，于是关沛把杯子洗干净了，盛了一杯豆浆慢吞吞地喝着。

明明是个咋咋呼呼又懵懵懂懂的、把情绪都写在脸上的小孩——但是出了问题他并不随意推卸责任，是个坦荡承担、对人对事都很用心的人。

关沛一时间不知道该说李乃幼的情商是高是低。

天色渐暗，关沛放下了手里的书，看着窗外愣了会儿神，像是在斟酌，半晌还是开了电脑进了黑桃的首页，登上了自己的小号。

李乃幼果然开播了。

而且他今天的标题充满了快要溢出屏幕的元气——《今天不打游戏哦！来聊聊天》。

关沛一点进去，就看见李乃幼正坐在屏幕另一端直勾勾地盯着自己，随即他笨拙地抬起手，给了个飞吻过来。

关沛的手微微一抖。

“这样可以吗？”李乃幼放下了手，歪着头，很为难地说，“我没有什么别的才艺了，你们也不让我拉二胡，可以用这个将就一下吗？”

关沛这才反应过来，他是在和观众互动。

他瞥了一眼弹幕，才发现观众都在说“老板大气”，估计是刚刚有粉丝打赏了大礼物，可能还提了什么要求，李乃幼就老老实实地照着做了。

还是太嫩，关沛心想。

做主播如果连拒绝都说不出口，做不到无视无理的要求，那不就是等着被榨干吗？

果不其然，弹幕一时间不依不饶逼得更紧了，他们就喜欢调侃李乃幼这种天真的小朋友，让他唱歌跳舞比心叫姐姐什么的，都涌了上来，李乃幼看得晕乎乎，一时间手足无措。

关沛叹了口气。

他有些不自在地原地停顿了一下，还是点下了充钱的按钮，然后翻了翻礼物栏，挑了架小飞机砸了过去。

果不其然，李乃幼瞬间露出“得救了”的表情。

“谢谢用户‘就不起名’的小飞机。”李乃幼字正腔圆地读着关沛的小号 ID，赶紧顺势岔开了话题，弯着眼睛，笑盈盈地冲着屏幕另一端的关沛挥了挥手，“谢谢你，希望你今天过得开心哦。”

不客气，关沛想，就当是还你杯子钱好了。

李乃幼怀疑自己进错门了。

餐桌上满满当当地摆着各种零食饼干酸奶，餐桌前站了个打电话的邵吉，左边坐了个正在写东西的关沛，沙发边窝着缩成一团呼呼大睡的翠菊。

给自己开门的却是个陌生的男人，挺年轻的，就是长得有些……痞里痞气的。

他一看见李乃幼的脸，神色刹那间变得微妙，很夸张地揶揄起了关沛：“好家伙，这小脸蛋这长睫毛，看得我心直接一紧，这就是那个把你直播间变成春晚现场的小弟弟？”

李乃幼仰着脸呆了一会儿。

半晌他缓慢地转过头，喃喃地质问起了关沛：“是我不够好吗？”

关沛一脸疑惑。

“齐一铭，速度自我介绍。”关沛说。

“误会啦误会啦。”齐一铭乐了，“我也是黑桃的主播，生活区的齐一铭，主要做吃播的，和关沛是好几年的哥们儿了，今天过来是和你们一起‘恰饭’的，不是抢你工作的哈。”

然而李乃幼的警惕并没有放下半点。

“我是李乃幼。”李乃幼迟疑地回握了齐一铭伸过来的手，“可是现在是下午三点，你为什么要这个时候来找我们一起吃饭啊？”

齐一铭似乎快要笑晕，关沛也欲言又止。

“‘恰饭’是做广告的意思。”半晌关沛开了口，“不是真的在吃。”

李乃幼似懂非懂地“哦”了一声。

很明显，李乃幼并不能理解为什么他们不能有话直说，而非要绕这些弯说一些让人费解的话，就像前些天他直播的时候，总有人让他喊她们“姐姐”。

这种插不进去话的感觉不是很好，李乃幼垂下眼睫，走到沙发旁，把翠菊抱在怀里，又低下头，小心翼翼地亲了亲它的耳朵尖尖。

“你老板平时不随便‘恰饭’的。”齐一铭说，“今天比较特殊，是为了给我的零食店打广告。”

李乃幼含含糊糊地“唔”了一声。

“这货是大主播，平时好多老板主动找上门的，给我羡慕到裂开。”齐一铭指了指关沛，小声地在李乃幼耳边叨叨，“不过他嘴巴太刁，不是什么饭都恰的，气死我啦。”

李乃幼抬起头，好奇地眨了眨眼。

“这个锅巴可以留。”关沛放下了手里的零食袋，又有些挑剔地扒拉了身旁的瓶瓶罐罐，“什么代餐都给我拿回去，大米饭不吃，天天教小女生喝这些糊糊？”

齐一铭敢怒不敢言。

“而且这饼干潮了吧。”关沛又咬了一口手里刚拆封的饼干，随即眉头紧蹙，半晌平静地抬眼，说，“齐一铭，就这？”

齐一铭直呼委屈。

“因为这是软曲奇啊大哥。”齐一铭号啕道，“我是很想多多‘恰饭’

赚大钱，但我也不至于这么没良心吧，这已经是我筛选过好多遍的上等小零食了。”

关沛不置可否，又拆开一包小蛋糕，咬了一口，神色变得有些微妙，似乎一时间无法给出准确的评价。

齐一铭大气都不敢出。

“说不上来。”关沛摇了摇头，“一般。”

“这是我们家主推的王牌小蛋糕好吗？”齐一铭顿时怒不可遏，“一般你个头，不论是奶还是面还是包装都是最高档最入流的，你——”

关沛没信他，只是顿了顿，说：“李乃幼，过来。”

李乃幼突然被提到，蒙蒙地“唔”了一声，抱着翠菊，嗒嗒嗒地跑了过来。

关沛刚想把手里另一包小蛋糕递给李乃幼，就看到李乃幼凑过来，在自己手上已经咬了一口的小蛋糕上啃了一大口。

然后他鼓着腮帮子嚼啊嚼啊嚼。

齐一铭呆愣。

关沛：“……”

“很好吃啊。”李乃幼含含糊糊地说，“香香甜甜的，奶味很重，里面好像……好像还有 raisins（葡萄干）。”

齐一铭的视线在关沛和李乃幼的身上疯狂打转，他左看看右看看，眼珠子都快掉出来了。

关沛似乎欲言又止，但终究只是摇了摇头，在纸上继续记录了些什么。

“葡萄干确实是加分项，”半晌关沛开了口，“但是口感一般。”

“是有一点点干。”李乃幼舔了舔嘴唇，又给出了自己的见解，“可是正好可以用来做早餐啊，配上牛奶或者咖啡，味道应该会好很多的。”

齐一铭立刻憧憬起来。

关沛转着笔沉吟片刻，在纸上画下一个钩，得出结论：“那行，留下吧。”

于是后面在李乃幼和关沛的共同试吃下，关沛综合了多方意见，进行了几轮筛选。

关沛选货完毕，又在本子上做了些笔记，李乃幼最后肚子饱饱地和翠菊窝在沙发边上，摊着一动不动了。

齐一铭都快把李乃幼当成他的救星了。

“加个微信吧弟弟。”趁着关沛做笔记，齐一铭偷偷摸摸地举着手机过来了，“你也太甜太可爱了，回头我寄点好恰（吃）的给你恰。”

李乃幼惊喜地抬起头，说“真的吗，谢谢哥哥”。

这声“哥哥”把齐一铭叫美了，他说：“客气啥客气啥，你喜欢吃什么——”

“齐一铭。”关沛不冷不热地喊他，“进去和邵哥把你店铺的链接和二维码调好。”

齐一铭和李乃幼使了个眼色，表示一会儿再聊，然后就进屋去了。

李乃幼蒙蒙地抱着翠菊坐在沙发上。

“如果不喜欢做这种事情的话，到时候你是可以去外面休息的。”关沛突然说，“工资照常。”

李乃幼愣了一下，才明白过来关沛是在说做广告这件事。

“没有不喜欢。”李乃幼摇了摇头，“如果你卖的是不好吃的小蛋糕，我是根本不会做的。”

李乃幼最近也看了很多直播来学习，自然也是见到过有些极端打广告的例子，卖的东西质量一般，定价离谱，还有些没良心的，搞那种买多少可以进主播微信群的来诱导观众购买，看得李乃幼一脸茫然。

“但是你很用心地在选了，这些东西确实很好吃，况且购买权是在粉丝手里的。”李乃幼捏了捏翠菊的尾巴，又把它整个举起来，很认真地看着关沛的眼睛说，“我愿意和你播，你看，吹橘也很愿意的。”

翠菊：“喵喵。”

关沛沉默了一会儿。

半晌，他抬起手，顺了顺翠菊的脑袋瓜：“头顶的毛为什么好像少了？”

把翠菊亲秃的凶手本人李乃幼心虚地别过了脸。

“我整完啦。”齐一铭从屋子里出来了，“你再去检查一下吧关沛，我先撤了。”

关沛“嗯”了一声，起身向屋里走去。

李乃幼抱着翠菊站在门口，送齐一铭离开。

“我妈这两年，身体一直不太好。”门打开的那一刻，齐一铭突然转过身，笑着说，“我知道他是怎么想的，这货连一些游戏官方正规的大合作都推，怎么偏偏想卖我这些小破零嘴儿呢？”

李乃幼愣了一下。

“他就是太闷，还嘴巴死硬什么都不说，邵吉找了个人这么陪着他，也挺好的。”

齐一铭摇了摇头，又冲李乃幼咧了咧嘴，说：“谢谢啦弟弟，多陪他说说话，回头我多寄点儿小蛋糕给你恰啊。”

五点关沛照常开播，和李乃幼先上线打了两把游戏。

关沛的辣子鸡还差几百点就能拿到牌子了，求稳，李乃幼也捏了一手自己的拿手中单桂花糯米藕。

李乃幼在中路河道的草丛里设下千万个黏糊糊的糯米陷阱，配合关沛的突进，几乎一抓一个准，又是快乐上分的一天。

“过两天好像要出新英雄了。”李乃幼的嘴就没停下来过，“会不会出个新法师呀？希望是个高个子的小姐姐。”

然而关沛却说：“应该是刺客。”

被反驳的李乃幼很不高兴。

“你有什么依据呀？”李乃幼问，“你是不是故意跟我反着来，你……”

游戏是我家做的呢，李乃幼气呼呼地想，你还能比我了解——

“有啊。”关沛慢悠悠地在一边打大龙，“这赛季英雄位置极度不平衡，打野位策划肯定是会考虑调整的，再加上前几个月新出的分别是一射手一中单两边路，辅助现在极度饱和了，所以这次推打野的可能性是极大的。”

李乃幼：“对不起……”

弹幕一时间刷得飞起。

“好家伙，变成相声大会了。”

“有没有人觉得咱沛和奶油配合得越来越默契了啊，我感觉这一阵子他们俩上分速度快赶上翠菊的长胖速度了……”

“而且俩人说话也越来越有那味儿了，天天拌嘴真的太有意思了，咱何时见过关哥和咱们能说这么一堆话？”

“常驻什么呀还，干脆叫弟弟永久留这儿得了，我现在周三周五错过了都要重新扒一遍录播……”

这把游戏也是很快就结束了，关沛翻了翻战绩，估计还有个两三天就能打到辣子鸡的牌子了，便退出了游戏。

李乃幼抱着翠菊亲了亲，随即给了关沛一个问询的眼神，在得到肯定的答案之后，他在电脑上操作一番，换了一首喜庆而激昂的《好运来》，然后把店铺的二维码和链接都放了上去。

关沛也平静地把桌下准备好的零食搬上来，说："兄弟们，今天不用膳，先恰饭。"

弹幕炸开了。

"我的耳朵我的耳朵，这首歌给我家狗子吓醒了哈哈哈哈哈！"

"嗯？让他恰让他恰，关沛终于恰饭了爷青结……"

"是隔壁区老铭的零食店！梦幻联动啊，这友谊我爱了爱了，我记得上次咱沛还出现在老铭的Vlog（指网络视频日志）里来着……"

关沛介绍零食的口味和价钱，李乃幼就抱着翠菊在旁边表演了一出现场进食，通过自己的陶醉表情真实演绎了这些零食有多么好吃。

关沛："这个锅巴买三送一……"

李乃幼塞了满嘴的锅巴，疯狂点头，含混不清地说着什么。

关沛："酸奶也是果肉很足……"

李乃幼赶紧把一排酸奶全都插上吸管，每盒都嘬了一大口，鼓着腮帮子竖起大拇指，嘴里叽里咕噜。

关沛："可以扫码进去看看，选购自己有兴趣的，不想买也没关系，给齐一铭的店铺点点收藏就行，谢谢大家。"

李乃幼："嗝……"

弹幕也是看傻眼了。

"《口技》。"

"从某种意义上来说这两个人是有共性的，那就是从头到尾嘴巴就没停过，一个在说一个在吃。"

"而且旁边那位吃得也太香了吧哈哈哈哈哈……"

下播的时候，已经是半夜十二点过后了。

齐一铭那边已经疯狂爆单了，他痛哭流涕地给关沛弹来了无数条微信消息表示感谢，关沛翻了翻，最后回了一个“没事”过去。

李乃幼在客厅里打着哈欠，慢吞吞地收拾着东西，困得不行了。

关沛顿了顿，放下手机，问：“你怎么回去？”

李乃幼不假思索道：“骑小黄车啊。”

李乃幼住的酒店最近总有一些大集团来开酒会，因此附近路况非常糟糕，李乃幼觉得和打车相比，共享单车又快又方便，于是他一直在骑。

而且他最近才发现共享单车软件搞了一个集点数的活动，好像是达到一定的骑行时长会送一个很可爱的黄色鸭子玩偶，所以李乃幼最近就更喜欢选择这种出行方式了。

关沛皱了一下眉。

他似乎还想再说些什么，但感觉自己这样可能会干涉过多，终究没再开口。

李乃幼又很舍不得地亲了亲翠菊的脑瓜，然后起身，冲关沛挥了挥手，说：“后天见啦。”

然而就在李乃幼离开五分钟后，窗外突然传来了闷闷的、很压抑的一阵雷声，随即狂风骤起，吹得树叶哗啦啦作响。

三十秒后，倾盆大雨势不可当地落了下来。

关沛：“……”

这雨来得突然，而且雨势极大，直接把窝在窗边的翠菊尾巴打湿，它小声地“喵”了一声，跳到一边去舔毛了。

关沛瞥了一眼自己的手机，没有动静。

十分钟后，关沛家的门铃响了。

门口站着浑身湿漉漉的男孩，他蜷缩着抱着自己的双臂，额前的发丝还滴着水，挡住了眉眼，嘴唇都冻得有些发白，一双漂亮的棕色眼睛却委屈得水光潋滟。

“我没有伞。”他很伤心地和关沛解释道，“而且风真的好大，我骑不稳，然后摔倒了，全身都湿掉了。”

最重要的一点李乃幼没有说，那就是他真的真的很怕打雷。

关沛没有说话，李乃幼的耳根却有些红。

“看在我今天表现得很好很好的份上，”他仰着脸看着关沛，小声为难地问，“我可以在你的家里住一晚上吗，哥哥？”

刚入秋的天气本来就凉，李乃幼又浑身上下湿了个透，据关沛的不完全统计，他进了客厅走了不过五步的路，就打了至少三个喷嚏。

而且关沛发现他走路踉踉跄跄。

李乃幼浑身都湿透了，他坐也不敢坐，走也不敢走，大眼睛里氤氲着雾气，可怜巴巴地扭过头看着关沛。

“你先坐下。”关沛说，“我看一下你的腿。”

李乃幼吸了吸鼻子，慢吞吞地挪着步子走到沙发边，很乖地坐了下来。关沛利落地撩开他的裤腿，果然在膝盖的地方看见了点儿擦伤。

后知后觉才觉得疼的李乃幼顿时眼泪都快掉下来了。

伤势倒不是很严重，但可能是李乃幼皮肤很白的缘故，破皮渗血的地方确实有点触目惊心。

而且掀开裤腿的时候，关沛的手不经意间碰到了李乃幼的腿，他才发现李乃幼的冷不是装出来的，李乃幼现在皮肤的温度确实和冰差不了多少。

关沛抬眼安静地看着他，等待着一个解释。

“有一辆车，开得很快——”李乃幼积攒了一路的愤懑和难过瞬间决堤，他蔫蔫地说，“然后溅了我一身的水，然后又有一阵很大的风，我就摔倒了，我、我平时骑车的技术其实很好的。”

关沛没接话。

他只是先帮着李乃幼清理了一下伤口，又找出防水创可贴，仔仔细细地贴好了。

“你先去洗个热水澡。”关沛说，“我给你收拾间屋子出来。”

李乃幼吸了吸鼻子，磨磨蹭蹭地去洗澡了。

关沛去了自己用来当杂物间的一间客房，屋子里尘土味很重，他皱着眉大致收拾了一下床上的东西，又打开窗户散了散味道，还是觉得这屋子目前不太能住人。

结果刚出屋子看到的景象，就差点让关沛一个踉跄。

——李乃幼从浴室里探出了半个脑袋，头缩在毛巾里，脸颊粉扑扑的，睫毛柔软乖顺地垂着，眼睛却亮晶晶的，直勾勾地盯着自己。

他感觉今晚选择收留李乃幼是一个坏透了的主意。

“李乃幼。”关沛实在忍无可忍，“你能不能先穿上衣服？”

李乃幼立刻变得十分震惊。

“可是我没有衣服可以穿啊。”委屈让李乃幼的中文语速第一次达到了巅峰，“而且如果、如果不是为了帮你，我根本不会留这么晚，不留这么晚我就不会遇到下雨，不遇到下雨我就不会摔倒，你、你凭什么凶我啊？”

五分钟后，李乃幼穿着属于关沛的大一码的 T 恤、属于关沛的长一截的睡裤，踉踉跄跄地坐回了沙发上。

他半天没说话，只是把翠菊很小心地抱在怀里，然后慢吞吞地别过脸，自顾自地生起了闷气。

关沛：“……”

“是我忘了你的衣服已经湿了。”关沛勉强做出了让步，又及时抛出新的诱饵，“厨房有热水，微波炉上的盒子里有奶茶，想喝自己去冲。”

李乃幼的睫毛颤了颤。

于是三秒钟后很有骨气的他重新起身，慢吞吞地向厨房挪动。

关沛叹了口气。

他又回那间客房检查了一下，屋内的尘土气还是很重，而且被褥也没有现成可以换的，关沛觉得要是在这屋子里睡一晚上，估计睁眼就能长一身的疹子。

他还没想出办法，刚走出屋子，就看见李乃幼捧着自己专属的小猫杯子，正坐在餐桌旁，小口小口地喝着奶茶。

而他的对面摆着另一个很眼熟的杯子，里面也装着冲好的热气腾腾的奶茶。

“是不是很好用？”看见关沛出来，李乃幼的表情顿时变得很得意，他指了指自己送给关沛的那只杯子，“我刚刚去拿杯子，看到你把它放在柜子最 centre（中间）啦。”

这小脾气来得快，去得也挺快。

关沛：“还行。”

李乃幼哼了一声，又低下头，小口地抿了一口杯子里的奶茶。

“因为很晚了，所以我没有给你泡那些苦苦的茶叶……不过好奇怪啊，我记得上次你冲茶的时候，我明明是没有看到奶茶的。”李乃幼的表情变得有些困惑，“是你新买——”

“你当时没仔细看。”关沛打断了他。

李乃幼也没多想，“唔”了一声，就继续埋头咕咚咕咚地喝。

关沛在李乃幼对面坐下，沉默了一会儿。

“以后从我这儿下播之后，你给我打车回家，”关沛突然开口，“我出车钱。”

李乃幼茫然地抬眼看着他。

他想说“我其实不是因为心疼车钱才不打车的，你其实不用这样做的”，心却因为关沛的这段话微微悸动了一下。

不知道是奶茶太热还是刚才洗了热水澡，抑或是什么别的原因，热度从指间慢慢蔓延到了李乃幼的胸腔里，暖烘烘的。

于是李乃幼很开朗地抬起头，弯着眼睛，脆生生地说：“谢谢哥哥，我……”

“打住。”关沛心平气和地打断了他，“你这个逮谁都喊哥哥的毛病，是怎么来的？”

李乃幼顿时露出了很受伤的表情。

“你比我大吗？”李乃幼问。

关沛顿了顿，点头。

“那我要喊你叔叔吗？”李乃幼又问。

关沛：“……”

“所以我只能喊你‘哥哥’啊。”李乃幼难过地垂下了眼睫，“而且我不是对所有人都这样的，比如今天的那个齐一铭，我只有在他说给我小蛋糕的时候才喊他‘哥哥’。”

“但你是不一样的。”李乃幼很认真地解释道，“因为我们是很好的朋友，很好的同事，在英国，直呼一个人的全名，是很生分的一件事情，比如你喊我 Neo Lee……”

关沛又开始头大。

“打住。”关沛说，“随你，你爱怎么叫怎么叫。”

“不叫就不叫。”李乃幼也有点不高兴了，“我还不愿意呢。那、那我以后就只叫你关沛，谁再叫你‘哥哥’谁就是大笨蛋……”

关沛不知道是所有混血都这样幼稚还是怎么的，总之他并不愿意继续进行这种幼稚的斗嘴了，就干脆偏过脸，当没听见。

“有一间屋子可以给你住。”关沛言归正传道，“但是里面好久没住人了，尘土气有点重——”

“没关系的，关沛。”没想到李乃幼很爽快地说，“我可以睡沙发的。”

关沛：“……”

其实他原本就是想这么提议的，可是不知道为什么，李乃幼先自己一步说出来，直呼自己的大名，还一副“这样我已经很满足了”的模样，反倒叫关沛心底有些不是滋味儿了。

关沛还想说些什么，窗外又是一阵闷雷，吓得翠菊喵喵叫着蹿进关沛的怀里，只露出一个圆滚滚的屁股在外面。

关沛给翠菊顺了顺毛，半晌抬起眼，却发现自己对面的人有些不太对劲。

李乃幼还是维持着刚才的那个姿势，脸上的笑意却淡了。

男孩面部僵硬，抿着嘴垂着眼，睫毛以不太正常的频率轻颤着，手指捏着杯柄，用力到指节都微微泛白。

关沛有些疑惑。

他还没问话，又是一阵雷鸣，这次李乃幼直接被吓得手一抖，杯子里的奶茶险些泼出去半杯在餐桌上。

关沛这回总算明白了，表情顿时变得耐人寻味起来。

李乃幼也后知后觉地感到了丢人。

“我、我不是害怕打雷。”李乃幼此地无银三百两，故作若无其事地嘴硬道，“是因为、是因为北欧神话里的雷神 Thor 长得有点点凶，所以让我想起了……”

关沛平静开口：“我卧室的床不小。”

李乃幼诡异地停顿了一下。

“但我看你睡沙发也没什么问题。”关沛悠悠起身，“那没事了，那——”

果不其然，还没走两步，关沛的衣角就被什么东西给拽住了。

李乃幼心急如焚地拽住关沛的衣角，喊道："有事的！我有事的！"

后来关沛总是会回想起这个雨夜。

湿漉漉站在自己的门口、拽住自己衣角不撒手的男孩，像极了一只流浪的小猫崽，皮毛干净是奶油色的，眼睛漂亮，是棕色的，蓬松的尾巴钩住自己的手腕，喵喵叫着说——

"谢谢哥哥。"

李乃幼小心翼翼地又拽了拽关沛的衣角，随即温顺而乖巧地眨了眨眼，然而说出的话却格外令人火大："不会吧不会吧，哥哥不会真的是那种小气又记仇的人吧？"

"小气又记仇"的关沛此时此刻的心情很差。

即使已经关了灯，关沛还是能感觉到自己身边躺着个活生生的人，而且这人睁着大眼睛缩在被窝里，正目光炯炯地盯着自己。

"你睡不睡？"关沛尽量让自己心平气和地开口，"不睡就去客厅待着。"

李乃幼在被窝里蠕动了一下，半晌小声说："我需要时间来适应一会儿的，你不要催我。"

话音未落外面又是一声雷响，关沛就感觉自己身旁的人似乎是瑟缩了一下。

随即有一只手偷偷摸摸地伸了过来，自认为无声无息地抓住关沛被子的边，然后就不撒手了。

关沛："……"

关沛清清楚楚地意识到，只要外面的雨还没停，只要李乃幼还醒着哪怕一秒，自己今晚也别想睡着了。

李乃幼先是伸手悄咪咪地抓住了关沛的被子，又小心翼翼往被窝里缩了缩，心底这才又多了一分安全感。

他正准备再往关沛那边偷偷地挪动一点，关沛突然开口，说：“不睡的话，那就玩个游戏吧。”

李乃幼立刻就精神了。

“好啊。”他很高兴地往关沛那边拱了拱，好奇地问，“什么游戏啊？”

“一人问一个问题。”关沛声调平平地说。

这无聊到甚至不能算是一个游戏，但是李乃幼知道自己不用一个人在黑暗中睁着眼睛等着雨停了，所以还是很高兴的。

“好。”李乃幼把头从被窝里探出来了一点点，希冀地说，“你先来。”

关沛沉默了一会儿。

关沛其实只是想让李乃幼找个事儿做，让他别干瞪着大眼盯着自己，想着也许这人玩着玩着，困了就睡着了。

但关沛一时间还真没想到自己有什么要问的。

我这是在干吗？关沛有些迟疑地想，哄三岁小孩睡觉吗？

于是关沛就随便扯了个问题，问：“你今天不回家，不用和家人说一声吗？”

不知道为什么，身旁的人似乎一下子就安静了下来。

好在黑暗中的静谧并不令人感到尴尬，关沛只是安静地平躺着等了一会儿，就听到李乃幼声音很轻地开了口。

“他们都还在英国。”李乃幼的声音有些发闷，“现在只有我一个人在中国，所以不用去说的。”

关沛顿了顿。

他总觉得李乃幼的情绪似乎不是很高，就好像是被勾起了伤心事一样，声音有些发闷。

所以这人是和家里关系不太好吗？

“到我啦。”李乃幼的声音明快了一些，“我感觉你的英语很好很好，比如你知道 raisin 是葡萄干，还知道 arrogant 的意思，所以你是在英语国家待过一阵子吗？”

“没有。”关沛回答得很简洁，“可能是因为大学时，身边国际交换生比较多吧。”

李乃幼更好奇了：“你是哪个大学的啊？”

“T 大。”关沛说，“这是第二个问题了。”

李乃幼愣了一下，他是知道 T 大的，不仅仅因为 T 大是国内顶尖一流大学，他在英国读大学的时候也遇到过一群 T 大来的建筑系交换生，他们的设计都很厉害，算数很快，人也好，还请他吃过很好吃的麻辣火锅。

李乃幼刚想问“你的专业是什么，又为什么会来当主播”，然而身旁的关沛却不愿在这个问题上过多地停留，只是又沉声问道：“你家住在英国哪里？”

明明是个让人能够简单回答的问题，李乃幼却很纠结地在被窝里打了个滚。

因为这个问题对他而言实在是太难了。

李乃幼很难确切地将自己的“家”定在一个地方，因为他们家的房产实在是太多了，就比如李乃幼住得最久的地方是 L 城，但他最喜欢的地方不是 L 城这种繁华而枯燥的大城市，而是更有趣的地方。

于是李乃幼思前想后，最后选择了自己最喜欢的一个小庄园，说了出来。

“你知道 Bournemouth（伯恩茅斯）吗？是属于 Dorset（多塞特郡）的一个小镇。”李乃幼似乎也意识到这样的描述对于关沛这个非本土人而言有些抽象了，于是努力地拼凑语言，“我不知道怎么形容，是一个小村？小镇？总之有海，很漂亮的，是很适合写生的地方，虾虾也很好吃，还可以看到很多的 turtles，就是、就是海龟。”

关沛平静道："你能说人话吗？"

李乃幼当没听见。

"不过那里的餐馆不是很多，而且我们家的位置……镇子中心，有一点点远。"李乃幼打了个哈欠，小声说，"而且那里也就海鲜比较好吃，其他的都好一般的。"

——所以李乃幼只会在暑假去那里的庄园待上小半个月，而且必须要管家罗森陪着，因为罗森处理龙虾和贝类很有一手，不然他是真的会吃鱼吃到吐的。

然而关沛想象中的就完全是另一个画面了。

李乃幼的这段话虽然支离破碎，但关沛也听了个半懂，他以为李乃幼口中的这个很不怎么样的小镇就是李乃幼真正的家。

沿海的小镇吗……关沛想，其实也挺不错的。那么这人之所以喜欢杰尼龟，原来是因为思乡之情吗？

关沛的脑海里自动浮现出李乃幼从小戴着草帽在海边赤脚奔跑，捡贝壳烤海鱼饥一顿饱一顿，晒得黝黑，一脸淳朴的样子。

虽然这场景放在这人身上是怎么想怎么微妙，但每个人的生长环境有差异是不可避免的，关沛表示尊重，出于礼貌，也不愿意去过多地挖掘和评价。

关沛这边的脑洞无限发散，李乃幼却终于有点困了。

但他好不容易熬到了自己的回合，还是强撑着揉了揉眼睛，问出了自己一直以来都很好奇的问题："你最喜欢，《食用指南》里的哪个英雄啊？"

"辣子鸡。"关沛回答得很干脆。

也是，李乃幼有些沮丧地想，我为什么要问这个问题啊？又白白浪费了一次机会……

"还有焦糖布丁。"关沛补充道。

不知道是不是关沛的错觉，他感觉自己身边窝着的那个团子似乎猛地一僵，随即在黑暗中蠕动了一下。

“为什么啊？”半晌，李乃幼轻声问，“我记得，你都没有玩过她的。”

“玩辣子鸡是因为技能机制，操作手感好。”关沛似乎犹豫了一下，随即才模棱两可地说，“焦糖布丁的话……更多的是因为原画漂亮吧，就是顺眼。”

李乃幼半天没说话。

关沛说：“这游戏从开服起我就一直在玩，这两年确实是起来了，出的英雄不论是原画皮肤还是特效，水平确实都上了一层楼。

“但是风格变得越发浮夸。是，确实让人更有购买欲望了，但是又有些模板化，有些人设也立得生硬，没有那种味道了。”

关沛有些怅然地说：“反倒是早期出的几个英雄都很惊艳，不论是立绘还是故事，一看就是都用了心的。”

关沛平时是没有办法在直播时说这些话的，因为观众想看的是他的技术，为了不被乱带节奏，他对游戏的一些评价与期许，有时是不太适合说出来的。

所以此时此刻当着李乃幼的面一股脑把话全给倒出来，关沛难得地感到有些轻松和畅快。

半晌他才听到李乃幼轻轻地“嗯”了一声：“你说得对，我也喜欢焦糖布丁。”

关沛没再接话，外面的雨声渐渐地停了下来，两个人就这么安静着沉默了一会儿。

“我画画也很好的，以后我也可以给你……设计更好看的英雄。”李乃幼打了个哈欠，声音越来越轻，“一定会很有那种味道的，我可以不收你钱的……”

关沛寻思这人吹牛可真有一套。

他沉默了一会儿，只是说：“拉倒吧。”

李乃幼半天没说话。

关沛以为他是生气了，便偏过了头去看，才发现他安静地蜷缩在自己身侧，一只手依旧拽着自己的被角，就这么温顺地无声无息地睡着了。

第5章 综艺录制

李乃幼直播间的粉丝数量很快就破了百万。

有点夸张，但这似乎又是意料之中的成绩，李乃幼挂在了新人主播榜单的第一位，他的杰尼龟头像旁的框框上挂了一个小小的金色皇冠。

换作别人早就乐飞了，然而关沛感觉当事人完全在状况外，该吃吃该喝喝，每天单人直播时依旧乐此不疲地练着自己心爱的二胡。

关沛已经将“用小号看李乃幼私人直播”列上了自己的固定日程，而且他看得十分坦荡。

——因为这人根本藏不住事，想的那些新点子怪主意每次都忍不住大嘴巴跟粉丝说，并且很天真地认为关沛并不知情，总以为自己能够给关沛惊喜。

关沛要让自己时刻都有心理准备，这样他就能在李乃幼突然拿出一支唢呐的时候，也能够处变不惊。

也有人说李乃幼现在直播的类型很难确定，因为除了和关沛在一起的时候会打打游戏，这人自己的直播更像是多方面的才艺展示，他什么都播，要么唱歌，要么拉二胡，要么表演将一杯可乐在五秒之内喝光。

因为实在是太过多才多艺，所以平台也很难给他划分到具体的某一个分区。

李乃幼本人并不知道网络上的这些评论，他每天过得依旧很开心。

某天早晨，邵吉带来了一个消息。

“是黑桃官方和一个知名的视频网站进行的合作，类似一个小型的网络综艺节目，就是组组队做做任务。”邵吉苦口婆心地说，“邀请的都是平台各个分区的佼佼者，多好的提高人气的机会，齐一铭也去，你们俩不是关系挺好的吗？为啥不去啊你？”

“不去。”关沛冷静地给出“拒绝三连”，“人太乱，不差钱，没意思。”

晕晕乎乎偷听了半天的李乃幼其实压根什么都没听明白，但是他不希望关沛走而留下自己一个人孤独守家，好没意思的。

于是李乃幼十分可恶地在旁边煽风点火，有模有样地点着头说：“就是就是，听起来就好无聊的。”

“哦对了，这位小朋友。”邵吉露出神秘莫测的笑容，“忘记说了，你也被邀了，算是新兴主播中的一员。”

李乃幼呆滞。

“你刚刚说，这个活动在哪里办来着？”李乃幼缓慢地问道。

“C城。”邵吉微笑，“那是一个美丽而安静的城市，有山有水有温泉，而且这次是双平台合作，综艺酬劳绝对可观，并且……”

李乃幼知道那里，而且C城还有很好吃的枣泥糕。

李乃幼慢慢地转过头看向关沛：“哥哥，我突然觉得——”

“收。”关沛说，“不去。”

李乃幼瞬间忧郁。

说服关沛真的是一件困难的事情——经过那个下雨的夜晚后，李乃幼深刻意识到了这一点。因为这个人的意志极其坚定，逻辑格外清晰，就像带了一身的闪避铭文一样，旁人再怎么软磨硬泡，效果也不过像是在刮痧抛光。

李乃幼意识到，这次要想让关沛松口，自己需要采取一些有效的措施。

于是周五早晨，关沛发现李乃幼表情神神秘秘地抱着手机，躲在角落里不知道打什么坏主意。

李乃幼今天只带了二胡过来。

关沛以为他又要来一出“慢性杀人”，早早地将耳塞准备好了，等到五点，就直截了当地开了播。

观众看见李乃幼身后的那个黑色长条形盒子，“恐怖回忆”瞬间触发，“集体恐慌”了起来。

“兄弟们把‘害怕’打在公屏上！”

“我先静音五分钟了朋友们，好了喊我一下。”

“等一下！关沛耳朵里塞的是什么？真当我们都看不见吗？”

没想到李乃幼今天非常好说话。

他看到弹幕后只是失落了一下下，随即就坚定地抬起眼，难得宽容地说：“既然你们好像不是很想看，今天我就不表演啦，等我回头把这首曲子练好了，再拉给你们听。”李乃幼弯着眼睛笑了笑，露出了尖尖的虎牙，又说，“因为我还有一件大事要做。”

失策的关沛不解地看他。

李乃幼从二胡盒子的侧面口袋里摸索了好久，就在关沛以为他要掏出一把口琴的时候，他终于取出了另一个方形的一个小盒子。打开盖子，里面躺着一个小小的黑色手环。

“这是我这周末买的心跳实时监测手环。”李乃幼小心翼翼捧起里面的手环，给观众进行 360 度全方位展示，“很厉害的，可以用手机查看心跳的变化。嘴巴可以骗人，但心跳是骗不了人的。”

关沛突然有一种不祥的预感。

“既然你们剥夺了我演奏的权利，咱们今天，就来玩一下最近很火的‘不要心动挑战’吧。”

李乃幼眨了眨眼，狡黠地问关沛：“好不好呀？”

“不要心动挑战”是最近各个视频网站很火的一个题材，就是一个人去看一个视频，视频里一般是漂亮的小哥哥小姐姐，如果对那其中一个小姐姐小哥哥心动了，就算挑战失败，会有相应的惩罚。

当然口说无凭，判定一个人是否真正心动还是有些难度的，所以有些主播为了增加真实性，会连上眼动仪或是心跳检测仪，来评判观看者心里是否真正有波动。

但关沛知道，李乃幼想要的绝对不会这么简单。

果不其然，李乃幼捧着手环，得意扬扬地继续补充道:“谁输了的话，就要当场做三十个俯卧撑，而且下播之后，要答应对方一个要求。”

李乃幼自认为这是一个妙极了的点子。

关沛皱着眉看了一下弹幕，却似乎像是松了口气一样，突然很轻松地后仰了一下，随即便露出了微妙的笑容。

李乃幼有些疑惑。

“那就开个竞猜吧，猜猜谁赢。”关沛答应得毫不拖泥带水，为了让观众更有互动感，同时把粉丝竞猜给打开了，随即又问，“你先我先？”

李乃幼没想到他答应得这么利落，迟疑地顿了顿，最后还是犹豫着说：“我先来好了。”

弹幕跟着炸开了。

“开始了开始了，新的节目开始了，自从弟弟来了直播间，我感觉我每周都能看两次春晚直播【抱拳】【抱拳】。”

“弟弟你还是太年轻啊，这货前两年和舞蹈区的米莓莓合作打游戏，人家妹子小眼神使得那叫一个频繁啊，结果这人眼睛紧锁手机，全程说的唯一一句话就是‘你不要出攻速鞋’……”

“弟弟挖坑给自己跳了哈哈哈哈哈，关某人老坏了！！”

“呜呜呜我赌上了我这辈子所有的黑桃丸了，关沛你给妈妈争口气，我想看弟弟做俯卧撑啊呜呜呜……”

李乃幼没注意弹幕，只是自顾自地戴上了手环，随即把手机屏幕共享在直播间的左下角，然后郑重其事地点开了视频。

视频都是各种短视频合成的集锦，有的背景音乐听起来土且尴尬，李乃幼小小地呆滞了一下，但还是聚精会神地看了起来。

不论是看穿着短裙跳舞的精神小妹还是看长裙飘飘头发长长的气质美女，李乃幼的心率一直还都算稳定，他本人的表情更是严肃无比，欣赏得很十分谨慎，就好像在认真做作业的小学生。

直到有一个抱着布偶猫的黑发女孩出现，李乃幼的心跳才小小地起伏了一下，随即关沛就听到身旁的男孩喃喃道："好可爱啊。"

关沛："……"

关沛感觉李乃幼的眼里应该只有那只猫。

视频结束，李乃幼得意扬扬地查看了自己的心率曲线，认认真真地记录下最高值，感觉自己稳赢。

"小姐姐们都很漂亮的。"最后李乃幼腼腆地表示了自己的尊重，"可是我好像更喜欢酷一点、高一点的，她们好像都太甜啦。"

李乃幼把手环递给了关沛，又找了个新的挑战视频，只不过这个的时长要比他刚才看的那个长三十秒。

考虑到公平性，李乃幼还是询问了一下关沛的意见，关沛面不改色，说："无所谓。"

李乃幼哼了一声，低下头，开始认真地帮助关沛套上手环。

关沛随即利落地点下播放按钮，视频开始。

——于是接下来的五分钟里，李乃幼亲自见证了什么叫作石头人的心跳。

他目瞪口呆地看着手机屏幕上无比规律毫无剧烈波动的曲线，又看了一眼屏幕上穿着比基尼戏水的长发美眉，最后视线落在了关沛冷淡深邃的侧脸上，第一次认真地质疑身边的这个人是不是真的有心。

“等一下、等一下。”一分钟后李乃幼气急败坏，疯狂找碴，“你、你是不是手环没有戴好啊？”

关沛平静地伸出手，表示“您随便检查”。

李乃幼左翻翻右翻翻没看出哪里不对，只能咬着牙，重新点下了播放键。

视频继续播放，关沛的脸上依旧风平浪静，李乃幼这回总算是清楚地意识到，自己很有可能要输了。

李乃幼很难过。

他今天连邵吉中午买的全瘦肉夹馍都没有吃，一直在手机上研究如何保持心态的平静、身体的放松，就是为了挑战成功，叫关沛陪自己去参加那个 C 城的综艺。

他木然地眨了眨眨眼，胃里痉挛了一下，才意识到自己已经饿得心慌。

折腾了半天也不过是无用功，挖坑给自己跳罢了。

好在李乃幼开播前吃了半块小蛋糕垫垫肚子，此时另外半块正好就放在手边。

弹幕全是“哈哈哈哈哈哈”，李乃幼意识到自己输得很丢脸，于是不愿意再去看屏幕，只是黯淡地垂下眼睫，打开身旁的纸盒，想去偷偷地扒拉两口剩下的奶油小蛋糕。

然后李乃幼发现自己忘记把叉子带进来了。

这边的关沛是真舒服了。

看美女视频和看期刊文献对于关沛而言是同一级别的无聊，关沛平静掀开保温杯的盖子喝了口茶，眼看视频的进度条走到末尾，等待着属于自己的胜利。

然而可能因为直播间的弹幕刷得太勤，网络一时间跟不上，眼前的视频突然卡顿了一下，缓冲着转起圈圈。

关沛等得无聊，就慢条斯理地偏过头，想看一下自己身旁的这位失败者的表情。

然后关沛就愣住了。

——李乃幼正伸出食指，小心翼翼地挖了蛋糕的奶油尖尖，垂下纤长的眼睫，试着轻轻地舔了一下指尖的奶油。

关沛："……"

然而以观众的视角，他们是看不到正在偷吃蛋糕的李乃幼的，他们能看到的就是在关沛侧过脸的那一刻，屏幕上的数字飙升，达到了前所未有的高度。

随即关沛手腕上的手环振动，发出了刺耳的警报声。

李乃幼刚吧唧了一下嘴，听到刺耳的警报声，懵懂地抬起了眼，和已经僵硬了的关沛四目相对。

视频缓冲成功，继续自动播放。

李乃幼看看电脑屏幕又看看手环，最后视线落在关沛铁青的脸上，终于明白过来了。

"你输了！"嘴边还挂着奶油渍的李乃幼很高兴地跳了起来，乐颠颠地看了一眼屏幕上的画面，随即便吃了一惊，说，"没想到呀，原来你喜欢的，是会举重的女孩子啊？"

李乃幼美了，关沛裂了，粉丝们也跟着傻眼了。

弹幕刷了满屏的问号，分析起刚才到底是怎么一回事。

"三年女粉了，万万没想到自己输在不会举重【凋谢】。"

"可是不对啊，我记得刚才视频明明在缓冲，总感觉咱沛心跳是在视频重新播放之前就已经飙升了……"

"赞成，奶油当时不在镜头里，关某人好像在那个时候看了一眼他，然后手环就响了！千真万确！"

"啊啊啊啊有没有录播啊？我好想现在就去重新看一眼！急死我了！"

满屏的弹幕节奏带得飞起，关沛明白这一遭他是逃不过去了，也愿赌服输，利落地做了三十个俯卧撑，用膳环节也跳过，直接下了播。

李乃幼茫然地问：“不播了吗？”

“李乃幼，一个问题。”关沛努力让自己心平气和，但还是控制不住地血压飙升，“你不是印度人对吧？”

李乃幼愣愣地点头。

“那么请问您当时是以什么样的心态，一定要用手指，去扒拉那一口奶油呢？”关沛问。

“啊？”李乃幼茫然地眨眼，似乎没明白关沛为什么会问这种愚蠢的问题，“因为我没有拿叉子进来，可是我又好饿，怕我出去拿叉子你会作弊，所以就直接用手挖了一口吃啊。”

关沛：“……”

“我当时饿得头都晕了。”李乃幼似乎是很后怕地哆嗦了一下，“幸亏吃了一小口，不然如果低血糖，后果不堪设想，嗯嗯嗯嗯。”

关沛平静的脸上终于出现了一丝裂痕。

“而且我迎来了属于我的大胜利！”

李乃幼超快乐地在客厅里转了个圈圈，把窝在沙发上睡觉的翠菊吓了一个激灵。

他站稳脚步，转过身，亮晶晶的眼睛看着关沛。他说：“我的要求就是你要去录那个什么综艺，而且要陪着我一起去C城，好不好呀？”

关沛木着脸半天没说话。

“你不会想反悔吧？”李乃幼迟疑地说，“所有观众都见证了你的誓言，还是你在害羞刚才的事？我并没有取笑你的意思啊，会举铁的女孩子也很厉害啊，她们都是非常self discipline（自律）的人，虽然刚才视频里的那个姑娘，好像比你还要壮一点，但是你只要加油——”

“你闭嘴。”关沛头痛欲裂，现在只巴不得把这人的嘴缝上，“我去。你赶紧给我走人。”

于是李乃幼捏着关沛给他的打车钱，带着他剩下的半块小蛋糕，站在门口美滋滋地挥了挥手，乐颠颠地走人了。

翠菊站在脚边，喵喵叫着来讨消夜，关沛叹了口气，只感觉一阵眩晕。

刚才他面对的只有两个“夺命”选项，不管选哪个，自己都能晕过去。

好在李乃幼是个脑子不灵光的，乐呵呵地光想着出去玩了，没看见弹幕，不然关沛今天怕是会在直播间里咽下人生中的最后一口气。

其实有一说一，就连关沛自己也不太不明白，明明视频里那么多靓女萌妹他都挺过来了，偏偏看见这人舔了口指尖的奶油，自己的脑子就似乎嗡了一下，直接蒙掉了。

——李乃幼这人脑子是不灵光，但他这张脸生得确实有点离谱，唇红齿白，再加上他当时吃奶油的方式太过清奇，那场景实在是有点……微妙不可说。

换作是谁看了都会血压上升，而自己不过是万千正常人中的一个。

关沛心里的这道坎总算是勉勉强强地过去了。

然而关沛头疼的事不只这一件，因为这个综艺他是真的不想跟着掺和。

但关沛其实也能理解李乃幼。

他知道这人家里条件不太好，虽然平时大大咧咧的什么都不说，但是从各种细节来看，日子过得应该还是很拮据的。有了人气想着多赚钱，其实真没什么问题。

关沛把猫罐头掀开，看着翠菊埋头苦吃，终究还是叹了口气。

于是关沛在直播间请了假，把翠菊寄养在邵吉家里后，在一个阳光明媚的早晨，和李乃幼坐上了前往 C 市的飞机。

机票和酒店都是平台安排的，关沛也懒得插手，就全交给邵吉去交接。

——然而身旁的李乃幼却是一位“重度小学生春游综合征患者”，他好奇地左瞅瞅右扒扒，把小桌板、安全知识卡和呕吐袋全翻了出来，引起了周围乘客的频频侧目。

关沛感觉自己这辈子的脸差不多丢尽了。

如果不是身旁有空乘人员来回走动，关沛估计这人能把屁股底下的座椅拆开，看看里面的棉花是什么颜色的。

这人当时是怎么从英国来到的中国？关沛木然地想，坐了三个月的轮船吗？

李乃幼确实是无与伦比地亢奋，因为这可以说是他人生中第一次坐经济舱。

原来就是这种感受啊，李乃幼若有所思，虽然没有热毛巾和香槟，但是热热闹闹的，人很多，还挺新奇的。

就是座位间隔实在是太窄，李乃幼坐着有点喘不过气，再偷偷摸摸往身边一瞥，这才发现关沛似乎连腿都伸展不开。

要不下次自己请他坐头等舱吧，李乃幼想，反正自己还剩下很多里程没有用呢，还可以让他尝尝某航空公司好吃的蟹肉饼饼……

关沛这边着实忍无可忍，拉下眼罩，准备眼不见心为净，直接睡过这两个小时。

他的袖口被人轻轻地拽了一下。

“你可不可以，等到起飞之后再睡啊？”李乃幼小声地问。

关沛：“……”

“我不是害怕啊。”李乃幼说着说着有点发蔫，“因为起飞的时候很难受，感觉胸口会很堵很慌，我感觉我和别人说说话，会好一些的。”

关沛面无表情，李乃幼满脸希冀。

日行一善。关沛这么说服自己，就当自己日行一善了，免得一会儿这人吐自己旁边。

“你说吧，我听着。”关沛说。

李乃幼酝酿了一会儿。

“你为什么，会不想出去玩呀？”李乃幼很不理解地问，“而且邵吉说这个节目会有很多人看，你不想赚钱吗？”

关沛用很微妙的表情看着他。

“你真以为录这种东西是出去玩，吃吃喝喝顺便就能赚大钱了？”关沛问。

李乃幼愣愣地“啊”了一声。

“主播这行和演员不太一样。”关沛说，“演员起码大部分是科班出身，做主播的门槛低，什么素质的都有。”

李乃幼还是半信半疑：“你是不是有那个什么，社交恐惧症啊？所以才会害怕——”

“这行热度来得快去得也快，有些人为了热度为了观众拼了命地博眼球，什么事儿都做得出来。”关沛打断了他，“你真以为所有人和你一样，拉拉二胡就满足了？”

李乃幼被噎了一下，但还嘴硬想反驳：“可是你和齐一铭……”

关沛摇了摇头。

“谨言慎行。”关沛说，“齐一铭算是不错的了，表里不一的人太多，你自己心里有点数就行。”

李乃幼还想说些什么，关沛却自顾自地拉下了眼罩，不说话了。

李乃幼愣愣地看了一眼窗外，才发现他和关沛聊得太入神，飞机早就已经平稳地起飞了。

他们下了飞机，直接和齐一铭碰了头。

“财主一号！”

齐一铭痛哭流涕地想和关沛拥抱，却被关沛淡漠地躲开。

又看见他身后的李乃幼，齐一铭赶紧上前一把抱住，继续号啕：“财主二号！”

李乃幼被他抱得有点喘不过气，艰难而礼貌地说：“谢谢你给我寄的，那些好‘恰’的，我吃了很多很多。”

“客气啥，俺的荣幸。”齐一铭嘻嘻笑着说，“下个月的上新还请你们多多帮忙了嗷。”

他们和录制组约定在机场附近的一个咖啡店碰头，于是取了行李后就一起打车去了。

李乃幼以为这次只是很简单地录一个小节目，就像拍 Vlog 一样，却没想到刚下车，老远就看见了一群工作人员和一堆机器。

他这才隐隐地意识到，事情并没有自己想象中的那么简单。

李乃幼不怕镜头，他平时直播的时候比谁都放得开，但这是他第一次遇到会动的摄像机对着自己拍，感觉不太一样，他有点不太自在。

然而身旁的关沛面色不改，齐一铭更是老狡猾地捋了捋自己的头发，李乃幼抿了抿嘴，悄咪咪地往关沛凑近了一点。

关沛瞥了他一眼，也没说什么。

他们算是来得最晚的了，咖啡店里的一张大桌旁已经坐了四五个人，李乃幼只看了一眼，就明白过来关沛在飞机上说的那番话的意思了。

不算他们三个，座位上总共还坐着五个人，年龄穿着和气质却天差地别。

导演组看人齐了，先是说了一番很官方的介绍语，又提了一下平台和广告商，随即开始抽签环节，说是将八个人分成四个两人小组。

李乃幼直接傻眼。

“我们要分开吗？”趁着第一个人抽签，李乃幼很难过地小声在关沛耳边问，“可是我不认识他们，咱们不可以直接一组吗？”

关沛睨了他一眼，半晌只是说：“规则如此。”

李乃幼蔫蔫地不说话了。

第一个上去抽签的是个身材火辣脸蛋甜美的妹子，她穿着芭比粉色的小吊带，看得齐一铭眼睛都直了。

李乃幼看着她用长长的指甲捏起导演手里的小纸团，翘着小指优雅缓慢地拆开，随即睁大了杏眼，娇嗔地捂住了嘴，表示了自己的惊讶。

齐一铭在李乃幼耳边小声叨叨了起来：“这是舞蹈区的米莓莓，一支舞蹈差不多能赚五支火箭，超管常驻户，性格不错，之前你身边的那位被平台逼着和她合作过一次，结果我就不说了。”

李乃幼瞪大了眼睛，关沛瞥了齐一铭一眼，齐一铭讪讪地尬笑了一声，不敢多说了。

“老蒋。”米莓莓咯咯地笑着说，“咱俩一组呢。”

餐桌旁一位中年男人也跟着爽朗地哈哈大笑起来，于是李乃幼又将目光转移到他的身上，愣了一下。

“这个叔叔……”李乃幼吞吞吐吐地斟酌着，“看起来非常有钱。”

——但这个“有钱”并不是褒义词，因为这人是由各种名牌堆砌起来的，而且LOGO都摆在最明显的位置，配合着他头顶反光的发胶，看着着实有些一言难尽。

齐一铭露出了然的表情。

“这位是游戏区的老蒋。”齐一铭摇头晃脑地继续在李乃幼耳边小声叨叨，“某种意义上呢，他算得上是关某人的竞争对手，这人梗多话多，这两年赚得也多，但其实人很油滑，弟弟你还是离他远点为妙。”

李乃幼愣了一下，蒙蒙地转过头向关沛求证，却没想到关沛顿了顿，也微微地点了一下头。

下一个抽签的人是关沛。

李乃幼看着他平静地打开纸团，在心里祈祷一定要是自己一定要是自己。

其实李乃幼也说不上来自己为什么会这么想，明明这个人的话没有齐一铭多，对自己也是爱搭不理。

但不知道为什么，好像只要站在关沛的身边，李乃幼就很有安全感，可以放心大胆地去做任何事情。

然而关沛的脸色似乎是变了一下，沉吟片刻，他向摄像机展示了手里的字条。

导演宣布："C组，关沛和萝卜。"

李乃幼还没来得及失望，角落里一个一直没什么存在感的女孩站了起来，然而就在她站起来的那一刻，李乃幼感觉自己头上的灯光似乎顷刻间消失了。

那是一个目测身高一米九五的姑娘，身材健硕，两臂的肌肉紧实而强壮。

她大概比关沛高半个头。她微弯下腰，憨憨地笑着和关沛握了一下手。

不知道是不是李乃幼的错觉，他感觉俩人双手交握的那一刻，关沛那张冷淡的脸似乎略微扭曲了一下。

齐一铭也沉默了一会儿。

"呃，不吃萝卜，这位是好像是生活区的主播，以日常健身为主要直播内容。"齐一铭的表情也很精彩，"我不是很了解她，据说性格还挺好的，就是力大无穷，好像去年平台颁奖的时候她在台下把奖杯掰折了……"

李乃幼眼睫颤了颤，没有说话。

"不至于吧弟弟。"齐一铭看着他这副失魂落魄的小模样，心都快跟着化了，软声安慰，"关沛这货有啥好的，你就这么想跟着他啊？"

“不过我估计他今天应该是挺痛苦的了。”齐一铭说，“这姑娘据说体能特别好，他们俩一组，怕是关某人一点男子气概都显露不出来——”

“你不懂的。”沉默很久的李乃幼突然小声地开了口。

齐一铭顿了一下，一头雾水地“啊”了一声。

“你不懂的。”李乃幼喃喃道，“他怎么会痛苦，他一定是很高兴的，因为这个女孩子，刚好就是他的理想型啊。”

关沛感觉有点莫名其妙。

在自己和那个叫“不吃萝卜”的健身主播分到一组之后，齐一铭和李乃幼的目光就总是若有似无地落在自己身上，关沛看到他们两个人偷偷摸摸地交头接耳了半天，最后齐一铭突然猛地抬头，难以置信地盯着自己看了好久。

关沛一脸问号。

关沛不知道李乃幼又说了什么，但他知道肯定不可能是什么好话。

于是最后齐一铭抽到了和李乃幼一组，剩下的另外两个男主播一组，分组环节到此结束。

此时已经是下午四五点了，录制组当天也没准备什么活动，只是以组为单位安排了两个小游戏，就当作是破冰环节，方便第二天的录制。

齐一铭摩拳擦掌跃跃欲试，转过头想和李乃幼击个掌，李乃幼蒙蒙地抬起眼，随即软绵绵地抬起手，蔫蔫地碰了一下他的手。

齐一铭：“……”

“振作一点啊弟弟，赢了可是有礼物的。”齐一铭悲愤地说，“虽然我长得比关某人是稍稍逊色了那么一点点，但这不是你斗志如此低迷的原因啊。”

李乃幼“唔”了一声，只是小声地说：“我会努力的。”

他抬起眼，偷偷地瞥了一眼不远处的关沛和那个叫“不吃萝卜”的高个女孩，发现俩人相谈甚欢，那个女孩乐呵呵地说着什么，关沛听得很专注，时不时礼貌地点头示意。

李乃幼垂下眼睫，吸了口气，决定让自己专注起来。

然而很不幸的是，第一场游戏就是接歌词。

更不巧的是节目组选的基本都是华语经典老歌，除了一首《月亮代表我的心》以外，李乃幼可以说是全军覆没，齐一铭企图凭借一人之力力挽狂澜，但终究寡不敌众，惨淡落败。

关沛和“不吃萝卜”获得了第一局的胜利。

齐一铭感觉李乃幼整个人都颓掉了。

“能不能整点阳间的游戏？”齐一铭愤懑地指着李乃幼，用“塑料”英语控诉道，“我们有外国来的弟弟，你这不是为难人家吗？就不能友好一点，展示一下大国的风度？This really not（这真不）公平！”

于是所有人的目光一下子都落在李乃幼身上。

米莓莓很惊讶：“是混血弟弟吗？我说眼睛这么大这么漂亮，这睫毛，我还以为上过妆呢。”

这话听得李乃幼有些别扭，但他明白米莓莓没有恶意，只是小声地说了一句谢谢。

于是节目组商讨了一下，决定把刚才的游戏变成热身环节，直接开始第二个游戏——你画我猜，而且很贴心地把里面有难度的四字成语换掉了。

“弟弟，开心一点。”

齐一铭总算隐隐约约琢磨明白李乃幼斗志低迷的原因了，他寻思这小孩可能是有些认生，语言不熟悉是其中一个原因，在场的唯一一个熟人关沛还被分走了，换谁估计都会萎靡不振。

不过李乃幼刚刚对自己说，关沛的理想型是健硕型的，这个劲爆消息着实让齐一铭小小地震惊了一下——他认识关沛两三年了，第一次知道这人原来是有理想型的，还是这么有挑战性的类型。

“这样吧弟弟，你想象一下，要是表现得特别积极特别厉害，叫所有人刮目相看，”齐一铭绞尽脑汁地换角度进行激励，“这样关某人以后不就会求着和你组队了？是不是这个道理你说？”

李乃幼顿了顿，随即猛地抬起了头。

第一组是米莓莓和老蒋，俩人可以说是毫无默契，吭哧了半天才猜出了两个词，但是俩人话多梗多，气氛很好，逗得全场哈哈大笑。

下一组是关沛和“不吃萝卜”。

关沛这人有养眼的大长腿，加上一米八七的黄金身高，本应该是引人瞩目的存在。结果站在了顶天高的“不吃萝卜”旁边，俩人硬生生还是拉出了十厘米的反向身高差，在场所有人看着都有些忍俊不禁。

然而他们俩配合得倒是出奇默契，关沛画技一般，但是胜在简洁明了，画得一目了然，“不吃萝卜”猜得也准，俩人只失误了一两次，得分很不错。

“哟呵。”齐一铭也觉得惊奇，“你别说啊，虽然这身高差离谱，但现在这么一看，这俩人还真挺有默契的。”

李乃幼的耳朵尖动了动。

他捏着手里的马克笔，把笔帽拆开又合上，合上又拆开，垂着眼睫，没有说话。

齐一铭和李乃幼被安排到了第四组，也就是最后一组，齐一铭刚想着商量一下到底谁来画谁来猜，就看见李乃幼自顾自地起了身，直接抱着白板拿起画笔，冲自己点了点头。

齐一铭愣了一下，寻思反正自己画画的水平十足寒碜，如果李乃幼愿意画的话，这么安排也行。

齐一铭背对着所有人站好，计时一分钟，游戏开始。

关沛看不见李乃幼画的是什么，只看得见男孩垂着眼睫抿着嘴，拿着画笔飞速地在画板上涂涂画画，最后还大力地乱涂起来，完全不像是在正经作画的样子。

米莓莓在旁边扑哧一声笑了出来，说了一句："他好可爱啊。"

关沛却是看得眉头微皱，他估计这人怕不是在自暴自弃随性发挥，放飞自我了。

导演组宣布："时间到。"

李乃幼咬着下唇画下最后一笔，合上笔帽，似乎是有点不满意自己的半成品，终究还是犹豫着将画板转了过来。

所有人都愣住了。

三秒钟后，齐一铭声音颤抖，有些虚弱地说："埃菲尔铁塔。"

导演似乎也沉默了一下，说："回答正确。"

关沛恍惚了一瞬。

正常人玩这种游戏无非就是画火柴人凑合凑合，再丑再支离破碎也无所谓，反正能看明白个大致意思就成。

但李乃幼画的这座埃菲尔铁塔，简直就是原版的完整复制。

不到一分钟的绘画时间里，这人用了一支有点漏水的马克笔，不仅将塔的结构完美呈现，就连旁边树木的光影细节也通过涂鸦的方式画到位了。

摄像机疯狂给白板上的画特写，齐一铭似快晕过去了，关沛却莫名地想起了那个雨夜，李乃幼蜷缩着，睡眼蒙胧地对自己说他画画很好，以后可以给自己画游戏里面的英雄。

当时自己说了什么？关沛有些茫然地想。

自己好像是说了一句"拉倒吧"，叫他少吹牛了。

李乃幼小心翼翼地偷瞥了一眼关沛。

他以为这个人会惊讶，或是难以置信，却没想到这个人只是面色如常地坐在那里放空，不知道在想些什么。

是因为自己画得还不够好吗？

李乃幼有些沮丧地想：没有办法，建筑确实不是我擅长的领域啊。

李乃幼蔫蔫地收回视线，刚有气无力地准备把白板上的铁塔擦掉，就被节目组拦了下来，工作人员换了一块崭新的白板，放在他的手里。

李乃幼不明所以，隐隐约约听到导演说“存下来宣传的时候当周边抽奖”，有些茫然地看向了对面的齐一铭。

齐一铭疯狂给他比大拇指。

剩下的几道题李乃幼发挥得更是离谱，他画的北极熊憨态可掬，连身上的绒毛都栩栩如生，而且每画完一道题节目组都忙不迭地给他换一块新的白板，将他的画作都谨慎小心地保存了起来。

最后一道题的题目是米莓莓。

李乃幼睫毛颤啊颤，抱着画板沉默了地勾勒了一会儿，随即又抬起那双棕色的漂亮眼睛，直勾勾地盯着米莓莓看了一会儿。

关沛感觉米莓莓的脸似乎红了。

最后李乃幼举起画板的那一刻，关沛清楚地听到，身旁的另一位游戏区的男主播似乎是一个没忍住，说了句脏话。

李乃幼最擅长的就是人像，他将米莓莓眉眼那点娇媚的神韵抓得很准，那双杏眼和快有一米长的假睫毛更是被精准地把握住了。

齐一铭看李乃幼的画和直接抄答案没什么区别，也是一秒给出答案。

导演组宣布最终得分，李乃幼组以比第二名多三分的优势，获得了当之无愧的第一名，奖品是酒店的免费温泉浴，明天的行程过后可以去兑换奖品。

“你好。”李乃幼有些腼腆地对米莓莓说，“你的项链很好看，我很想一起画下来，所以刚才一直盯着你看，没有冒犯到你吧？”

米莓莓愣了一下，随即笑得像朵花一样，说“没有没有”，又热情地拉了李乃幼过来，把他的微信给加了。

李乃幼晕乎乎地抓着自己的奖品兑换券回到了座位上，齐一铭拽着他的胳膊号啕大哭：“弟弟，下个月给哥哥家的零食画外包装吧，你随便发挥，画个杰尼龟哥哥都不介意——”

“包装设计是很有讲究的。”李乃幼摇了摇头，有些不好意思地说，“这不是我擅长的领域，我可能会搞砸的，而且画杰尼龟是侵权的，你……”

“李乃幼。”关沛喊他，“回酒店了。”

李乃幼回过头，愣愣地“哦”了一声。

他们三个人被分在同一辆车，关沛坐在李乃幼的身侧沉默不语，齐一铭在前排呼呼大睡，李乃幼盯着自己手侧被马克笔的墨水晕上的一小团黑，一时间不知道该说些什么。

但是李乃幼又很想和关沛说话。

于是他踌躇了一会儿，没头没脑地来了一句：“你高兴吗？”

关沛一时摸不着头脑。

“那个姑娘好高啊。”李乃幼若无其事道，“腿很长，手臂上的肌肉也很 strong（强壮），你觉得呢？”

关沛终于反应过来李乃幼话里的意思了。

关沛快要气笑了。

“是的。”关沛一字一句地往外吐，“我高兴极了。”

李乃幼倏地睁大了眼睛。

“她说她是健身教练，所以清闲的时候全天都可以直播。”关沛慢条斯理地补充道，“我觉得我可以招她来我直播间做二台，帮我平时休息的时候涨涨热度，顺便教我粉丝一些运动技巧，挺好的。”

李乃幼呆愣了一会儿。

然后他的脸逐渐哭丧下来。

“可是、可是……”李乃幼心急如焚地直起了身子，脑袋差点撞到车顶，“可是她不会玩游戏啊，也不会拉二胡，人也不有趣的，而且、而且——”

而且如果她来的话，你就要多发一份工资，那我要怎么办呀？你是不是就要把我辞掉了？我……

关沛快要笑出声来。

“李乃幼。”关沛喊他的名字，“你的脑子里天天装的是不是只有小蛋糕和杰尼龟？”

关沛摇了摇头，又说：“我是真不敢相信，你一个画画这么好的人，竟然能连玩笑和事实都分不清楚。”

李乃幼茫然地眨了眨眼。

十秒钟后他终于反应过来关沛是在诈自己，顿时气鼓鼓地想要和关沛理论一番，可是回想了一遍刚才关沛说的话，又惊喜起来。

“你夸我了？”李乃幼猛地凑近，很开心地问他，“你刚才，是不是夸我画画好了？”

关沛僵了一下。

“凑合吧。”关沛若无其事地说。

这句话对于李乃幼而言，无疑就是肯定的意思。

“所以你刚才虽然不说话，但其实一直在关注我画的画，是不是？”李乃幼快要美晕了，整个人快要飘起来，“你不知道，那里的笔太不好用了，我其实可以画得好很多很多的，我的 oil painting（油画）画得也很好，以后可以给你和吹橘一人画一幅……”

关沛别过了脸。

身侧的男孩还在手舞足蹈地滔滔不绝，关沛安静地看向了窗外的车流，暖橘色的夕阳在柔软的云层间破开，光影变幻之间，关沛看到了车窗上映出的自己的脸——

还有自己那怎么都抑制不住的、微微上扬的嘴角。

第 6 章 不要换掉我

李乃幼判断一家酒店好与坏的方式，就是去吃这家酒店的早餐。

比如李乃幼来到中国以后一直住的那一家就很让他满意——每天晚上都会有服务人员仔细地询问第二天对早餐的需求，第二天打开门，就会在门口看见装在推车上被保温着的早餐，仪式感满满。

然而可能是节目组经费不足的缘故，他们这次住的酒店，早餐是自助式的，好在甜点区有 C 市当地特色的枣泥糕，也算是让李乃幼圆了他的梦。

李乃幼开开心心地堆了一座小山在自己的盘子里，屁股刚落在座位上他就按捺不住地吃了一口，随即呆滞三秒，垮着脸，艰难而苦涩地咽了下去。

“太难吃啦。”他很难过地和身旁的齐一铭说，“这个饼真的好硬。”

齐一铭乐了：“C 市的枣泥糕确实有名还好吃，但你盘子里的这个一看就不正宗，馅儿都漏出来了，不好吃还是别勉强吃了弟弟。”

齐一铭的吃法是典型的一顿管三顿饱，米饭面条满满当当地夹了一盘子。

吃早餐的时候并没有摄像机跟拍，李乃幼咬着盘子里的蜜瓜块，发现在自然相处的情况下，大家的状态其实都放松了不少。

不化妆的米莓莓其实看起来更加温柔，“不吃萝卜”为了保证蛋白质的摄入接了满满三大杯牛奶，也就剩下的两个男主播吃得还算正常。李乃幼把蜜瓜咽下去，才突然意识到关沛还没有来。

李乃幼问齐一铭关沛在哪里，齐一铭顿时一脸嫌弃：“洗澡呢，这家伙每次外出必须一天两个澡，老洁癖了。”

李乃幼“唔”了一声。

他突然有些馋齐一铭盘子里的炒面了，于是小心翼翼地把盘子里的枣泥糕移出来，准备一会儿再努力消灭掉，然后端着盘子起了身，重新起航。

可能是炒面比较受欢迎的缘故，竟然还排起了小小的队伍，李乃幼抱着盘子乖乖等待的时候，碰巧遇到了那个叫老蒋的男人。

和昨天一样，这人依旧是一身富贵，大牌 LOGO 满身挂，头顶的发胶明亮到反光，只是不知道为什么，李乃幼总感觉镜头外的老蒋，好像有哪里不一样了。

明明昨天的老蒋看起来还是个很和善幽默的中年男人，此时的他看起来却很不耐烦，李乃幼看到他站在冷盘区粗鲁地夹着食物，连火腿片掉了一片在外面也熟视无睹，而且手里夹子也不换，导致上面的酱汁混在了不同的盘子里。

李乃幼是在吃黄瓜条都要用刀叉切好的严格家教下长大的，即使到了现在，他平日里遇到再喜欢的吃的也会细嚼慢咽懂得节制。

所以这人的素质愣是给李乃幼看呆了。

老蒋这边随意地丢下手里的夹子，抬起头，对上了李乃幼的目光。

随即他的视线很不礼貌在李乃幼的穿着上流连了一下，脸上露出了几分轻蔑的意味，也没打招呼，径自端着盘子走开了。

李乃幼愣了一下。

李乃幼今天穿的还是上次批发的那几十件 T 恤之一，上面印着他很喜欢的涂鸦，虽然并不是杰尼龟，但他也觉得很舒服，毕竟今天会有很多活动。

“你到底还夹不夹？”

身后响起了熟悉的声音，李乃幼蒙蒙地转过头，对上了关沛平静的双眸。

李乃幼这才意识到已经排到自己了。

“我要吃的。”李乃幼说。

他夹了一点面条到盘子里，又用夹子小心翼翼地挑了一片肉，然后有点茫然地说：“那个叫老蒋的人，态度好奇怪啊，和昨天看起来完全不一样。”

关沛瞥了一眼不远处的一桌人，半晌说：“不要理他。”

关沛来了，李乃幼感觉好像有人可以给自己撑腰了，就连精神气也高涨了很多。

他颠颠儿地跟在关沛身后，关沛夹苹果他也跟着夹，关沛拿酸奶他也跟着拿，直到最后关沛夹了一个黑黢黢的蛋到盘子里，李乃幼才迟疑地停了手。

皮蛋，万恶之源。

关沛睨他：“不学了？”

李乃幼若无其事地别过了头。

他们回去的时候大部分人回房准备了，李乃幼坐在关沛的身边，安安静静地陪他开启了第二顿扫荡。

吃完之后李乃幼正准备回房小憩一下，让刚刚落肚的美食平静安详地被消化吸收一会儿，却被关沛一个拦住，他说：“来我房间一趟。”

李乃幼茫然地跟进了关沛的房间。

他发现这人还是一贯的自律，就连住酒店也会将东西整理得有条有理，不像自己，昨天进了房把行李散了一地，随即便倒头呼呼大睡了起来。

关沛在柜子里翻了一会儿，挑出了一件浅蓝色的衬衫，丢到了李乃幼的怀里。

“录节目，看的人多，毕竟你也算是我直播间的脸面。”关沛言简意赅地说，“没有说你T恤不好看的意思。”

李乃幼捏着手里的衣服，愣愣地眨了眨眼。

所有人约在酒店大堂碰头，就在李乃幼和关沛走下电梯的那一刻，齐一铭感觉外面的天似乎都跟着亮了起来。

李乃幼的那张脸本来就精致得离谱，他平时大大咧咧地套一件宽松T恤，看着就像是校园里懵懂的少年，现在换了件利落的衬衣，衬得身材清瘦纤细，浅蓝色显得人唇红齿白，干净舒服得叫人移不开眼睛。

关沛一脸淡然地迈着长腿紧随其后，俩人一入镜头，齐一铭感觉在场的所有人似乎都很微妙地安静了一瞬。

“我裂了。”齐一铭悲痛地说，“都是两只手四条腿八个脑袋的生物，我到底和你们俩是差在了哪里？”

有新衣服穿的李乃幼似乎周身镀着一圈骄傲的金色光晕，他嘿嘿笑了一下，谦虚地安慰道：“没有的，你也很好看的，比如你、你的头发就比我们的要长好多的。”

关沛：“……”

齐一铭裂得稀碎。

“是因为棕色眼睛吗？”他神志恍惚地自言自语，“那我回头直播也搞一副蓝色的美瞳戴戴？还是因为长腿？那看来我还得再去接个骨……”

人齐了，节目组就顺势宣布了今天的行程，是去广告商建的当地水上乐园一日游，里面有最近新开的水上大闯关分区，也算是边“恰饭”边录制了。

这次分组的时候，李乃幼的手气不错，他总算如愿以偿，和关沛分在了一组。

关沛感觉李乃幼要飘起来了。

“太好啦。”李乃幼捏着字条自顾自地高兴了一会儿，半晌又鬼鬼祟祟地凑在关沛的耳边说，“你不知道，虽然齐一铭这个人很好很好，但是和他在一组，我总是不好意思让他输，因为这会让我感觉有一些愧疚。”

关沛：所以就是你“坑”我并不会有哪怕一点愧疚的意思吗？

他们坐着大巴到了水上乐园，关沛光是看着满池子波光粼粼的碧蓝池水，脑袋就一阵阵地隐隐作痛。

闯关环节总共设置了五关，每一关按照时间进行排名，前面都是正常的独木桥、大转盘之类的，唯独最后一关，是看起来很蠢很不友好的水上攀岩。

摄像机也同时就位，就等着抓拍每个人落水瞬间出丑的样子。

导演组宣布最后的奖品是C市标志性建筑物的缩微版木制纪念品一份，以及一盒C市正宗的枣泥糕。

关沛本以为李乃幼会很兴奋。

没想到这人听到“枣泥糕”三个字，似乎变得有些失落。

前几关进行得都很顺利，关沛的体能是真的很好，他不像米莓莓一样小碎步小碎步地挪动，就好像完全不怕掉进水里一样，每一步走得十分轻盈而大胆。

李乃幼也不希望自己“拉胯”，抿着嘴，喘着气努力跟上关沛的节奏。

然而那个叫作“不吃萝卜”的姑娘毕竟是健身教练，这种小跑小闹对她而言不过是搔痒，她跑得那叫一个健步如飞，每一关都稳稳地拔得头筹。

好在和她同组的老蒋拖足了后腿，愣是将分数降了下来。

于是前四关下来，关沛和李乃幼的成绩和他们组持平，并列第一。

最后一关是所有人同时攀岩，墙壁上总共挂着十五个蓝色的球，获得一个球一分，在最顶端有个金色的球，上面还喷着一束着看起来砸脸很痛的水柱。

然而这个球的价值足足有十分。

因为下面就是水池，加上安全措施做得完善，所以这一局组与组之间可以互相干扰，同组之间也可以互相配合。

李乃幼已经有些喘了。

“尽力而为。”关沛顿了顿，说，“她体能好，我们没有必要一定去争第一。”

李乃幼慢吞吞地仰起脸看着关沛，眼睫颤了颤。

因为奖品一般，其实李乃幼的胜负欲并不是很强，关沛这话不说还好，现在这么一说，他反倒胡思乱想起来。

关沛是在叫李乃幼放平心态，李乃幼却感觉关沛是在称赞“不吃萝卜”。

他想起关沛前两天说“招她来做二台”，莫名地惴惴不安起来。

安全装置都穿戴好了，最后一关开始的一刹那，关沛就感觉李乃幼像是吃了火药一样，势头很猛地向上爬了起来。

李乃幼和“不吃萝卜”可以说是同时出发的，俩人的目标明确而统一，就是那个位于最高点的金色的十分球。

然而李乃幼一开始发力太猛，他的体能本来就没有办法和“不吃萝卜”相比，体力流失得快，不一会儿就有些力不从心。

就在李乃幼差点脚滑下落的瞬间，一只手突然托住了他的腰，稳稳地帮助他稳住了身形。

李乃幼整个人战栗了一下，喘着气回过头，才发现是斜下方的关沛单手托住了自己的腰，同时他微仰起脸，冷静地与李乃幼四目相对。

俩人的身体贴得很近，关沛深邃而俊逸的五官此时看起来格外清晰，李乃幼感觉自己的心中涌出一股异样的情绪。

隔着衬衣薄薄的一层布料，关沛的手正稳稳地覆在自己的后腰上，李乃幼感觉整个人就像是被半搂住一样，很安心。

然后他听到关沛对他说：“不要着急。”

有关沛托着自己，李乃幼向上爬的速度稍微快了一点，但“不吃萝卜”是真的恐怖，这姑娘的核心力量极强，已经早一步到达顶部，正准备避开水柱，努力伸长手臂，从侧面够到那个金色的球。

就在关沛感觉这轮可能是要“白给”了的时候，上方的李乃幼却突然停住了脚步。

随即关沛就看到男孩喘着气回过了头，他眼底的光很亮很干净，他小声问关沛：“如果我们赢了的话，你可不可以，再夸我一次，就像昨天那样啊？”

关沛愣住了。

可能是因为关沛这么呆住的样子比较新奇，李乃幼突然弯了弯眼睛，别过脸，轻轻地笑了一下。

他说：“哥哥，你躲开一下。”

关沛没明白李乃幼是什么意思，但还是下意识地扒住左手边的石块，微微地侧过了身子。

然后他就看见李乃幼重新转过身，竟然直接顶着那束水柱，艰难地逆流而上。

随即关沛就看见李乃幼踮起了脚尖，在这样离谱的高度下，竟然猛地一跃而起，随即伸手奋力地一够——

就在“不吃萝卜”的指尖即将碰到球的那一刻，李乃幼抓住了那个金色的球。

随即他失去了重心，像一只蝴蝶轻飘飘地下落，扑通一下掉进了蔚蓝的池水里。

怎么说呢，这一摔摔得那叫一个惊天动地、水花四溅，虽说李乃幼本人其实没什么事，但是节目组的魂儿已经跟着差不多散没了。

因为包括关沛在内，压根没人会想到有人在攀岩的时候抱着必摔的决心故意纵身一跃，就为了够那个球。

李乃幼被工作人员捞了上来，湿漉漉地缩在岸边，皱着脸揉着眼睛，再一抬头，才发现已经乌泱泱地围了一圈人。

他裹着浴巾，愣愣地抬眼对上关沛的视线，整个人看起来似乎有点发蒙。

关沛也没那个心思继续录了。

反正关于他们那部分的录制已经结束了，比赛的结果关沛不在意，他趁着医务人员给李乃幼检查的工夫，直截了当地下达命令："和我回酒店。"

李乃幼还有点不高兴。

"我真的没事的。"他抱着手里的金色皮球不撒手，又很骄傲地仰起脸，央求道，"可以等一下最后的结果吗？我要亲手去拿我的枣泥糕——"

话没说完李乃幼就突然皱了皱脸，随即打了个震天响的喷嚏，半晌他心虚地愣了一下，怯怯地抬起眼，没敢说话。

"现在、立刻给我回去。"关沛木然开口，"而且你这月工资没了，没有原因。"

录制已经到了尾声，医务人员也给李乃幼做完了基本检查，确定没有什么问题了。

虽然很想听一下最后的结果，但关沛的脸色实在是不太好，李乃幼最终恋恋不舍地把球给了工作人员，乖乖地跟在了关沛的身后。

关沛和节目组打了招呼，先一步走人了。

李乃幼有点茫然，踉踉跄跄地跟着小跑了几步，一边吸溜着鼻子，一边说："你慢点呀。"

关沛没有回头，也没有说话，但脚步还是慢慢地放缓了下来。

直到俩人站在了酒店的电梯里，李乃幼看清楚了关沛脸上的戾气，这才后知后觉地发现，这个人好像是生气了。

关沛送李乃幼回了房，李乃幼蒙蒙地问："你不高兴吗？"

关沛还是没说话，李乃幼这回是真的有点不明白了，于是怀疑是不是因为自己弄湿了他的衣服，所以他才不高兴的。

“对不起，你的衣服我会给你洗好的。”李乃幼讨好地弯了弯眼睛，说，“而且你看，我的体能其实也很好的，比起那个——”

“你这不是体能好。”关沛冷冰冰地打断了他，“你这就是单纯的‘莽’。”

李乃幼顿了顿，随即心虚地别过了脸。

“这叫作 strategy（策略）嘛。”他很小声地为自己辩解，“这是我的策略，你不懂的……”

关沛也不愿意再兜圈子听他说这些有的没的了。

他直截了当地问：“取到球的方法有这么多，为什么一定要去做这么危险的动作？”

李乃幼被噎了一下。

“因为当时时间很紧。”李乃幼蔫蔫地掰着手指，“我很想赢，而且、而且……”

“李乃幼。”关沛说，“如果不是因为你，我根本就不会来这个所谓的综艺，我也从来不会在乎游戏所谓的输赢。”

李乃幼怔住了。

“确实，我们算得上是搭档，也有合约，是合作关系。”关沛说，“但是如果一个人做事不考虑后果，不把保证自己的安全放在第一位，总是贸然地一个人做决定，那么所谓的搭档也不再有意义。”

“我也不会再愿意和这种人继续进行任何合作。”关沛说。

李乃幼愣愣地看着他。

关沛觉得自己话已经说到了，不准备多留，径自转过了身，顿了顿，半晌才说：“去洗个热水澡吧。”

关沛走到门口的时候用余光又瞥了一眼，就见李乃幼愣愣地坐在床上。他的发梢还略微有些潮湿，软乎乎地耷在前额，眼睫微垂，安安静静地没有说话。

关沛意识到自己的话可能说得有点重了。

然而这些话是必要的——关沛从没见过李乃幼这种又“莽”又倔、心思稚嫩得像是小孩的人。单纯懵懂固然不是坏事，但是如果一直做事莽撞不考虑后果，注定是要吃大亏的。

关沛回房休息了一会儿，六点半的时候齐一铭给他发了条微信，说他们收工回来了，问李乃幼状况怎么样了，要不要一起去外面找个餐厅吃个饭。

关沛犹豫了一下，没有先回齐一铭的微信，而是主动弹了条微信给李乃幼，问他去不去吃饭。

——这算是某种意义上的服软了。

然而关沛耐心地等到了七点四十分，李乃幼还是没有回复。

关沛的脾气也有点上来了，于是没再继续等，直接约了齐一铭去酒店的餐厅，简单地点了点东西吃。

“哇！我真的是傻眼了，奶油弟弟用生命抢了那个十分的金球，结果你猜怎么着？最后竟然是米莓莓他们那一组赢了。”

齐一铭苦着脸说：“我当时以为你们已经稳了，毕竟都十分了，结果米莓莓他们队愣是硬生生地抢了十三个普通球，就离谱啊。”

关沛半天没说话。

“哎？弟弟人呢？我感觉他摔那一下还挺重的。”齐一铭又凑近了点，偷偷摸摸地说，“不过沛啊，你找的这个小朋友还真挺好玩的——你可能不知道，他其实特别特别想在你面前表现一番，想被你夸。那天你和‘不吃萝卜’一组，我看小孩儿整个人都萎靡掉了。”

“我估计啊，今天他也是铆足了劲儿想在你面前表现的。”齐一铭叹息着摇头晃脑，“结果球抓到了，人都掉水里了，没想到最后还是输了。可惜可叹、可惜可叹啊。”

关沛拿着筷子的手微微顿了顿。

“你给他带点吃的吧，”关沛突然说，“酒店餐厅九点关门，他可能赶不上了。”

齐一铭恍然大悟“哦”了一声，半晌，又变得疑惑。

“想得挺周到啊！不过你房间不就在他旁边吗？”齐一铭一头雾水，“怎么着还非要让我去送一趟？”

关沛没作声，只是又夹了一筷子青菜到盘子里。

齐一铭好像窥出了点端倪，神色逐渐变得微妙起来：“哟呵？你们俩这是……吵架了？”

“一些原则问题。”半晌，关沛说。

齐一铭问了半天没问出个所以然，只能嘀嘀咕咕地在酒店餐厅打包了一份河粉，和关沛一起去了他们所在的楼层。

趁着齐一铭敲李乃幼房门的空当，关沛刷卡打开自己的房门，若无其事地走进了自己的房间。

关上门之后，他却没有继续向里面走，而是就这么站在门口，沉默着听了一会儿外面的动静。

他听到齐一铭似乎又敲了一下门，但还是没有人应，一两分钟之后，关沛自己的房门响了。

齐一铭站在门口，苦着脸说：“没人开。”

关沛顿了顿，说：“微信。”

于是齐一铭又弹了一连串的消息过去，拨了两个语音电话，其间又敲了一次门，还是没有人应。

关沛的眉头皱了起来。

然后齐一铭眼睁睁地看着关沛低着头在自己的口袋里摸索了一会儿，半晌，他掏出两张房卡，辨别了一下，随即利落地拿起一张一刷，就听见嘀的一声——

门开了。

齐一铭："你有卡不早掏出来？"

入住手续全都是关沛办的——因为李乃幼当时在酒店大堂旁的水族箱前兴高采烈地看着里面的鱼和乌龟。

关沛现在懒得和齐一铭解释，自顾自地推开门，直接进了屋。

屋子里关着灯，很暗，齐一铭拎着河粉，试探性地在后面喊了一声："弟弟？"

没有人应。

关沛也没再犹豫，直接把吧台的灯打开了。

床的正中央鼓起了一坨，关沛看到李乃幼缩在被子里，小半张脸都埋在了被子里，紧闭着眼睛，一动也不动。

关沛迟疑地走近，才发现这人的状态有点不对。

"李乃幼。"关沛喊他。

俩人又是开门又是开灯又是叫人，都已经闹出这么大动静了，李乃幼还是没有醒过来，齐一铭也感觉到了哪里不对劲，赶紧把身侧的台灯也打开了。

然后两个人都愣住了。

李乃幼的脸红得不太正常，而且屋内温度本来就偏高，他像蚕蛹一样缩在被子里，却还是一副快要冻死了的模样，明显是发高烧了。

而且看这个程度，应该是烧了有一段时间了。

关沛心底一沉，直接将人从床上半抱起来，用手轻轻地拍了一下李乃幼的脸，喊他的名字："李乃幼，醒醒。"

李乃幼终于幅度很小地动了一下，慢慢地睁开了眼睛。

李乃幼的皮肤滚烫，呼吸也有些急促，关沛看着他迟钝地抬起眼睫，微红的眼底带着潋滟水光，也不知道是不是因为烧的。

李乃幼用了好长一段时间才看清了关沛的脸。

随即他整个人瑟缩了一下，像是在逃避什么似的向床尾缩了一下。

他又看了一眼身侧的齐一铭，半晌才低下头，喘着气小声说：“你们怎么……在这里呀？”

“你发烧了。”关沛言简意赅，“现在就去医院，还能走吗？”

李乃幼顿了一下，摇了摇头。

他的脑子已经烧得有些混沌，中文语法也用得有些混乱颠倒，他有些虚弱地说：“我没有发烧，我是因为，刚才去了温泉，很热，所以才会……”

“那个……今天的温泉开放时间是早晨九点半到下午一点半，因为我昨天晚上刚去过一次，服务员告诉我的。”齐一铭搓着手，“但是弟弟，你今天回到酒店的时间，应该不会早于下午两点。”

李乃幼不说话了。

关沛也没接话茬，而是起了身，在李乃幼凌乱的床头柜上拿起了一板药片。

那是一板退烧药，上面已经空掉了三颗。

拙劣的谎言不戳自破，李乃幼又低下头，眼睫颤了颤。

“齐一铭，你去打个车。”关沛说，“查查最近的医院在哪里。”

齐一铭忙不迭地应了一声，出去叫车了，屋子里陷入了漫长的静谧。

“李乃幼。”关沛喊他的名字，“抬头看我。”

李乃幼的身子僵了一下，却还是没有抬头。关沛看不见他的脸，只能看到他明明连脖子都已经烧得有些红了，却只是幅度很小摇了摇头，用手攥着被子的边，沉默着不说话。

关沛又喊了一次他的名字，他还是不说话。

关沛怕这人一会儿烧出什么毛病来，也没那个耐心和他耗下去，直接捏着他的下巴，强制着让他抬起脸和自己对视。

然后关沛就愣住了。

李乃幼就这么仰着脸，怯生生地看着自己，他没有说话，眼泪却已经安安静静地爬满了整张脸，吧嗒吧嗒地往下掉。

李乃幼在哭，而且是在很伤心地哭。

“我吃了药，但是、但是没有用的……”

李乃幼终于开口了，他哭得很难过，温热的眼泪接连不断地砸落在关沛的手背上，他伤心得像是个零食罐被没收了的小孩子。

关沛就听到他一边艰难地喘着气，一边断断续续地说：“我不想发烧的，我、我也没有不爱惜自己的身体，我只是很想赢，我、我想让你夸夸我的……”

“我、我不想和你分开……”李乃幼已经哭得有些上气不接下气了，说话的逻辑也变得混乱起来，“我很喜欢……很喜欢和你做搭档。我没有中国朋友，你是第一个……第一个愿意和我玩游戏的人，我、我每天和你在一起，我都……我都很开心的。”

“你、你们对我很好，我很喜欢直播，很喜欢翠菊，我、我也很喜欢你。”李乃幼的大眼睛里蓄满了晶莹的液体，他拉住了关沛的手，泪眼蒙眬地小声央求道，“你可不可以……不要换掉我啊？”

李乃幼是一个不太会掩饰自己情绪的人。

高兴就是高兴，难过就是难过，喜欢就是喜欢，他从来不在意别人的看法，他只关心自己在乎的东西。

比如他在L城读中学的时候，就很喜欢放学路上的一家蛋糕店。其实现在回想起来，那蛋糕里的奶油很劣质，夹层里面的水果也不太新鲜，但是李乃幼就是很喜欢每块蛋糕上面裱着的那朵标志性的浅黄色的奶油花。

他喜欢第一口吃掉那朵奶油花，感受奶油绵密的甜味在舌尖跳跃带来的那一刹那的新鲜和满足感。

李乃幼是一个很长情的人。

他那时候还在上初中，家里营养师做的饭实在是难以下咽，于是每周五放学之后，他都会特地叫司机拐到那家店铺去买一块蛋糕，然后坐在车上狼吞虎咽，并在到家之前将蛋糕盒扔在前一个街区的垃圾桶里。

然而在李乃幼十五岁生日的时候，这家蛋糕店成了他的生日礼物。

李乃幼这才知道，原来司机会把他每天的行程报告给他的父母，除了他会偷偷买蛋糕吃这件事，就连他最爱的是肉桂苹果味，他们也都一清二楚。

那是第一次，李乃幼对于这样以关爱为名的监视感到隐隐的不自在。

后来李乃幼很少会去那家蛋糕店了——因为每当他周五跨进店门的时候，桌上都已经放好了他最喜欢的蛋糕和红茶，不用排队，不用等待，却也没有任何的惊喜可言。

好像什么都没变，却又好像什么都不太一样了。

尽管如此，李乃幼偶尔还是会回忆起那香甜的滋味——他感觉关沛就像是那朵由劣质奶油做成的花，其实并不那样完美和好吃，甚至有时候尝起来会有一些冰凉和过甜，但是那种埋在心底的期盼，是很久很久不会变的。

李乃幼感觉关沛是一个很好的朋友。

李乃幼在英国也有很多朋友，他们有着相同的爱好，会一起去看歌剧，一起去写生，也会做很多很好玩的事情。

但关沛是个例外。

明明这个人和自己的性格天差地别，但李乃幼不知道自己是怎么了，不过是相处了短短半个月而已，一想到关沛要把自己换掉然后去和别人一起直播，就感觉自己的心像是被挖了一个大洞。

他很仓皇很难过，他也很舍不得，这是他在别的朋友身上从来没有过的感受。

李乃幼坐上车的时候意识已经模糊了，他蜷缩在后座上，眼角还带着未干的泪痕，晕晕乎乎地看着窗外的风景。

他一开始还睁大眼睛强撑着，表示自己身强体壮，结果没过多久身子就软了下来，慢吞吞地倒在了关沛的身上，沉沉地晕睡了过去。

关沛沉默了一会儿。

他没有推开李乃幼，只是过了半晌，抬起手。手迟疑着悬空了一会儿，最后还是缓缓落下，拂掉了他脸颊上的那点泪痕。

“我的小可怜儿，这都什么事儿啊。”

齐一铭从前排回过了头。他并不知道李乃幼刚才哭了一遭，只以为小孩儿是烧迷糊了，脸上满是怜爱而痛心。

李乃幼半梦半醒中被关沛拖进了诊室，医生询问了他的症状，又测了体温。

最后得出的结论是受凉导致的感冒进而引发的发烧，也有可能是到了外地有些水土不服的缘故。

看了一眼李乃幼蔫巴的小模样，医生开了退烧药，输液大套餐也给安排上了。

“小伙子免疫力不太行啊，体重也偏轻。”医生最后又语重心长地嘱咐道，“年轻人工作学业再忙，也还是要多运动，增强身体素质啊。”

关沛看了一眼昏昏沉沉挂在自己身上的男孩，露在外面的一小截手腕确实是又细又白，也不知道吃的那些串串、蛋糕都跑哪里去了。

取了药回来，关沛感觉李乃幼可能已经离烧傻不远了。

看见护士小姐姐把针扎进血管的时候，这人连眼睛都没眨一下，只是茫然地睁着大眼睛盯着关沛的脸看。

最后甚至语言库都已经大混乱，针扎进手背之后，这人还对着人家护士小姐姐软糯糯地来了一句“Thank you so much（非常感谢）”。

小姐姐捂着嘴直乐，端着托盘走远了。

于是李乃幼又开始新一轮的发愣。

关沛对齐一铭说：“回去吧，明天你还要录制。”

齐一铭应了一声，又怜爱地看了一眼床上，冲他挥了挥手：“弟弟好好休息啊，记得下次可别这么‘莽’了，明天哥哥带好吃的来看你哈。”

李乃幼呆呆地躺在床上，乖乖地冲他挥了挥手。

齐一铭走了，关沛和李乃幼就重新陷入了史诗级的沉默。

吊瓶里的液体静悄悄地滴落，李乃幼的思维逻辑能力似乎也恢复了一点，他直勾勾地盯着关沛的脸看了好久，突然僵了一下，随即慢吞吞地转过了身子。

他把身子缩进被子里，露出个毛茸茸的脑袋顶和红红的耳朵尖，不说话了。

关沛不明所以。

药物起了作用，李乃幼的体温缓缓下降，神智也逐渐变得清明起来，李乃幼这才后知后觉地意识到自己哭了。

——而且是求关沛，让他不要换掉自己，很丢脸的那种号啕大哭。

李乃幼感觉自己整个人都往外冒热气，不敢回头，只是抓紧了被子睁大了眼睛，盯着吊瓶里微微晃动的液体。

然后他就听到身后的关沛突然说：“我不换人。”

李乃幼愣了一下。

“我说话的语气是有一些问题。”关沛说，“我没办法像齐一铭一样，能够在任何情况下对所有人一样都乐呵呵，有的时候我没有办法管理我的情绪，因为我很担心你的安全。”

李乃幼又是一僵。

“尽管我的本意并非如此，但是在合同的有效期限内，我们确实是搭档关系，我并不应该去提什么二台和换人的事情。”关沛说，“这是诚信问题，也是我说话上的失误，我向你道歉。”

李乃幼听到关沛说“对不起”。

李乃幼猛地转过了身子。

他还是没有说话，但是眸子倏地亮了起来。他眨巴着眼，直勾勾地盯着关沛，似乎像是在期盼什么。

沉默良久，关沛微不可察地叹了口气，终于还是说出了这句李乃幼盼了好久的话——

“你画画确实很好看。”

关沛说：“虽然你我之间还需要一些磨合，但是这大半个月的直播，你确实帮助我收获了的热度和粉丝，这是事实。”

关沛又说：“如果这次回去之后，你能给我的直播间画一个头像，你的工资我就照常发，再给你三千的奖金。”

关沛以为李乃幼会瞬间乐飞，然而他没有，他只是仰着脸看着关沛愣了一会儿。

半晌，他竟然轻轻地摇了摇头。

“我们这次……都有错的。”李乃幼吸了吸鼻子，终于小声地开了口，“所以互相就抵消掉了。我以后也会注意安全，做事情之前，会和你商量一下的。”

“而且你既然已经夸了我，”李乃幼弯着眼睛，嘿嘿笑着仰起脸，“那我就给你免费画一幅好了。”

关沛愣了一下，说“好”。

彼此的目光碰了一下，随即又同时有些不自在地错开，虽然病房里还是静谧的，但李乃幼知道，他和关沛算是彻底地和解了。

于是李乃幼又偷偷摸摸地高兴了起来。

他夸了我……

李乃幼晕乎乎地想：他夸我画画好看，夸我直播效果好，还向我道了歉，他甚至说……说他自己不太会说话。明明这个人脸上的表情还是硬邦邦的，但是这种反差感，为什么会让我——

然而五秒钟后，病房里响起了一声清晰响亮的咕噜声，胃里的绞痛感将李乃幼从梦幻的眩晕中拉回到了现实。

还没有吃晚饭的李乃幼：“……”

“我去给你买点零食垫一下肚子。”关沛摇了摇头，起了身，问，“你要——”

“我刚刚看到门口有贩卖机，里面有巧克力cookie（曲奇），好像还有香蕉味的牛奶……”李乃幼的精神瞬间蓬发，他掰着手指叽里呱啦地列举了一大堆小零食，最后又看着关沛的脸色，小心翼翼地来了句，“可以吗？”

关沛：“……”

关沛开始怀疑这人刚才是在装病。

当然，最后他还是把李乃幼提的那些零食大部分买了回来，只不过把李乃幼要求的香蕉牛奶换成了矿泉水。

李乃幼输液的手是右手，没办法打开包装，关沛就帮着他剥开巧克力饼干的包装，递到了他的面前。

他以为李乃幼会用另一只手接过去，却没想到这人只是雀跃地将鼻尖凑近闻了闻，抿了抿嘴，随即就着自己的手，直接咬了一大口。

然后李乃幼的表情逐渐凝固起来。

他腮帮子鼓鼓地看着关沛，很伤心地说：“为什么，没有味道了……”

关沛平静地反问：“你觉得呢？”

感冒使人失去味觉、嗅觉以及小部分的智商，李乃幼自知理亏，心虚地不说话了，垂下眼帘，食之无味地嚼着嘴里的饼干。

关沛把水给他递过去，李乃幼含含糊糊地说了一句“谢谢”。

他口干舌燥好久了，仰着脖子猛地灌了好几口水，一时间喝得有些急，整个人一愣，随即剧烈地呛咳了起来。

关沛是真快给他老人家磕头了。

无语归无语，关沛又怕李乃幼咳得太凶一会儿手上的针头错位了，就只能凑近了些，帮他拍着背顺气。

半晌，李乃幼总算缓过来了，艰难地抬起了眼。

也不知道是因为李乃幼现在眼泪汪汪看起来太可怜，还是因为自己的那点强迫症，他看着男孩脸上那一点晶亮的水痕，突然鬼使神差地抬起了手，蹭掉了那点水渍。

五秒钟后关沛意识到自己做了什么，瞳孔猛地一缩。

同时李乃幼也倏地睁大了双眼，迟疑地后仰了一下。

有那么一刹那，关沛感觉似乎连时间的流逝都已经停止了。

他有些此地无银三百两地解释道："你脸上有水。"

李乃幼"嗯"了一声。

关沛顿了顿，又说："所以就帮你擦一下。"

李乃幼默了一会儿，又轻轻地"唔"了一声。

然后俩人半天都没说话。

就在关沛感觉自己即将缓慢开裂的那一刻，李乃幼抿了抿嘴，突然没头没脑地来了一句："我……我其实很容易就会哭，上次我朋友过生日的时候，我就哭了，还有之前我的 cousin（表亲或堂亲）养的小兔子死了，我当时也替他伤心……"

关沛没听明白。

"我只是在伤心或者感动的时候，有一点点控制不住我自己，所以会以哭这种方式，小小地发泄一下。"李乃幼越说耳朵根子越红，他碰了碰自己的唇瓣，犹豫了一下，声若蚊蚋般补充道，"所以……所以你并不用这样做的。"

"但是谢谢你呀。"李乃幼弯了弯眼睛。

关沛脑子转了半天才反应过来，李乃幼这是把刚才自己的行为当作是自己把他整哭的事后补偿行为了。

关沛一时也不知道自己应该是喜是忧。

其实就连关沛自己都不明白，他会这么做的原因究竟是什么——他将这一行为归为"可能就是有那么一刹那想要手贱一下"，也不愿继续在这个话题上周旋，于是选择了很拙劣的方式把话题给岔开。

关沛僵硬地点了点头，突然问："所以你……其实是会好好读翠菊的名字的？"

李乃幼"嗯嗯"着点头。

"会读是一回事，可是翠这个字，读起来有一点点难，而且很不可爱。"李乃幼果然一秒钟被关沛带跑，煞有其事地给他分析起来，"但是吹橘读起来，就很有感情上的共鸣，好像有那种圆滚滚的画面感，不论是 pronunciation（发音），还是……"

关沛有点后悔自己把话题岔开了。

李乃幼这边刚展示完自己独到的见解，思绪又很快地跳到了另一件事上，有些希冀地问："所以咱们今天，到底赢了没有呀？"

关沛不动声色地抬起了眼。

"赢了。"半晌，他沉声说。

李乃幼果然很高兴。

"是齐一铭告诉你的吗？"李乃幼开始手舞足蹈，"太好啦，我总算是能尝到正宗的枣泥糕了！你不知道，那天酒店里做得有多难吃，就像是在吃木头渣渣一样……"

关沛没有说话，看着男孩兴高采烈地用手指给自己比画着一个又一个圆，来代表他口中的枣泥糕。结果最后因为吊水还动作幅度很大地瞎耍，他被门口经过的护士小姐姐劈头盖脸地数落了一顿，蔫巴巴地不说话了。

李乃幼的这场病来得快去得也快，输了液之后，转天精神头就好了很多，就是说话有点瓮声瓮气地，吃东西也还是没什么味道。

在他本人无比强烈的坚持下，关沛还是勉为其难地让他参加了剩下两天的录制，但最后全员的聚餐关沛没有让他再留，而是直接订了机票，带着他一起回了 U 市。

考虑到李乃幼病还没好全，以及这人来时"刘姥姥进大观园"一样的行径实属丢人，这次回去俩人坐的是头等舱，是关沛升的舱。

他以为李乃幼这回会更兴奋地乱翻乱看一番，却没想到这人反应平平，只是窝在座位上发呆。

——估计是病还没好利索，连带着兴奋劲儿也少了不少。

关沛踟蹰了一下，最终从背包里掏出了一盒枣泥糕。

“临走前节目组给的奖品。”关沛若无其事地单手递了过去，“因为是双人胜利，所以纪念品归我，点心归你。”

关沛满意地看到李乃幼的眼睛亮了亮。

李乃幼如获至宝般接了过来，一边小声地说了“谢谢”，一边迫不及待地拆开包装精美的礼盒。然后关沛就看着他捏起里面一看卖相就不错的枣泥糕，小心翼翼地咬了一口。

关沛故作镇定地翻开手里的书，没说话，只是用余光偷瞥着自己身侧的男孩。

果不其然，三秒钟后，李乃幼仰起了脸，笑盈盈地对他说：“好好吃啊。”

关沛又“嗯”了一声。

关沛没有告诉李乃幼，他现在手里的枣泥糕，是自己专门跑到C市景区附近的特产店买的。

关沛凭借零星的记忆，在特产店拒绝了无数推销玉石手镯、珊瑚挂件的导购员，最后才找到了当天节目组展示的那一款枣泥糕。

关沛并不是一个愿意撒谎的人，但是这次他只能无中生有。因为胜利者根本不是他们，所以节目组根本不会发所谓的奖品。

——但是关沛并不知道，李乃幼其实也有了一些自己的小秘密。

李乃幼这两天虽然不再发烧了，但是嗅觉味觉依然没有很好地恢复过来。他能感受到嘴里的枣泥糕口感确实好了不少，但是他其实并没有尝出什么特别的味道，更别提刚才他自己亲口说的“好吃”了。

而且因为学画画很多年，李乃幼对于颜色的区分是很敏感的。

也许别人并不会注意到，但是他清楚地记得，那天节目组展示的那盒枣泥糕的包装，主体色是紫色和明黄色，而现在自己手里的这盒，主体色是紫色和橙色。

颜色相近，但是并不一样。

所以李乃幼知道他们并没有赢。

虽然他尝不出枣泥糕是什么滋味，虽然这并不是自己心心念念了很久的奖品，但李乃幼还是很认真地把手里的盒子重新扣好，装回塑料袋里，又仔仔细细地塞进了自己的背包里。

他感觉自己好像并没有那么在意了，因为他知道，他已经得到了更珍贵的、更有意义的东西。

罗森：

听说L城最近的雨很多，希望花园里的那些绣球还好，而且请你不要再问我了，我还是不会回家的。

我最近和朋友一起去了中国C市，你应该和Rebecca一起来看看，我觉得她会很喜欢这里的温泉。

我是和我新交的中国朋友一起去的，你可以叫他关。我不知道该和你怎么形容这个人，他可以算是我的boss（老板），但我们其实还是搭档关系。

他话有些少，看起来冷冰冰的，但其实是个很sweet（温柔）的人，嘿嘿。

而且他给我工资，请我吃饭，还给我买机票——我本来想把我的里程给他用，但是他连让我说话的机会都不给我。

——而且不知道是不是我的错觉，我总觉得他好像……好像认为我的生活并不富裕，这感觉有点新奇。

但是我真的很喜欢和他相处的时光，如果你们能认识就好了。给你看，这是他养的小猫咪【图片链接】。

希望你和Rebecca都好。

今天也不想回家的Neo

李乃幼点下发送键，看见“已发送”三个字旁边跳起的绿色小对钩，吁了口气，慢吞吞地合上了手机。

行李已经被酒店服务员送到了房间门口，踩在印着繁复图腾的柔软的地毯上，明明到了家，李乃幼的心情却有些低落。

刚从一个城市的酒店退房，就回到了另外一个酒店，这感觉确实是有些微妙。

虽然自己住的套房不论是空间还是装修，都已经属于顶尖配置了，但是对于李乃由而言，始终不过是一个没有生气的、没有人气的临时住所罢了。

李乃幼有些惆怅。

他没有先开门，而是在心底默默掰起手指头计算了起来，随即他无比郁闷地意识到，竟然还要再等一两天，才是自己和关沛共同直播的日子。

李乃幼垂头丧气。

他慢吞吞地刷了卡，嘀的一声，门开了。

然而就在李乃幼把门打开的那一刻，他愣愣地看到，地板上那一摊从厕所直接蔓延到了门前的巨大水渍。看着自己脚前那块已经被洇湿了的羊毛地毯，他陷入了漫长的沉默。

第7章
同住

时隔一周，关沛重新开播。

为了弥补请假一阵子的空白，他今天从中午十二点就开了直播，连播了八个小时的《食用指南》，还上手试了试周末出的新英雄。

和上次关沛猜测得一模一样，新英雄是一位女刺客。

玩家当时也猜了半天新英雄是什么菜系的，因为这游戏里基本是十个刺客九个辣菜，十个辅助九个甜品，还有满满当当一蒸笼的主食类战士。

好在这回策划没弄川菜，反而整了日本料理——三文鱼刺身，设定是个英姿飒爽、拿着砍鱼刀逢人就砍、穿着橙粉色劲装的高挑美少女。

关沛上手试了两把，感觉还挺有意思，就直接开了排位。

关沛的粉丝这几天一直看录播，好几天没见着直播里的关沛了，全都热情满溢，源源不断地刷起了礼物和弹幕。

“我人傻了，这鱼我玩了三天只知道哪里亮了点哪里，伤害和刮痧一样，怎么到关某人的手里就好像换了个物种一样……”

“上赛季辣鸡的牌子拿到了，这赛季给三文鱼刷个牌子吧，叫弟弟玩个苹果派补蓝，这俩打配合无敌！”

“呜呜呜这一周可是快把俺给熬死了，做梦都想看咱沛和奶油的相声大会，周五快快到来吧呜呜呜……”

“啊啊啊！所以综艺什么时候上线啊？等不及了等不及了！”

关沛这边又轻轻松松地上了颗星，然后放下手机，揉了揉太阳穴。

翠菊慢悠悠地跳上了电脑桌，柔软的肉垫直接在键盘上无情碾过，它叼住了关沛的袖口，“喵”了一声。

“这英雄目前伤害有点超标，估计后期要削，可以先抓紧玩着上上分。”关沛把翠菊的脑袋瓜推开，淡淡地说，“连招 321A3，前期缺蓝，建议看阵容来选择反蓝或者直接蓝开，差不多了，挺简单的。”

听到这话，观众感觉都快裂开了。

“众所周知，《食用指南》目前只有 3 个难度为 10 的刺客，分别是毛血旺、辣子鸡、三文鱼，这就是关某人口中的简单。”

“懂了懂了，我一个焦糖布丁红牌玩家就是脑中之瘫……”

“不多说，这边的建议是直接将主播封禁呢。”

关沛早就习惯和他们斗嘴的日常。

他也没反驳，只是喝了一口杯中的菊花茶，半晌，单手捧杯，沉声说：“先下了，明天恢复正常时间播。”

“记得微博投票一下用膳时看的节目。”最后关沛又轻描淡写地补充道，“《名侦探柯南》我实在是看腻了。”

关沛下了播，先去给翠菊开了一小罐羊奶布丁。

看翠菊埋头吃得很香，关沛也给自己榨了杯豆浆。趁着等待的工夫，他打开朋友圈，想着放松一下心情。

和齐一铭这种上厕所没纸了都要先拍照发个朋友圈的“物种”不太一样，关沛没有发朋友圈的习惯，微信基本只用来谈事儿和传文件。

各种社交软件他也就偶尔会在微博里面“营业”一下，还是被邵吉逼的，所以他大多是发发照片，也不配字。

而且自拍是不可能的，基本十张照片里面有七张是风景，剩下三张是翠菊的屁股。

关沛看朋友圈也是超高速浏览，基本上只看图不看字。他手指利落地在屏幕上滑动，决定在豆浆榨好之前浏览完今天和昨天朋友圈的所有内容——

大学舍友和他女朋友的牵手照，目测女友已经不是当年的那一任了。

黑桃官方的活动宣传。

邵吉夜跑录的河边月色的视频。

一张杰尼龟号啕大哭的表情包。

齐一铭家里的马桶圈裂掉了的图片。

等等。

关沛的手微微停顿了一下。

他将手指重新向上滑动，页面回到那张十分扎眼的杰尼龟表情包上。

他才发现这是李乃幼发的一条朋友圈，配文是："Sad（悲伤）……家被水淹了，新房好小好陌生……"

这熟悉而经典的中英串味儿句子确实也只能出自李乃幼之手了。

文字底下配了一张杰尼龟泪如泉涌号啕大哭的表情包，上面的字是"就是扛不住哇"。

就算隔着屏幕，关沛都能想到李乃幼现在是什么样的表情。

而且根据这人之前透露的关于他们家种种类似"冰箱不制冷"的细节，这次李乃幼说他家被水淹，并不是一件令关沛十分惊讶的事情了。

关沛盯着这条动态，沉吟了一会儿。

然而他还没来得及采取行动，就看着这条朋友圈的下面实时窜出来了一条评论。

——是齐一铭回复了。

他十分热情地邀请李乃幼和自己合租："太惨了太惨了，是新租的房子不好吗？要不要和我合租呀弟弟，我前室友刚好换工作去外地了。就在 ×× 区，房间超大，租金绝对合理，而且每天都有免费的小零食给你吃！"

关沛："……"

他点开评论框，手指半悬在空中却迟迟没有落下，他想要说些什么，却又不知道自己有什么可以说的。

关沛莫名感觉有点烦躁。

和你有什么关系？关沛对自己说，人家自己的生活自己决定，你管他干什么？

关沛认为自己并不是一个八卦的人，可是合上手机五分钟后，他依然静不下心，最后他还是没忍住，重新打开了微信。

关沛刷新了一下朋友圈，页面飞速下滑，果然李乃幼已经回复了齐一铭。

让关沛有些欣慰的是，李乃幼并没有被小零食迷惑了双眼，而是很委婉而客气地拒绝道："谢谢你，但是我想自己再去做做攻略，就先不麻烦你啦。"

齐一铭也很爽快地回复："好嘞，如果有想法就私聊我哈。"

关沛放下手机，望着餐厅对面的那间空客房，出了会儿神。

半晌，他的手指迟疑地落下，戳开了李乃幼的头像，点进了私聊的界面。

总统套房的厕所还能漏水这种事儿，着实是叫李乃幼开了一次眼界。

眼看面前的酒店经理不停地道歉，李乃幼也不好再说为难人的话，只能把刚放下的行李重新收拾了一遍，垂头丧气地搬到了楼下的另外一间高级套房。

其实这一层的套房价格也不便宜，设施装修也差不多，但少了书房，而且四周都可能有住客，不像总统套房那样隔音良好。

也就是说，未来李乃幼直播时的二胡大舞台没了。

李乃幼感觉自己的整个世界都灰暗下来了。

他是真的郁闷极了，一肚子的烦恼没有地方发泄，只能蔫蔫地在朋友圈发了一条吐槽的动态来表示自己不快乐。

他先是收获了一些中国留学生朋友的安慰，又得到了来自齐一铭的合租邀请。

——李乃幼很感动于他的善良和热情，但是李乃幼并不是很喜欢和不太熟的人同住，于是委婉地拒绝了。

套房再小李乃幼都可以忍，但是二胡节目不可以没有。

李乃幼最后甚至动起了别的念头——他在想自己要不要直接买套房子，用来当作自己的studio（工作室），因为他记得，这里市中心的房子好像也没有很贵……

李乃幼的手机突然振动了一下。

李乃幼愣了一下，拿起手机看了一眼。他本以为是收到了邮件，结果却看到消息界面显示“关给你发来了两条消息”。

李乃幼有些惊讶。

除了那次自己高烧时关沛发微信找自己以外，这可以说是关沛第一次主动给自己发微信，李乃幼以为他是要和自己商量周五直播的事情，顿时又有点蔫。

自己已经有一周没有碰二胡了啊。李乃幼闷闷地想，而且因为换房，又没有办法练习，那这周的节目要怎么办啊……

然而点开私聊框的那一刻，李乃幼的眼睛就睁大了。

关：你要是真这么困难的话，我家其实还有间空房。

有那么一刹那，李乃幼甚至怀疑自己理解错了关沛的意思。

他手指颤抖着点开键盘，迟疑着要不要问一下关沛究竟想要表达的是什么，就看见对话框里显示“对方正在输入……”，随即又有一连串消息弹了过来。

关：可能齐一铭没和你说，他家在××区，有些偏，我个人感觉对你而言并不是个很好的选择。

关：我这里没有小零食，只有小猫咪，房间不大，但是地段好。

关：这样你平时直播的时候方便一些，我也是为了自己考虑。

那边的关沛却踌躇了一下。

他感觉自己目前列出的条件可能并没有很吸引人，于是又把正在埋头吃布丁的翠菊抱了过来，对着它圆滚滚、毛茸茸的屁股拍了一张照片。

关沛感觉李乃幼是拒绝不了的。

他正准备把翠菊的美臀图发过去，李乃幼就兴冲冲地回复了。

Neo Lee：我愿意的！

Neo Lee：谢谢哥哥！

李乃幼抱着手机超开心地在床上打了个滚。

他其实并不知道自己为什么这么高兴——因为关沛的家并没有很大，楼下也没有法式餐厅随时给自己做好吃的拿破仑，但李乃幼就是很开心，就像是小时候知道下周生物课会有 field trip（实地考察）那样开心。

想到自己可以天天见到关沛，可以见到翠菊，能吃到张记油条，而且还可以练习二胡，李乃幼就感觉胸膛满满当当的，像装着柳橙汁一样，有种暖暖甜甜的归属感。

李乃幼趴在床上晃着双腿，捧着手机就这么乐颠颠地等了好久，关沛那边才回复了一个字。

关：嗯。

李乃幼有点发蒙。

他不知道自己该怎么回复，又在想自己要不要问问什么时候可以搬进去。他有一点迫不及待，可是他又觉得这样会显得自己太心急了……

那边又安静了好一阵子，就在李乃幼感觉关沛可能并不想再聊下去的时候，手机又是一振。

李乃幼就看见这个人有些傲娇地、此地无银三百两地补充了几句——

关：我这两天基本都在家，你随时可以过来，看你方便。

关：别高兴太早。

关：要收你房租的。

男孩左手拉着一个行李箱，右肩挂着长长的二胡盒，身后还背着一个小小的双肩包，一脸希冀地站在关沛家门口。

看着关沛，李乃幼漂亮的棕色眸子亮了亮，他温顺而讨好地弯了弯眼睛，很元气地来了句似乎已经刻进他 DNA 里的话：“你好。”

关沛沉默三秒后，侧过身，示意他进来。

李乃幼拎着自己小小的行李箱，兴高采烈进了门。

其实他在来之前犹豫了好半天，最后还是没好意思带来全部的行李，因为自己现在是租客的身份，他怕占用关沛家里太多的空间。

于是李乃幼一边交着酒店高昂的房费，把套房当作自己的杂物间，一边带着简易的行李，乐颠颠来到了关沛的家。

明明已经不是第一次来这里了，李乃幼进了房门之后，却突然变得有些束手束脚。

他先是将行李谨慎地放在墙边，随即便低头盯着自己的脚尖，不说话了。

翠菊嗒嗒嗒地跑了过来，好奇地嗅了嗅李乃幼身上的味道。

李乃幼在沙发旁徘徊了一会儿，又怯怯地抬眼看关沛，然后才小心翼翼地问："我可以坐下吗？"

关沛的脑海中缓缓打出一个问号："请问您之前已经坐了多少次？"

李乃幼腼腆地"嘿嘿"笑了一下。

在李乃幼坐下之后，关沛又回了一趟厨房——他最近喝豆浆喝上瘾了，这种由豆类磨制而成的醇香饮品，已经隐隐超越了热茶在他心中的地位。

关沛刚把热乎乎的豆浆盛进杯子里，就看见坐在客厅里的李乃幼正鬼鬼祟祟地探头探脑，眼巴巴地盯着自己。

"要喝就自己拿杯子过来。"关沛说。

李乃幼的眼睛唰地一下亮了，他雀跃地抿了抿嘴，去柜子上拿了自己专属的猫耳朵小杯子，乖乖地去领自己的豆浆。

豆浆今天做得多，关沛给李乃幼倒了满满一杯，就听见身旁的男孩小声地来了一句："谢谢哥哥。"

关沛欲言又止。

他说不上来哪里不对，于是也没接话，只是将剩下的豆渣处理掉了。

李乃幼也不走，就站在旁边等他。

李乃幼先是咕咚咕咚地把豆浆喝完，舔了舔下唇，又吭哧吭哧地在身后的背包里掏了半天，最后拿出了一板妙蛙种子冰箱贴。

李乃幼小心地把包装纸拆开，将一大把冰箱贴捧在手心里，又仰起脸，很憧憬地说：“这是我在网上买的，Squirtle（杰尼龟）的系列已经卖完了，我只找到了Bulbasaur（妙蛙种子），但是它也很可爱。”

“这是我给你的小礼物。”李乃幼一个一个地把冰箱贴认认真真贴上，又看着关沛，真挚地说，“谢谢你。”

因为关沛喜欢做饭，冰箱很大，走的是极简风格。

——然而此时此刻，这台冰箱上面被李乃幼贴上了五六只憨态可掬的妙蛙种子。它们神态各异，有的已成年，有的没进化，有的在睡觉，有的在攻击，还有一个举着麦克风在唱歌，可以说是怎么看怎么滑稽。

关沛沉吟半晌，总算是明白这人在干什么了。

“不客气。”

关沛心平气和地开口：“咱们是正常的租房关系，互惠互利，我没做什么别的，你也不用觉得欠了我什么。”

李乃幼从进门到现在惴惴不安了这么久，听了关沛的这番话，顿时整个人都轻松了下来。

“我以为……你是不会喜欢和别人一起住的。”李乃幼很小声地说。

“如果不是看你条件比较困难的话，我确实并不是很喜欢和别人合住。”关沛若无其事地将破壁机装进柜子里，说，“但是你生活上的变动，很有可能间接影响我的直播效果，所以我还是做出了选择。”

李乃幼的表情突然变得有些茫然。

“当然，也有一些条件。”关沛也没和他客气，“喂翠菊以及洗碗的活儿，我一三五，你二四六，冰箱你上两层我下两层。你的客房有一套我前两年直播用的设备，你可以先用着，或者换你自己的设备也可以。”

“二胡排练每天最多半个小时。”关沛最后补充道。

李乃幼半天没说话。

就在关沛以为这人正在琢磨要怎么跑路的时候，李乃幼突然有些迟疑地小声来了一句：“你觉得……我很穷吗？”

关沛顿了顿。

共享单车，破洞廉价 T 恤，吃饭吃得渣都不剩，家徒四壁无处可住。关沛寻思，只要长了双眼睛，是个活人就能看出你过得有多砢碜。

但他又想起来自己面前的男孩才二十一岁，正是自尊心强的年纪，可能还是比较在意其他人的想法。

“就是相比之下，未必那么富裕的意思。”关沛斟酌着自己的措辞，还是解释了一下，“你知道我不是这个意思。”

李乃幼愣愣地没说话。

半晌，他看着关沛，没头没脑地来了一句：“如果我不困难的话，你是不是……是不是就不会找我和你住了？”

关沛是真没明白这话里的逻辑。

“大概吧。”

关沛有点莫名其妙，并不打算继续进行这种没营养的对话，只想敷衍过去，说：“自己去卧房看看，有事找我。”

关沛回了自己的房间，坐在电竞椅上出了会儿神。

其实就连他自己到现在也不太明白，为什么会主动让李乃幼住进了家里，明明很清楚这人会是个麻烦精。

而且关沛不是那种会怕孤独的人，他已经有翠菊了。

所以究竟是为什么，当想到这个人会和齐一铭或者会和其他人住在一起的时候，心底会有那么一点点的不舒服呢？就像是吃早餐的时候喝了一口怪味的牛奶，却可以在心底硌硬整整一天。

真的是因为怕影响直播的效果吗？

关沛的思维向来冷静而清晰，但是此时此刻，他没有办法给自己一个明确的答案。

他难得有些烦躁，越是想静下心就越是做不到。他想给自己找点事干，干脆开了播。

关沛的粉丝基数大，即使在工作日下午，还是有观众大批大批地涌进直播间，不一会儿，公屏上刷满了弹幕。

“俺傻掉了？沛竟然在工作日下午三点开播，不会时长任务还没有补完吧？”

“哥咋不说话啊？不打游戏吗？”

“咱沛的手边放的竟然还是豆浆，这已经是第四次了，难道热普洱的高光受宠时刻已经迎来了终结……”

“有点无聊，早播一会儿。”关沛说，“不看土味视频，不打《食用指南》，随便挑个活动吧。”

弹幕一时间刷得飞起。

“亲，咱们这边的建议是一边看土味视频一边打《食用指南》呢……”

“试试新游戏吗沛？ ×× 游戏公司新出的，画风不错，就是剧情有些许幼稚……”

“把奶油弟弟叫来吧哥哥，呜呜呜孩子想看新鲜的节目新鲜的相声，甚至有那么一丝丝地想听二胡……好的其实我没有。”

关沛沉吟着喝了口豆浆，半晌后说：“我先玩两把斗地主，你们慢慢想。”

弹幕一时间又炸开了锅。

关沛有的时候也会直播玩一些电脑游戏，和大部分主播一样，匹配队友的时候，关沛也会偶尔来两把斗地主来打发时间。

然而和大部分玩得叫人血压骤升的主播不一样，棋牌类游戏可以说是关沛的王牌节目，斗地主他更是一绝。他这人无论是逻辑推理能力还是搞心态都是一绝，在无氪金（网络用语，指充值）的情况下，他的欢乐豆就有几千万了。

之前有一段时间，关沛在《食用指南》上分困难，甚至有粉丝建议他去打职业斗地主，关沛当时很平静地婉拒了。

——理由很气人，他说这游戏太简单，容易腻。

今天的斗地主之旅也是一帆风顺，连赢三把过后，关沛慢悠悠地看着自己手里最后的 4 张“6”，冷静地小酌了一口杯里的豆浆。

弹幕一时间也乐得不行，把“黑桃赌王”四个大字刷满了整个公屏。

关沛正准备把手里最后的 4 张“6”一起打出去的时候，房门突然被轻轻地敲了敲，随即就被人从外面推开了。

“哥哥！”李乃幼已经换上了自己的柠檬黄睡衣，蹦跶着推门而入，“你还记得我住这里的那天晚上，你给我用的那条浴巾吗？我想洗个澡，但是我忘……”

关沛的手直接一抖。

他瞳孔微缩，没有选上自己的那一副炸弹，而是一个失误，把 4 张“6”拆开，只打了一张“6”出去。

屏幕上飘过满屏的问号。

李乃幼诡异地停住了。

3 秒钟后，他的视线落在了关沛的电脑屏幕和开启的摄像头上，目光放空，缓慢地后退几步，僵硬地将卧室门关上。

5 秒钟后，门又被慢吞吞地推开。

李乃幼小心翼翼地探了个脑袋进来，怯生生地扒着门框，缩在门后看着关沛，半天不敢说话。

但他最终还是鼓起勇气，很小声地问：“你……你是在赌博吗？”

@主播那些事儿：“【粉丝投稿】有人下午目睹某桃游戏区一哥关沛的直播事故了吗？（其震撼程度于本人而言堪比当年我爱豆方一燃在颁奖典礼上的发言。）所以能不能来个人分析一下，这到底是安排的节目还是真的突发事件啊？”

@流泪鸡头：“本人当时在现场，目测不是节目。我是关某人的三年老粉了，这哥当时像是真情实感地傻眼了。”

@托福不上 105 不吃大米饭：“节目不节目的俺不知道，俺只知道俺当时人都傻了，俺前一秒还被咱沛的炸弹单拆气得血压飙升，下一秒脑子里全是奶油弟弟的那句话。而且关某人直接下播，下得那叫一个匆忙，目测是突发状况。”

@只会尖叫的疯婆子：“所以弟弟平时私底下竟然真的会叫关某人‘哥哥’吗？而且叫得那么顺口、那么可爱，啊啊啊！我晕我晕我晕晕晕！”

@关沛今天用膳了吗：“所以是住在一起了吗？那还不如天天合体直播得了啊……”

这条微博当晚被转发近三千条，一时间粉丝和吃瓜路人纷纷在评论区各抒己见。小部分吃瓜群众坚持认为，这是关沛和李乃幼谋划的节目效果，但是不少了解关沛的老粉丝并不这样认为，这甚至引发了小小的争论。

与此同时，还有一小撮新“种族”偷偷冒了出来。

关沛翻了翻微博，又是一阵头晕目眩，他发现自己是真的低估了当代年轻女孩的思维发散能力。

自己不过和李乃幼一起直播了一个月，竟然就真的已经吸引了一批双人组合的粉丝，名字叫“关李啥事”，超话里每天打卡的人还真不少。

其实，邵吉当时是有一点点让他们俩通过双人组合来提升热度的意思的。

不过他也清楚，自己如果提了，关沛估计会把他剁成碎肉给翠菊当下午茶，于是他让他们俩顺其自然，正常直播。

——当然，李乃幼也确实没辜负邵吉的期望，各种诡异的节目效果全给整出来了。

这下热度确实是有了，不过关沛也裂得差不多稀碎。

李乃幼拿到了他想要的浴巾，洗完了澡，继续穿着自己明黄色的睡衣，抱着翠菊坐在沙发上。

他小心翼翼地看了一眼关沛的脸色，感觉自己好像做错了事，于是一边用手捏着小猫咪毛茸茸的尾巴，一边垂着眼睫，不敢说话。

“可是当时……是你告诉我有事就去找你的。”李乃幼还是没忍住开了口，“而且你平时都是五点开始播的，我没有预料到的啊……”

关沛木着脸没说话。

“而且你、你可不可以不要赌博啊？”李乃幼忧心忡忡地抬起了眼，“我知道 gambling（赌博）很好玩，但是你要对自己人生负责，这样很不好，观众们都看着——”

关沛是真的快要掐人中了。

邵吉已经在一边捂嘴偷乐了好半天，听到这儿才感觉剧情似乎有那么一点点偏离，于是赶紧上前缓和气氛。

“小李啊，斗地主是棋牌类游戏，就算赌，赌的也是游戏币。”

邵吉尬笑着解释了一下，又拍了拍关沛的肩：“你也是，小李又不知道这些传统游戏，人家这次还帮你赚了热度，咱也肯定是不亏的啊。”

关沛顿了顿。

虽然他是真的感到有那么一丝的筋疲力尽，但想起方才男孩似乎是真的很担心自己，他的心莫名一抽，他又瞥了一眼李乃幼气鼓鼓的侧脸，半晌，沉声说：“嗯。”

听完了邵吉的解释，李乃幼总算是长吁了一口气。

听到关沛的那个“嗯”字之后，李乃幼又瞬间变得有些骄傲，哼哼唧唧地别过脸，小声嘀咕道：“不用谢。”

关沛心说：还来劲了？

邵吉看着他们俩这样儿也觉得好笑，摇了摇头，说起了正事儿。

“还有一个月就到了风云之星的评选。咱现在热度不错，但是差了老蒋不少，毕竟人家有美女二台凌晨加播。”邵吉谨慎地瞅了一眼关沛的脸色，又及时补充道，“邵哥没有逼你的意思哈，只是觉得这次弟弟已经帮你提了不少热度，要是输了，真是怪可惜的……”

关沛半天没说话。

李乃幼听得晕晕乎乎：“风云之星，是什么东西啊？”

“就是个奖，只有很厉害的主播才能拿到。”和李乃幼说话的时候，邵吉感觉自己的声音都跟着放软了不少，“你记得上次录综艺的那个米莓莓吗？她之前就拿过一次风云之星。因为在那次数据统计截止前，她天天在直播间跳舞跳到凌晨。”

李乃幼听傻了。

他想起这两天关沛也偶尔会提前播一会儿，这才意识到，这个人嘴上虽然不和自己说，但其实可能也是在默默地为评选做准备。

“可是这样并不公平啊。”李乃幼有些茫然地问，“我看过那个老蒋的直播，他自己每天就玩一小会儿，大部分时间都是叫别的小姐姐在他的直播间跳舞，可是礼物还是算他的——”

“所以这就是你在这里的原因。”邵吉苦笑，“——这还是我劝了好久的成果。你看眼主播榜前十，除了他，几乎人人都开二台，要么跳舞要么整活，24 小时里 20 个小时都有人在播。”

“不然光看主播单独数据的话。”邵吉叹息着说，“你身旁这位估计这三年早就拿个风云之星大满贯了。”

李乃幼眨了眨眼，猛地回头看向关沛的脸。

“身外之物罢了。”关沛这边没再将话题进行下去，自顾自起了身，向卧室里面走，在关上门的那一刻，又轻描淡写道，“能拿就拿，不拿就说明还做得不够。邵哥，回去吧。”

“你也快睡。”关沛又言简意赅地对李乃幼下达命令，“明天还要播。”

邵吉叹气，说“知道了知道了”。

“他要是真的不在意，我就根本不会再在他的面前提。”临走前，邵吉在玄关一边换鞋，一边摇着头感叹道，“播这么些年了，怎么可能真的不想拿？况且这孩子每次在游戏版本更新前做攻略都做到凌晨，就连网站上的视频也要自己亲自剪，不肯交给团队，他明明是把观众放在心尖上的人啊。”

“可是他这人又死倔，”邵吉叹息，“直播的每分每秒都一定要自己亲自参与，总觉得找了二台就不算自己的成绩了。可是这多吃亏啊。”

邵吉走了。

翠菊打了个哈欠，懒洋洋地缩在了李乃幼的臂弯里。李乃幼站在客厅的门口，盯着手里那一坨蓬松柔软的白色生物，愣愣地出了会儿神。

关沛第二天起床的时候，发现李乃幼已经端端正正地坐在了餐桌前。他正垂着眼睫拿着笔，认真在一摞纸上写写画画，像是在练习着什么。

看见关沛出来，李乃幼慌慌张张地把纸翻了过去，俩人四目相对，同时沉默了一会儿。

“今天是我们一起直播的日子。”李乃幼主动打破了沉默，清了清嗓子，同时一本正经地翻开了自己手边的日期记录本，字正腔圆地问，“而且上次是你选的主题，这次该是我了，对不对？”

关沛沉默了一会儿。

“首先，二胡演奏不能超过二十分钟。”关沛直接抹杀任何会出事故的可能性，平静道，“用膳菜单我来决定，而且我不会唱歌，也不会玩任何‘不要心动’‘不要笑’‘不要哭’挑战。”

李乃幼垂着眼睫似乎是沉思了一会儿，半晌，仰起脸，冲关沛温顺地弯了弯眼睛，说：“不会的。”

“你今天只要做一件事情，那就是打游戏。”李乃幼露出很甜很开朗的笑容，“可以吗，哥哥？”

于是下午五点整，关沛沉默地看到，李乃幼输入标题“打游戏啦”，没有加上任何类似“音乐盛宴”的后缀，就这么直截了当地开了播。

这样正常到离谱的氛围反倒让关沛感到毛骨悚然，他看着身旁一脸恬静的男孩，最后一遍迟疑地问：“你真不上号？”

李乃幼摇了摇头，说：“你玩就好。”

观众也一头雾水。

“咋回事儿啊？弟弟这是昨天被大家伙儿看见黄色睡衣，不高兴了？别啊，明明超可爱的！”

“我感觉关某人拿着手机的手正在微微颤抖。所以弟弟每次搞节目之前是真的不和咱沛商量一下的，哈哈哈哈哈哈！”

关沛也感觉这像是暴风雨前的平静。

他一时窥探不出个所以然来，只能一头雾水地进了游戏开了排位。李乃幼也没做出任何离谱的举动，就安安静静地坐在旁边，替他一个一个地感谢观众送的打赏和礼物。

直到有一个观众打赏了一架飞机。

“谢谢‘榴梿爆炸头K’的飞机。”关沛这边刚抓了一拨下路，拿了一次双杀，就听到身旁的李乃幼很明快、很开朗地说，“为了表示对你的感谢，我决定送你一个小小的礼物。”

关沛不明所以。

他趁着打龙的工夫瞥了一眼身旁的男孩，就看见李乃幼拿起身旁的那一沓A4纸，又变魔术似的掏出一盒彩笔，低头认认真真地画了起来。

关沛顿了顿，视线回到了游戏屏幕上。

他这边刚刚拿下大龙，准备推掉对面水晶的时候，李乃幼也刚好完成了自己的画，举起画放到摄像头前，歪着头小心翼翼地问：“‘榴梿爆炸头K’，你看看，喜不喜欢呀？”

纸上是一个很可爱的榴梿头小人儿，小人儿穿着一件卫衣，卫衣上画了一个大大的字母“K”。

弹幕直接炸开了锅。

“这是什么黄金贵族级别的打赏反馈体验！这小人儿画得也太好看、太可爱了吧！呜呜呜呜！”

“啊啊啊啊！好可爱啊！这笔触、这形体也太流畅了吧！而且好细致好用心！我前几天看‘不吃萝卜’直播的时候，她好像就提过录综艺时候弟弟画画很好的事，奶油会不会是艺术生啊？”

“这节目不比美女跳舞来得好？不多说了，我先充值去了兄弟们——”

“谢谢你们一直以来对我们的支持，所以今天打赏飞机的观众朋友们，如果你们不嫌弃的话，我会努力都给你们画一幅小礼物的。”

李乃幼很认真地道了谢，又偏过头对上关沛呆滞的目光，然后凑在关沛的耳边，声音很轻很轻地说：“哥哥，你继续玩就好。”

关沛：“……”

李乃幼一幅接一幅地画，观众的飞机一架接一架地砸，短短两个多小时里，李乃幼就已经画了无数个观众的 ID 画像，皆是画风细腻、线条流畅，看得出来他十分用心。

观众们是真的美极了。

这场直播，不论是观看效果还是打赏反馈，都算得上是顶尖的体验——李乃幼画画的时候，关沛在游戏里大杀四方，等关沛游戏加载的时候，李乃幼又刚好进行画作展示，两者无缝衔接，那叫一个两全其美。

关沛这边刚进入新一局的BAN&PICK环节，就听见了专属打赏的音效，是有人打赏了今晚第一艘黑桃飞船。

然而这回他等了半天都没等到李乃幼的道谢致辞，关沛抬起眼看了一眼身侧。只见李乃幼茫然地睁大眼睛，盯着屏幕半天，脸颊似乎有些红。

李乃幼迟疑着，眼睫颤了颤，扭头看了看关沛，又看了看屏幕，似乎有些为难，那是一副想说些什么却又不知道该不该说的样子。

这把关沛在五楼，刚好轮到他 BAN 英雄，一时间没办法注意弹幕。他只是低头随手 BAN 掉了版本强度离谱的坦克，又漫不经心提醒李乃幼：“感谢啊。”

关沛感觉自己身旁的男孩似乎僵了一下。

“谢谢、谢谢——”

李乃幼的声音越来越小，带了点犹豫不决的意味。

游戏进入了加载界面，关沛也放下手机。他抬起头，想看看这人吭哧了半天不说话究竟是在干什么。

李乃幼怯生生地对上了关沛的视线，半晌，他垂下眼睫，似乎是鼓起了很大的勇气一样，深吸了一口气，磕磕巴巴地开了口。

“谢谢用户……关沛……‘关沛和李乃幼抱抱’的……的黑桃飞船。”李乃幼小声地说。

李乃幼低头捏着笔杆顶端的彩色塑料小兔子，感觉自己的脸颊似乎很烫很烫，于是一直没敢抬头看旁边关沛的脸色。

半晌，他听见身侧的关沛“嗯”了一声。

他只说了这一个字，李乃幼没明白过来他的意思，蒙了一下。半晌，李乃幼才咬着笔尖，抬起头问：“我、我要画吗？”

关沛沉默。

全体观众快笑晕过去。

“哈哈哈，这位老板真的是人才啊，哈哈哈啊哈哈！”

“弟弟，快画快画快画！老板都这么大气了，所以这次要画得更细致更清晰！我已经做好截图的准备了……”

然后李乃幼就听见关沛似乎是有些咬牙切齿地说：“你画吧。”

李乃幼含含糊糊地“唔”了一声。

他拿起笔，以蜗牛级别的速度慢吞吞地勾勒着两个人的身体，连关沛身上夹克口袋的拉链都画出来了，两个人的五官却还是一片空白，连个眉毛都没描上。

画画有两种方式，要么靠实物观察，要么靠自己想象。

但这两种方式，李乃幼都做不到。

“我、我不知道要怎么画。”李乃幼拧巴了半天，小心翼翼地拽了拽关沛的衣角，红着脸，为难地实话实说，“因为我想象不出来……我可不可以不画脸？我写上字在上面——”

关沛还没来得及说话，弹幕硬是把“不可以”三个大字刷满了整个公屏。

“No no no no no（不）！我 refuse（拒绝）！我 don't allow（不接受）！我 can't permit（不许）！我就要看到有脸、有眼、有灵魂的

小人儿！我要截图来做新头像！”

“你们有没有注意到弟弟的耳朵好红啊？呜呜呜……软乎乎的。关某人也格外地沉默扭捏了起来。为什么这俩人有种意外纯情的感觉啊啊啊……”

“亲，这边的建议是，画不出来直接做动作也是可以的呢。”

关沛这局游戏，敌方选择了重开，退出开局。他盯着屏幕沉默了一会儿，半晌，放下手机，抬起了头。

关沛和李乃幼诡异地对视了一会儿，关沛盯着男孩微微泛红的脖颈，感觉再这么耗下去，这人的脸就真的要烧熟了。

“反正都是画。”关沛沉吟了一会儿，冷不丁地开口，“我来画不也一样吗？”

李乃幼愣愣地“啊”了一声，弹幕也开始齐刷刷地刷起了问号。

关沛没有多犹豫，利落地接过了李乃幼手里的画笔，先把两个人的头歪歪扭扭地画了上去。

然后他又偏过脸，盯着李乃幼的脸安静地观察了一会儿。李乃幼感觉自己的耳根子在燃烧，抿着嘴垂下眼帘，默默地抱起彩笔盒，轻轻地放在了关沛的手边。

关沛这边结束观察，换了支棕色的笔，在代表李乃幼的小人儿头上画了两个足球一样大的眼珠子，上面还添了几根扭曲而粗长的直线表示睫毛。

“你画的……”

饶是大学时期在画展里欣赏过无数抽象派经典大作的李乃幼，也没看懂这画的是什么。他小心翼翼地凑近了些，半晌，实在没忍住，小声地问：“这、这是什么啊……”

关沛这边又潦草地把代表自己的小人儿的鼻子眼睛添上，轻飘飘地问：“你有意见？”

李乃幼敢怒不敢言。

他鼓着脸，又艰难地端详了好一会儿，露出了恍然大悟的神情：“我懂了，你现在的画风，是不是在模仿Picasso（毕加索）的surrealism（超现实主义）风格，通过 combine（结合）……”

观众也是一阵眩晕。

“毕加索风评被害。”

“可能弟弟眼里的沛，画什么都很好看吧？因为俺看着真的很像《聊斋》里的水鬼。”

“录制组请告诉我，你在录屏对吧？今晚的录播我希望临终前可以再看一眼，这样我就可以笑着安详地去世了。”

除了嘴巴，关沛总算是把两个小人儿的五官勉勉强强给添上了。

关沛盯着两个人畸形的脑袋沉思了一会儿，突然笔尖猛地一拉，左边的小人儿脸上被画了一张老长的嘴巴，右边的也紧跟着被画了一张老长的嘴巴。

然后他在嘴巴的顶端画了个“3”一样的曲线对在一起。

李乃幼看呆。

弹幕也纷纷哀号起来。

“这是啥？”

“《寄生虫.2》。”

“感谢关沛的画技，让我感觉自己不再普通。”

“谢谢老板的飞船。”最后关沛将画作贴近摄像头，近距离地展示了一番，平静地问，“我们二人共同努力的结果，您看看，还满意吗？”

二人下播已经是半夜十二点过后了，刚好赶上榜单刷新。在李乃幼的强烈要求下，关沛还是叹息着打开了榜单。

仅用了一晚的时间，关沛的数据就紧紧地跟上了老蒋直播间攒了一个月的数据，虽然还没有超过，但是几乎持平。

李乃幼很高兴：“太好啦。”

“这是我的直播间。”关沛泼他冷水，“你高兴什么？奖也不是你的。”

“可是这是你应得的。”李乃幼看着他，一字一句很认真地说，“虽然不是我自己的直播间，可是我知道你很努力很认真，所以在我心里，你值得最好的。我是在替你高兴呀。”

“而且你之前帮了我很多。”李乃幼故作潇洒地点了点头，有模有样地说，“我也只是、只是挥手之劳罢了，嗯嗯。”

“是举手之劳。”半晌，关沛说，“李乃幼，你很奇怪。”

李乃幼茫然地看着他。

“一个月前，我还以为，以我的这种性格，是根本无法和任何正常人在一间屋子里一起直播的。”

就在李乃幼以为关沛即将说出什么令人感动的话时，关沛只是沉吟着说出了结论：“所以你不是正常人。”

沉默了一阵后，李乃幼小声地问：“你……就不想夸我吗？今天的这个 idea（创意）我想了好久很久呢。为了提高画画的效率，我今天早晨还在很努力地练习……”

关沛感觉这人得寸进尺。

李乃幼没有等到自己想要的答案，只好有些失落地垂下眼睫，抿了抿嘴，慢吞吞地将彩笔一支一支地收了起来。

而关沛看着男孩手侧斑斑墨迹，想起这人今晚专心致志的模样，心里确实有那么点不是滋味了。

“这样吧。”关沛突然说，“如果最后我登顶榜单，不管我拿没拿到风云之星，我都答应你一个要求，算是年终奖。”

李乃幼倏地睁大眼睛。

“衣服、鞋，或是吃的喝的，都可以提。”

关沛顿了顿，似乎是想到了什么好笑的事情，轻轻地笑了一下。

他扭过头对上李乃幼呆滞的视线，带了些调侃意味问道：“快入冬了，或者给你买件杰尼龟的羽绒服？”

李乃幼却感觉自己的心跳漏了一拍。

李乃幼很少看到关沛笑，在他的印象里，这个人永远是一副冷静而木然，又带着一点很可恶的嘲讽的嘴脸。

然而此时此刻，他只不过嘴角带了一抹很淡的笑意，却让本来就深邃俊朗的眉眼变得更加生动。

李乃幼只感觉关沛的这个笑很好看，他大脑宕机，一时间说不出话，就这么晕乎乎地呆住了。

关沛脸上的笑意慢慢地淡去。

男孩睁着漂亮的眼睛，睫毛轻颤，直勾勾地盯着关沛。他微红的脸颊和这种懵懂的神情，让关沛回想起了在C市医院的情景。

当时男孩烧得脸颊微红，双眼哭得微肿，似乎也是这么直接而坦然地盯着自己。

关沛感觉自己的喉咙有点发紧。

“谢谢哥哥。”李乃幼有些无措地别过脸，垂下眼睫，很小声地说，“我要一些时间，来想一下的。”

关沛沉默了一会儿，半晌后又“嗯”了一声。

翠菊在客厅里“喵”了一声，李乃幼听见关沛似乎是起身去客厅里喂猫了。

李乃幼没回头，只是盯着画上两个扭曲的小人儿看了一会儿。

半晌，他突然拿起笔，在右下角流畅地签下了自己的英文名字，就像他之前给自己所有的画作署名那样。

然后他又歪着头，咬着笔尖努力回忆了一会儿，最后在自己的名字旁歪歪扭扭地写上了“关沛”两个字，并且在俩人名字的中间加了一个and（和）。

Neo and 关沛。

李乃幼盯着这两个签名愣了一会儿，突然弯起眼睛，轻轻地笑了出来。

L城，小雨。

尽管是周六，罗森还是七点就早早地起了床。

他先去给花园里的绣球花浇了水，随即又打开了邮箱，仔仔细细地检查了一遍邮件。

罗森每天都在等 Neo 的邮件。

Neo 是一个有点任性但其实又很懂事的孩子，知道他很担心，所以每周六都会主动发一封邮件过来，告诉他自己过得很好。

罗森为李家工作十几年了，主要负责管理他们在 L 城的大宅。从李乃幼出生到高中毕业，他的每一餐、每一次写生乃至每一件羊绒背心，都是罗森亲自料理的。

三岁就徒手在鱼缸里抓出金鱼，眨巴着大眼睛叫自己煮给他吃的 Neo，那个背着画板、穿着校服，给自己画油画肖像作为生日礼物的俊秀少年，永远都是被罗森挂在心尖上的人。

李乃幼从小到大没有吃过苦，又格外单纯善良，所以这一次离家出走，可以说是把罗森吓了个魂飞魄散。

罗森理解并尊重他的选择，但还是很担心他。

可能是罗森的焦虑太过明显，李乃幼每次都会在邮件里给罗森写很多东西。

他会和罗森聊一聊他交的新朋友，也会把酒店餐厅的龙虾拍照发给罗森，配文“好难吃啊罗森，如果是你来调酱汁的话，我感觉一定会好吃一万倍”。

但李乃幼又会在第二天发来自己吃到的中国点心，很开心地和他炫耀：“罗森你快看，这是我的新朋友给我买的甜点，叫作枣泥糕，里面的馅料很好吃的。”

后来罗森没有再催李乃幼回来，他确实希望李乃幼可以早日回到 L 城，但是他更希望 Neo 快乐。

罗森点开了那封邮件。

然而今天，李乃幼发来的邮件里没有任何的问候语，也没有平日里有着很长一段前缀的署名，更没有附带任何图片。

邮件里只有短短的一句话，却让罗森的手难以控制地微微颤抖起来。

他死死地盯着屏幕上的那一句话。

第 8 章

挖墙脚

关沛的购物车里有一盒红茶、三包纸巾，还有两瓶消毒洗手液。

李乃幼的购物车里有一桶超大号咖啡味冰激凌、一盒彩色铅笔、各种小装饰物件，还有无数袋膨化食品。

关沛上一次和别人一起逛超市还是之前过年的时候，他带着老家五岁半的小侄子去买年货，人家幼儿园小朋友购物车里的东西，可能都比这人的看着要成熟那么一点点。

李乃幼蹦蹦跳跳地推着车左看右看，连看调料区的袋装干大料都觉得新鲜，不顾关沛的阻拦，硬是拿了一包放在购物车里。

最后这人停在花草区一盆很有禅意的山水盆景前，挪不动脚步了。

“哇。”

可能是英国并没有什么所谓的花鸟鱼虫市场的缘故，李乃幼直接看呆了，晕乎乎地指给关沛看：“你看呀，这里有真的会流动的水，还有小山，有真的雾气……”

“没地方放。”关沛拒绝得很果断，他的目光又落在李乃幼满满当当的购物车里，半晌后问道，“你是这辈子没逛过超市？”

李乃幼的神色有些忧郁。

因为平时根本就不用自己买啊，李乃幼闷闷地想。家里的东西都有人采购好，不论是食品还是日用品，他根本就没有亲自逛超市的机会啊。

李乃幼魂不守舍地又瞥了一眼那盆烟雾缭绕的盆景，半晌后又收回视线。他握紧购物车的把手，有些失落地垂下了眼帘：“可是我、我想装饰一下我们的家。”

关沛有些愣怔。

李乃幼半天才反应过来自己说了什么，耳根子倏地一下又红了。

关沛还没来得及说话，这人目光躲躲闪闪，有些语无伦次地辩解道：“我的意思是，就是我们住的房子，就是、就是 house（房子），我不知道……”

“不是不想买。”关沛平静地说，“翠菊看到会动的东西就会失去理智，看到流体更会发疯，迟早会把这里面的水给糟蹋没的。”

李乃幼恍然大悟“啊”了一声，半晌后才小声说：“我知道了。”

他这副“我明白了，我很懂事”的模样，反倒让关沛的心里有点不是味儿。他看着李乃幼愁眉苦脸的模样，最终还是勉强松了口，允许他买了一盆稍微正常一点的龟背竹。

李乃幼又变得很开心。

“你看，它的叶片，真的好像乌龟背上的壳。”李乃幼爱不释手地给关沛展示道，“我很喜欢这样的绿色，可以叫我的心情变得很明亮——”

“你自己打理。”半晌，关沛说，“我看这个盆快要裂了。”

李乃幼有些不服气地说了声“好”。

下午，关沛剪完了视频，刚踏出卧室的门，就看客厅里的茶几铺了方格的桌布，每个房间门口挂着一小束干草干花，餐桌上的杯子都垫了一个编织杯垫，桌上还摆了一个小小的石膏大卫头。

与此同时，翠菊穿着李乃幼给它新买的芭比粉色小裙裙，头顶着一个雏菊小花环，颠颠儿地从关沛面前走过。

关沛：“……”

整个房子似乎什么都没有改变，但又好像有哪里不一样了。

关沛不得不承认，除了之前那几个妙蛙种子冰箱贴，还有这人的神奇宝贝大套装 T 恤，这人的审美和色感确实是很好的。

房子还是那个房子，但被他这么一番折腾之后，确实是更有人情味，更有生活气息了。

其实，除了饭要多做一份，每天要听半个小时“死亡二胡”演奏之外，这人好像……并没有自己想象中那么麻烦。

和关沛这种做事严谨冷静的人不一样，李乃幼似乎有无限的热情和能量，每件事未必都能做得很好，但他总会很高兴、很热情地去尝试。

比如，此时此刻，这人正蹲在地上，笨手笨脚地给他新买的龟背竹换盆。

关沛欲言又止地看着李乃幼直接用手做容器，一捧接一捧地挖起并捣弄着盆里的土。男孩半跪在地上，袖口卷起。

关沛想，天底下怎么会有这么笨的人。

“首先，你这么硬用手掏会破坏根部。”这场面惨不忍睹，关沛看了半天实在是没忍住，还是蹙着眉弯下腰给他示范，“要这样弄……”

李乃幼手上沾着泥土，愣愣地看着关沛利落地松土换盆，不一会儿关沛就把整盆龟背竹移到了漂亮的新陶瓷盆里。

关沛这边刚准备把盆里的土压实，就听见身侧的李乃幼喊了一声：“哥哥。”

关沛抬起头，见男孩笑眼弯弯地蹲在自己身侧，看着自己，歪着头，露出了两颗尖尖的虎牙。

“你好厉害呀。”李乃幼说。

李乃幼上高中时，每次开舞会，朋友们总是会兴奋地讨论，要不要邀请某个男生或者女生一起去，或者在舞会结束后要不要约自己的舞伴出去单独喝酒。

那时候李乃幼没有那种希冀的感觉。

因为他没有任何想要邀请的人。

虽然也有很多的女生明示或暗示着想要当自己的舞伴，但是李乃幼感觉还是在家里和 Rebecca 一起烤 muffin（松饼）更有趣。

然而现在的每一天对于李乃幼而言，都是一场迟来的 prom（舞会），充满了朦胧的未知感，还有酸酸甜甜的美好。

之前的他会期盼着和关沛直播的每一天，现在的他期盼着每天醒来可以看到那个站在豆浆机前的身影。

然后那个人会回过头来，抱着怀里的白色小猫咪，淡淡地和自己说：“十点之前不可以练二胡。”

李乃幼现在整个人处于一种很飘的状态。

他不知道自己该做些什么，只是想多和关沛有一些交集，于是晚上开播之后，他小心翼翼地和观众征求意见：“观众朋友们，今天可不可以休息一下？明天再给你们画画，我也有些想打游戏了。”

大部分观众宽容地说“好”，于是关沛和李乃幼双双进了游戏。

李乃幼选了个香草冰激凌走中路，关沛这两天也想着拓宽一下英雄池，于是没抢打野，根据阵容需求，最后补了个巧克力布朗尼打 ADC（普通攻击持续输出核心）。

就在自己锁定英雄的那一刻，关沛感觉身旁的男孩微不可察地颤了一下，看看屏幕，这才后知后觉，自己和李乃幼选的这俩英雄刚好是游戏里的官方配对。

弹幕果不其然又开始闹腾了起来。

“好家伙，快用 CP（指配对）皮肤！搞快点搞快点！”

“看这天天合播的阵势，奶油弟弟是不是常驻了？那以后岂不是天天都有小品看了？兄弟我很满意……”

“今天不画画了吗？我花了十块大洋，好不容易把 ID 改了，连飞机的钱都充好了，结果你们俩就给我看这个？”

这局打得有点坎坷，不过好在最后李乃幼和关沛来了次很好的配合，也算是逆风翻盘，拿下胜利。

关沛这边刚退出结算界面，就听见了打赏黑桃飞船的专属音效。

随即李乃幼有些迟疑地开了口：“谢谢……谢谢‘老蒋没有钱’……的黑桃飞船。”

关沛顿了一下。

直播这行确实经常有主播互相串门，刷刷礼物表示友谊，给彼此涨一涨关注。比如齐一铭偶尔就会在直播的时候给关沛刷个小礼物，关沛也偶尔会去他的直播间串门，帮他提一下热度。

但这种情况一般都发生在关系比较不错的主播身上，老蒋现在来这一出，可以说是有些出乎关沛的意料。

可能是李乃幼的超现实主义绘画节目比较受欢迎的缘故，关沛直播间的数据一路飙升，终于在前天晚上反超老蒋，坐上了榜单第一名的宝座。

邵吉当时乐得嘴巴都合不拢：“你知道吗？老蒋那边刚请来一个老漂亮的舞蹈老师给二台填充人员，结果现在被你们俩这么快反超，估计他那边的团队已经气死了。”

虽然老蒋现在串门的意图太过明显，但人家毕竟打赏的是一艘飞船，那也是几千块钱的事儿，关沛不能视而不见。

关沛对着摄像头说：“谢谢蒋哥。”

李乃幼什么都没明白过来，也蒙乎乎地跟着他说：“Thank you（谢谢你）……”

这飞船关沛是不准备收的，他没再开游戏，而是进了老蒋的直播间。

然后他就看见这位中年男人笑得随和而大方，正在和粉丝说：“小关的英雄池可真是够深的，不愧是黑桃游戏一哥，看着就是比我打得舒服。”

老蒋的粉丝们纷纷刷起了弹幕，表示自己心目中的一哥永远是他。老蒋的嘴角微扬，继续不露声色地说着夸奖关沛的话。

李乃幼皱了一下脸。

因为这个人明明在录综艺时还看不起他的T恤，现在却装作一副和他们很熟的样子。

李乃幼很不喜欢这样两副嘴脸的人。

李乃幼悄悄地凑在关沛耳边，小声地嘀咕道：“他好假啊。”

关沛没说话。

他也没犹豫，直接在老蒋的直播间刷了十架飞机回去，正好是一艘飞船的价钱。这也算是不拂这人的面子，同时间接地把钱给还回去了。

李乃幼看不懂其中的钩心斗角，只是茫然地盯着关沛的侧脸看。

其实现在的场面有那么点奇怪，关沛在直播间观众面前看老蒋那边的直播，老蒋那边的观众也在看老蒋打赏关沛的直播间，就像是他们两个人在千万观众面前聊天一样。

“还有这位奶油弟弟，上次录综艺的时候我们就碰过面，可有趣的一个年轻人。”老蒋继续若无其事地向自己的观众介绍道，“我看了十分钟，给我逗乐了三回，我可太馋这样的搭档了。”

老蒋嘴上说着，手上的动作也没停，又打赏了两艘黑桃飞船过去。

李乃幼彻底呆住了。

他在想，这个人在干什么呀？就算自己画画很好看，可是这个人打赏了这么多，自己以后要画多少幅画还给他啊？

他有些仓皇地回头看了眼关沛，却发现关沛脸上的表情有些晦暗不明。

“蒋哥。”关沛淡淡地说，“谢谢您，够多了。”

“要不这样吧，小关——”

不知道是因为直播有延迟，还是老蒋在装作没听见，他只是自顾自地继续说着，露出了滴水不漏的笑容：“反正已经都三艘了，蒋哥今天给你刷满十艘飞船，你把你的奶油弟弟借我用几天呗？”

“蒋哥。”半晌，关沛说，“他并不是我的职员或者附属品，所以你要问的不是我的意见，而是他到底愿不愿意。”

老蒋的笑容似乎凝固了一下，过了一会儿他又赶紧说：“是，小关说得是……”

关沛这边的观众也看出了不对劲。

“爷无语了，玩笑也不能这么开吧，真的就明目张胆地偷人、偷节目了呗？”

“咱沛说得一点也没错，蒋立山这话说得真就不尊重人，他那边的弹幕也看得我一阵呕吐，谁是一哥谁心里没点数吗……”

“虽然我也不想让弟弟和别人播，但是有一说一，弟弟又不是咱沛的二台，也不是只能和咱沛合作，人家自己也是独立的主播，所以还是要看弟弟自己的意见。大家还是别乱带节奏了，免得以后尴尬。”

“这新赛季才几天啊，我看小关的三文鱼又已经有牌子了。”老蒋很快就重新恢复成了笑眯眯的模样，用一种半调侃的语气问道，“奶油弟弟啊，天天和小关这种段位高、技术好的小伙子打游戏，是不是挺累啊？”

“哥我特别能明白，因为哥的水平也不行。”老蒋幽幽叹息一声，又问道，“我这两天刚好来U市办事，要不你这两天来我直播间做做客啊，咱俩一起上上分？”

这番话说得可太细了。

老蒋这话面上看着是在夸关沛技术好，说自愧不如，但只要细细一品就会发现，这人话里话外其实都是在暗示关沛不给李乃幼秀技术的机会。

这话越听越别扭，可以说是挑拨离间的黄金范本。

李乃幼茫然地转过头看向关沛，关沛顿了顿，还是点了下头，表示“你自己决定”。

然而没有人注意到，关沛的下颌微微收紧了一下。

“我的全名叫李乃幼。”半晌，李乃幼慢慢地开了口，“而且我的中文，不是很好。”

随即他盯着镜头那边的老蒋，用英语说：“但是你会说英语吗？因为，如果我们是一个团队的话，是需要一起讨论直播题材的，我希望我们之间的沟通没有问题。如果你会说英语的话，那我是可以和你一起播的。”

关沛怔了一下。

平时李乃幼说中文的速度属于正常偏慢的那种，时不时夹杂几个英文单词，这还是关沛第一次听这人说完整的英文句子。

他才发现，这人说英语时语速明显要快很多，发音也很标准，声音清亮，听起来很舒服。

而且李乃幼此时正笑吟吟地托着下巴，眼睛亮晶晶的，一时叫人无法分辨出他是在认真回应还是在开玩笑。

老蒋自然是一个字都没听懂，他脸色变了一下，半张着嘴巴，看起来有些滑稽。

李乃幼耐心地等了他一会儿，半晌，才露出了一副很惋惜、很遗憾的神情。

他偏过头看着关沛，小幅度地戳了戳他的胳膊，继续用英语说："看起来他好像并不能和我沟通的样子，我们可能并不适合在一个团队里合作，我还是不要去了吧？"

关沛看了他一眼，半晌，也用英语淡淡地回复道："你自己的事，你自己定。"

李乃幼弯起眼，"嘿嘿"地笑了一下。

公屏上一堆问号弹幕。

"在说啥？爷傻眼了……"

"给大家翻译一下——弟弟说他要吃火锅，关沛说烤串更好吃，最后俩人达成一致，决定吃牛肉面。"

"楼上真就在做梦吧？"

"不会吧不会吧，弟弟是混血小朋友我就不说了，但不会真有人不知道关沛是T大生物系毕业的吧？人家的英语自然要比某些连大学都没上过的人好多了哈……"

"我是勉强听懂了，但我估计某人是一句话都没听懂。真就谁没文化谁尴尬，我的脚趾已经在地上抠出了一座芭比梦幻豪宅。"

老蒋的脸色变得不对了。

学历确实是他的痛点，他当年高中都没毕业，中文能说利索就差不多了。

现在这俩人你一句我一句地说着英语，自己接不上话，丢尽了脸不说，估计观众都开始议论起来了。

其实，他今天的这番操作本来不论如何都是稳赚的——他先豪掷飞船，立一下慷慨大方的土豪人设，吸吸关沛这边的热度，顺便看看能不能把李乃幼给挖走，播个两天，替自己提提榜单名次。

这事儿老蒋从上周就开始计划了，昨天更是直接飞到了U市。对这件事，他是志在必得的。

他看这男孩穿得破破烂烂的，人也是那种没什么心眼的样子，又听团队说这男孩和关沛并非雇佣关系，以为砸点儿钱，再加几句好听的话，就绝对能把这种没什么社会经验的小年轻给拐走。

他却没想到，这番搬起石头砸了自己的脚不说，今天下播之后，公关删帖、删博可能还要多花一些钱。

面子还是要给人留点的，关沛也及时收了手，慢条斯理地表示歉意："蒋哥，您也看到了，实在是不好意思了，小孩刚来中国，还是有点认生。"

李乃幼坐在一旁眨了眨眼，乖巧地点了点头。

老蒋知道这一局是自己输了。

他深吸了一口气，随即故作大度地挥了挥手，想着起码把自己的土豪人设把握好了："嗐，没事，开个玩笑而已，语言什么的确实是要慢慢适应的。这三个飞船是赏给小关你的技术的，别和哥客气……"

关沛也没再推辞，颔首道："那就谢谢蒋哥。"

李乃幼笑眯眯地挥手赶人："bye（再见）呀！"

老蒋顿了顿，咬牙切齿地离开了直播间。

下了播之后，俩人都没主动说话。

李乃幼小心翼翼地看了身侧的关沛一眼。

他不知道自己刚才做得对不对，于是开始试探性地没话找话："你的红茶，看起来很好喝。"

关沛看着自己保温杯里已经只剩下茶梗的绿茶："……"

邵吉敲了一下门，探了个头进来。

“老蒋团队找我要你的微信。”邵吉的表情像是吃坏了东西一样难看，但他还是晃了晃手机，向李乃幼询问道，“我没直接给，想先问问你愿不愿意。”

关沛看到，李乃幼似乎是很嫌弃地皱了一下脸。

然而就在关沛以为他要说“不”的时候，李乃幼似乎是斟酌了一下，突然若有所思地抬起了眼，说：“让他加我吧。”

关沛愣了一下，邵吉也始料不及地噎了一下，过了好久才说了一句“好”。

关沛有些心绪不宁起来。

他自己心里其实也是清楚的。李乃幼和自己的合同上写得很清楚，俩人并没有所谓的雇佣关系，只要求一周两次的合体直播，所以李乃幼仍然是独立的个体，他做出的任何选择，关沛其实都是无权干涉的。

况且这两天李乃幼确实帮了关沛很多，他陪着关沛连播三四天，新买的彩笔都快用到没水了，少说也画了有七十幅画。

关沛也清楚这人的家庭条件，所以就算这人去和老蒋播两天，赚赚外快，他其实也不是不能理解。

只是一想到这里，关沛莫名地有些烦躁。他说不清那是一种什么情绪，只觉得刚下咽的那口冷茶似乎在胃里翻搅，连带着胸口也有些发闷。

关沛和李乃幼出房间时，邵吉已经走了。关沛用余光看着身侧的李乃幼打开了手机，似乎是通过了什么人的好友申请。

关沛顿了一下。

“钱很重要，但是并不能代表一切。”关沛晃了晃保温杯底的茶梗，若无其事地说，“真正和别人处事的时候，还是要注意对方的三观是否与你相合。”

李乃幼将视线从手机屏幕上移开，仰起脸茫然地看着关沛，半晌，李乃幼才反应过来他说的是谁。

“嗯嗯，我知道的。”李乃幼很赞成地点了点头，“他虽然很有钱，却是我见到的第一个把 Prada 渔夫帽戴得像真渔夫的人。”

关沛又“嗯”了一声。

他不能再多说了，便去厨房把杯子里的茶梗清理掉，回来时他就看见李乃幼低着头正和什么人在微信上聊着天。

他还没来得及看清楚，李乃幼就关上手机，一边揉着眼睛起身，一边嘟囔道：“原来已经一点了。”

“我先回房啦。”李乃幼泪眼汪汪地打了个哈欠，又小声地征求道，“明天下午我可能没有办法跟你一起播了，我要出去办些事情，可以吗，哥哥？”

关沛感觉自己的气儿突然就有点不顺起来。

然而他没有理由去说出那句“不可以”。

关沛沉默半晌，最后还是点了点头。

然后李乃幼仰着脸，冲他很甜地笑了笑，随即拿起餐桌上的画笔和纸，说了晚安，就回到了自己的房间里。

前一晚俩人播到很晚，第二天关沛十点左右才起床。

然而等他走出卧室的时候才发现李乃幼已经不见了。翠菊正在他的房门口徘徊，看到他出来，它小声地“喵”了一声。

关沛向李乃幼的房间里看了一眼，发现同时不见的还有他的画笔和画纸。

关沛突然没有什么心情榨豆浆了。

他慢吞吞地去了工作的房间，想分析一下这版本不同分路英雄的胜率，却发现这些东西根本进不了脑子。他又剪辑了一会儿视频，然而效率也是出奇低迷。

明明什么都没有干，关沛看了一眼表，却发现已经是下午一点了。

然后门铃就响了。

关沛顿了一下，随即猛地起身，大迈步赶到了门口。

然而把门拉开的那一刻，关沛看见了拎着两大袋子零食一脸笑容的齐一铭。

放在门把上的手僵了一下，随即关沛木然地转过身，慢吞吞地向厨房里走。

齐一铭勃然大怒：“你这是什么态度？”

关沛面无表情地从自己的杯柜里拿了一个给客人用的马克杯，开始倒水。

“你开门那一刻的表情，就像迎接即将和你私奔的心爱小情人一样开心。”齐一铭痛心疾首地说，“结果一看到是我，就像是没等到对象反而直接被家长抓获了一样失望。”

“痛心啊。”齐一铭摇头晃脑，“着实痛心啊——欸？弟弟人呢？”

关沛平静地从厨房里出来，咣当一下把杯子放到了他的面前。

齐一铭顿时变得敢怒不敢言，只能很㞞地埋头喝水。

齐一铭咕咚咕咚地咽着水，眼看着要把一杯水干完，就听见坐在对面的关沛突然喊他的名字：“齐一铭，一个问题。”

“哟呵？我何德何能啊？”齐一铭打了个嗝，赶紧放下水杯，惊奇道，“您说？”

“那种心智单纯，脑子里只有食物、动画和小猫咪的人——”关沛摩挲着保温杯的杯壁，半晌，他缓缓地开了口，“有没有那种，能够把他完完全全吸引住，然后让他永远不会和别人跑了的东西？”

齐一铭结结实实地沉默了十秒。

“如果我推断得没有错的话。”齐一铭迟疑地问，“你口中的这个小朋友是不是——”

“是我在问你问题。”关沛平静地打断这人的无边遐想，“我在等待着你的答案，不是叫你抛几个问题给我。”

这句话就相当于关沛默认自己说的人是李乃幼了，于是齐一铭的表情一下子就变得很精彩。

“如果是这位小朋友的话，奶茶和小蛋糕就足够了。”齐一铭啧啧两声，“就我看他那依赖你、黏你的程度，只要是你买的，他应该都会吃得非常香。”

关沛面无表情地看着他。

“我没开玩笑。”齐一铭摇头晃脑，“对于某位心智单纯的外国小朋友而言，反而是这种小细节更容易打动他的心。你要是觉得不行的话，就买多一点，然后每天都来点，细水长流地打动他，等到他反应过来的时候，就会发现……”

关沛沉思。

“那个，你和你爸妈摊牌也有三年了吧？”齐一铭若无其事地别过了头，“其实我觉得……”

“首先，请不要把话题转到无关的事情上。”关沛平静地说，“其次，我问你这件事也只是为了方便我的工作，是因为我想让我的团队更有凝聚力，并没有任何其他的意思，请你停止你不切实际的猜测。”

齐一铭露出了一个“我懂、我明白、我都知道”的笑容。

关沛没再理他。

但过了半晌，他还是打开手机，点开了外卖软件。他皱着眉找到了自己几乎从未浏览过的甜品分区，在花花绿绿的蛋糕店、奶茶店招牌中，慢吞吞地挑选了起来。

李乃幼很讨厌数学，这道数学题让他计算了很久：老蒋打赏了三艘飞船，关沛还给了他十架飞机。一艘飞船等于十架飞机，三减一等于二，所以还欠两艘飞船的钱。一艘飞船价值两张画，二乘二等于四，所以自己还要再画四幅画。

虽然并不想把自己的艺术天分浪费在这种人身上，但李乃幼昨晚还是熬到了凌晨三点，他在睡前一共画了三幅画，剩下一幅是在车上完成的。

——老蒋昨天确实打赏了很多，但李乃幼很不喜欢他说话的那种语气，什么“赏给小关你的技术”，就好像他在施舍给关沛什么东西一样。

李乃幼并不想见到这位令人很不舒服的中年男人，他也知道，老蒋这种人，其实也根本不会在意他画的画。

但李乃幼并不想欠这种人的人情，所以他今天来送画，只是想告诉老蒋：你再有钱，对关沛和我而言，也不过是一位观众罢了。

于是他今天早晨就背着画出发，决定尽快和老蒋两清。

李乃幼最后还是决定把画留在酒店前台。

正如关沛所说，他和老蒋这种人面对面相处会很别扭。这种人的笑容可以说是虚假而油腻，反倒是关沛偶尔的冷脸叫李乃幼看着安心一点。

至少关沛没有在装和善，他很真实，虽然有时候好像有一点酷过头了，但很容易让人对他产生信赖感。当然，这也可能是李乃幼自带滤镜的缘故。

李乃幼觉得，和关沛的点点滴滴，哪怕只是自己有预谋的一个目光交错，都很让人希冀。

尤其是昨天关沛的那句“他并不是我的职员或者附属品，所以你要问的不是我的意见，而是他到底愿不愿意”，李乃幼当时感觉自己的一颗心都快要跳出嗓子眼了。

他怎么可以在这么酷的同时又很有责任感的呢？

李乃幼想：我不应该一直胆怯的，我现在要做的，应该是努力成长……

李乃想着想着又有些泄气：说起来简单，可是……

然后李乃幼就刚好看到了酒店大堂里摆着的酒店健身房的宣传海报。

李乃幼突然想起了什么。

他猛地掀开自己的卫衣袖口，看了眼自己细细的胳膊，又盯着海报上的肌肉猛男，一时间有些发愣。

酒店的大堂经理已经注意角落里这位衣着休闲而朴素的背着画板的

年轻男孩很久了。

她正犹豫着要不要上前询问一下，就看到男孩主动向自己走来，他礼貌地问：“您好，请问这里的健身房在几楼呀？”

可能是男孩的脸漂亮而稚嫩的缘故，经理感觉自己的耐心似乎都比平时多了不少。

她微笑着善意提醒道：“先生您好，我们这边健身房的机械以及景致都是本市顶级的，所以目前只针对酒店会员以及年卡用户开放，年卡是三万——”

李乃幼回过头，又目不转睛地盯着海报上的肌肉男看了一会儿。

他眼珠子都没转一下，满眼只有底下写着的“X 国私人教练，帮助您速成目标身材”。

他没有犹豫，从书包里摸索着翻出了自己宝可梦球形的卡包，抽出一张卡。

“年卡。”大堂经理听见男孩说。

半个小时后，大堂经理茫然地看着这位美少年解锁了酒店门口的小黄车，摇摇晃晃地骑远了。

李乃幼给自己定的目标是一个月练出“麒麟臂”。

他站在家门口，心情很好地打开了门——这是关沛前两天给李乃幼配的钥匙，李乃幼当时很高兴，还找了块白色的布料，配合着橘色的线，缝了一个小小的翠菊头挂饰当作钥匙扣。

李乃幼打开了门。

关沛正坐在餐桌旁剪辑视频，翠菊窝在他的手边。听到门口的动静，关沛偏过头，淡淡的视线落在李乃幼的身上，随即又将视线放回了自己的电脑上。

李乃幼抿了抿嘴。他看到了餐桌上的零食，小声地问：“是齐一铭来了吗？你有没有替我向他问好呀？”

关沛“嗯”了一声。

李乃幼今天起得早，骑车骑得也有些累，他揉了揉眼睛，刚想去补个觉，就听见关沛说：“你去冰箱，帮我拿一个橙子。”

李乃幼迟疑地“啊”了一声。

“可是、可是你离冰箱更近啊……”李乃幼站在门口，一边换着鞋，一边蒙乎乎地说，“而且橙子是我那天在超市买的，我昨天问你要不要吃，你不是说不想吃吗？当然我不是不想给你吃的意思，你要是真想吃的话……”

“我现在有些忙。”关沛僵了一下，半晌后又有些不自在地说，“而且我现在想吃了。”

“很想吃。”关沛补充道。

李乃幼一下子就变得很开心。

他“唔”了一声，说“没问题的，你等我一下”，又赶紧换好了拖鞋，蹦蹦跳跳地往厨房里去了。

“如果你想吃的话，自己可以随时拿的。”李乃幼一边拉开冰箱门，一边语重心长地“科普”，“这些橘子是我自己仔细挑了好久的，可以补充 vitamin C（维生素C），这样你生病的概率就会变得很小很小……”

然后李乃幼就呆住了。

关沛当时把冰箱各区域分配得很清楚，冰箱的上两层属于李乃幼。

这里原本只放了几瓶汽水和李乃幼买的那一袋橙子。然而此时此刻，李乃幼的眼前是无数个装在塑料盒子里的泡芙。

泡芙的酥皮上撒着花生碎，可以隐约看到中间夹着的诱人而蓬松的奶油。

一盒盒泡芙塞满了整个冰箱上层。

“哦，对了，我今天中午想吃甜点。”关沛漫不经心的声音从客厅里传了过来，“不小心买多了点，先占着你的空间用一下。作为交换，你想吃的话也可以吃。”

泡芙的个头很大，李乃幼捧着一个巧克力味的泡芙，埋头大口大口地咬着，关沛总觉得这人的半张脸都快要埋进去了。

“好好次（吃）啊……”李乃幼又咬了一大口，腮帮子鼓鼓的，“巧克力的味道真的好纯好香啊，不是那种很腻的味道……”

废话。关沛想，一个五十块钱，不香就有鬼了。

关沛淡淡地“嗯”了一声，把目光放回电脑上。

李乃幼把最后一点泡芙塞进了嘴巴里。

他其实很想再吃一个巧克力味的泡芙，但盒子里只剩下一个巧克力味的了。

他也有些不好意思，毕竟这并不是自己买的东西。于是他把盒子推到关沛的面前，很殷勤地说：“哥哥你吃。”

关沛顿了顿。

他根本就不爱吃这种甜腻且高热量的食物，光是看着酥皮里绵软的奶油就一阵眩晕。

可是不吃的话谎话就会被戳穿，关沛最后还是捏起那个泡芙。他端详半晌，慢吞吞地咬了一小口，然后眉头皱起——

果然很腻。

“但是，你为什么会多买这么多啊？”

冰箱里足足有二十个泡芙。

李乃幼用指尖擦去自己嘴边的奶油，有些恋恋不舍地舔了一下指尖：“是不是输错数量了啊？其实你是可以申请退款的……”

关沛沉默了一下，说：“你还吃不吃？”

李乃幼不敢说话了，认认真真地挑了一个香草味泡芙，捧在手心里继续小口小口地吃。

“酥皮有点软了，刚送到的时候会更好吃。”关沛冷不丁地开口，若无其事地说，“但是你不在。”

李乃幼没有听出关沛话里的深意。

“我去把画送给老蒋啦，因为我不想欠这种人东西。”李乃幼果然中计，立刻将自己的行程报告得干干净净，随即有些失落地耷拉下眼睫，小声地说，“不过冷掉的泡芙也很好吃，冰奶油的味道也很棒……”

关沛顿了顿。

“对啦。”李乃幼突然想起了什么，“以后每周末和周三的下午，我都要出去一下，你不要担心，我会提前准备好直播内容的。”

关沛抬眼看着他。

明明关沛什么都没有说，李乃幼却莫名地有些心虚，神色又变得有些躲闪。他低下头，小心翼翼地捡起掉在桌子上的花生碎。

他并不打算把自己的“麒麟臂计划”说出来。

于是，为了岔开话题，李乃幼突然问：“你之前说，如果最终榜单上你是第一名的话，你要给我一件礼物。你还记得吗？”

关沛沉吟半晌，“嗯”了一声。

“虽然现在最终榜单还没有出，但是礼物我已经想好了。”李乃幼很骄傲地说。

关沛一脸疑惑。

“还有二十四天，我就要过生日啦。”李乃幼凑近了一些，棕色的眸子里盛满了亮晶晶的光，他微仰着脸，小心翼翼地问，“我要你来参加我的生日派对，好不好啊？”

关沛沉默了一会儿。

“所以，请问还有谁被邀请了呢？”关沛问。

李乃幼哽了一下。

他垂下眼睫，捏着泡芙的力度越来越大，直到里面的奶油溢出，他才小声地开口：“目前、目前只有吹橘……”

翠菊喵了一声，甩了甩尾巴，跳下了桌子。

李乃幼有些尴尬。

“而且……最后的榜单，还没有出来呢，你不一定要答应的，我不想难为你。”他低着头起身，有些仓皇地说，“我先回房了，我有一些困……”

就在李乃幼慌手慌脚地关门的那一刻，他听到餐厅里的关沛淡淡地说了一声：“好。”

罗森：

我最近还画了很多的画，尝试了很多新的风格。我第一次用超市里的劣质水笔，这种笔的水迹断断续续的，画出来的效果真的好有趣。

对啦，我不是故意不回你邮件的，我只是想让你冷静一下，对不起。

他很嘴硬，但又是一个很温暖的人。你看，他昨天还买了好多好多的泡芙给我吃！

我知道他是特意给我买的，因为他明明是一个喝豆浆都不加糖，每天要喝好多杯很苦很涩的茶的人。

我感觉他是不讨厌我的，可是我好像也不能直接邀请他。

你有没有什么好的方法呢？

希望你和 Rebecca 都好。

昨天晚上刚吃了很好吃的奶油泡芙的 Neo

李乃幼开始认真地准备自己的二十二岁生日派对。

在 L 城读高中的那几年，李乃幼生日的那一晚，家里宴客厅的长桌旁就坐满了人，有母亲家族里的亲戚，还有父亲生意上的朋友。他们举杯谈笑着、攀谈着，李乃幼只是茫然地坐在主位，盯着刺绣桌布边角垂下来的金色流苏发呆。

李乃幼并不觉得他们希望他的生日可以快乐，尽管他们嘴上是这么说的。

后来他上了大学，虽然更自由了一些，但是他的学业也变得很多，有的时候他要忙着办画展和各种活动，生日就过得越来越少了。

但李乃幼是一个喜欢把生活过得充满仪式感的人，所以他很珍惜自己这次的生日。

这不仅是因为自己现在在中国，真正意义上地独立了起来，更是因为，自己有了人生中除父母以外的第一个很重要的人。

李乃幼决定要在生日前让自己练出好看的身材，然后和他一起开开心心地度过生日。

“Neo，所以你想要哪种身材呢？”

健身教练Ryan是一位看起来有点憨的美国人，他长着一头金色头发，身材又高又壮，两臂肌肉结实饱满，似乎快要把运动衣撑破。

他的笑容热情洋溢，忽略语句衔接的问题，他的中文说得还不错：“感觉你的腰部，曲线非常美丽，但是你有一点瘦，所以，可以做一些核心运动……”

“我想要练一下胳膊和腿。”李乃幼露出很甜的笑容，“不要很强壮的那种，能和你差不多的就好，Thank you Ryan（谢谢你，瑞安）。”

Ryan：“……”

与此同时，关沛找不到翠菊的猫砂了。

翠菊在舔着屁股和尾巴上的毛，关沛皱着眉盯着猫砂盆里的屎，这才发现平时放在猫砂盆旁边的那袋豆腐猫砂不见了。

而李乃幼这人下午又鬼鬼祟祟地出门了。

关沛沉默地站了一会儿，最后觉得这气味实在是无法忍受，还是给他打了个电话过去。

那边隔了一会儿才接，关沛一边翻找着柜子，一边问：“李乃幼，翠菊的猫砂你动了吗——”

“请问你，是找Neo吗？”

电话那端似乎是安静了一下，随即突然来了一句怪味中文，但这并不是李乃幼的声音，而是一道有些低沉的男声。

这个人中气十足地说：“他现在正在和我做，运动，可以等一下再，给你打回去吗？”

关沛：“……”

“Ryan，这个真的太大了，我受不了了。”随即，李乃幼有些缥缈的喘息声传了过来。

男孩的声音里还带了点哭腔，他似乎在央求：“我后悔了……我不想做这个了，咱们可不可以、可不可以换一个姿势啊？”

第9章

Neo的生日邀请

关沛面无表情地站在健身房的玻璃门外，看着李乃幼踉踉跄跄地朝自己跑来。

二十分钟前，电话那端的李乃幼似乎抢过了手机，喘得上气不接下气地求救："哥哥，你救救我，我后悔了，我没想到Ryan会这么对我，我再也不想——"

关沛是真的感觉自己头痛欲裂。

但是电话那端的男孩似乎真的很难受，喘息声也很急促，关沛只能努力压抑着自己心头的那股子火，还是放缓了声音先安抚他。

"你不要害怕，先到一个安全的地方待着。"关沛深吸一口气，"如果他还要强迫你的话，你就拍照留证。"

电话那边的李乃幼停顿了一下，似乎有些茫然，啊了一声。

"你在哪里？"关沛起了身，冷静地直接拿着钥匙出门，"我马上就到。"

李乃幼蒙了一下，说："没关系……"

"快点。"关沛冷声催促道。

李乃幼支支吾吾了半天，最后还是报了一家酒店的名字。

一路上，关沛的脸色都很阴沉，下颌紧绷，冷冰冰地盯着窗外飞逝的景致一言不发。热情的出租车司机几次试图搭讪，都被后视镜里他骇人的气场给噎回去了。

关沛知道外国人相较于国人会更加开放一些，但他没有想到李乃幼这种看起来天真懵懂的人会做出这种随性的事情。

关沛感到荒谬，但更多的是一种不知从何而来的、莫名的窝火。

李乃幼说的楼层是十二层，关沛以找朋友为由让服务人员帮自己刷了卡。他看着电梯楼层不断跳跃增加的数字，意识到自己需要好好地和这个人谈一下。

电梯最后停在了十二层。

随着叮的一声，电梯门打开了。

那一刻，关沛盯着落地窗后一长排的跑步机、椭圆机、动感单车等器械，陷入了沉默。

虽然并不知道为什么要这样做，但在这二十分钟内，李乃幼听了关沛的话，乖乖地和 Ryan 保持了一段安全的距离。

“让我自己先调整一会儿，好吗 Ryan？”李乃幼躲在一排跑步机后面，眼泪汪汪地央求道，“你叫我跑步我已经跑了，但是这个铁坨坨我真的举不动了，我感觉我的心脏不能够负担这样的压力，我可不可以先在跑步机上走一走，这个不也是运动的一种……”

Ryan 追了上来，他像是拎着两张纸一样挥舞着手里的哑铃，很不赞成地对李乃幼摇了摇头。

这位美国的大块头友人此时此刻看起来非常严肃：“可是 Neo，你说的，你想要在三十天之内达到，我的双臂肌肉程度，那么这样的强度是，非常 necessary（必要）……”

李乃幼总算是感受到三万块钱年卡的私人教练的敬业程度了。

他之前唯一做的运动就是骑共享单车，和关沛住一起后更是越发怠惰，小蛋糕、小泡芙不断往肚子里进。他自身的体能本来就不行，别说是做这种高强度举铁了。

光是躲着 Ryan 跑这两步，李乃幼就已经喘得不行，他别过脸环顾四周，企图逃到对面的瑜伽教室去，却直接对上了落地窗外关沛木然而冷淡的目光。

李乃幼的眼睛倏地就亮了起来。

李乃幼展现了最快的奔跑速度，推开健身房的门，嗒嗒嗒地跑到关沛的身后。

“哥哥！你来啦！”男孩的额头上全是汗，纤长柔软的睫毛都有些一绺一绺的，他喘着气，仰着脸，可怜巴巴地盯着关沛的眼睛，“我真的举不动了，你不知道那个铁坨坨它到底有多大……Ryan 他还叫我一边举一边深蹲，而且……”

李乃幼突然怯怯地不敢说话了，因为他觉得关沛的表情似乎有些可怕。

“Neo 说他想要在，一个月内练到我这种，程度的肌肉。”Ryan 追了过来，有些尴尬地搓手，“我说过他，但是他很固执，所以想要达成目标的话，训练量就会很大……”

李乃幼咻地从关沛的身后探出了半个脑袋，有些气鼓鼓地说：“可是我说过，我已经后悔了呀。”

“在定完目标之后，有无数个顾客在真正实施的时候，都会 regret（后悔）他们自己做过的决定。”Ryan 很正经地拍了拍胸脯，“如果我真的任由他们 relax（放松）的话，他们的目标，就达不到，他们就会投诉我然后，我就会丢掉我的 job（工作）了……”

在这场激烈的“塑料”中文 battle（较量）中，关沛总算是明白过来，这俩人嘴里的做运动，原来是真的做运动。

关沛的表情有刹那的空白。

五秒钟后，关沛恢复了一贯的冷静与镇定，他抬起眼，淡淡地开口：“他这人贪嘴且懒惰，运动这种需要坚持的事情做不到的，今天先这样吧，麻烦您了。”

李乃幼很不高兴地拽了拽关沛的衣角。

Ryan 似乎还是有点惋惜，但过了半晌还是露出了一口白牙，说“好吧”。

“Neo，如果还需要帮助的话，可以找前台拿我的名片，上面有我的 WeChat（微信）。”

Ryan 最后冲李乃幼挥了挥手，热情洋溢地说：“我可以为你制订，一个新的 plan（计划）！”

李乃幼顿了顿，有些不好意思地点了点头。

关沛目送着这位山一样高的健身教练离开，沉默良久，突然不冷不热地睨了李乃幼一眼："你办的卡？"

关沛一直有游泳的习惯，他之前觉得这里的泳池池水和环境不错，也想办一张年卡，但因为这家酒店离家有些远，最后还是没有办。

李乃幼一哽。

他其实并不擅长撒谎，但是在这件事情上，他不得不笨拙地想办法瞒住。

一是要瞒自己健身的缘由，二是他怕说自己办了卡后，关沛就会觉得他这么有钱还不另外在外面租房独居，有可能就不愿意和他一起住了……

李乃幼支支吾吾："是我那天来给老蒋还画，他们说、说有三次试用课程的机会，然后我昨天又吃了很多你的小泡芙，就感觉自己会变得胖胖，就想来试试看……"

关沛倒是没有起疑。

电梯门开，关沛面无表情地走了进去，李乃幼忙不迭地跟着他走，关沛突然来了一句："你喜欢这样的身材？"

话题的跳跃度实在是太大，李乃幼茫然地仰起脸："啊？"

关沛摁了楼层号，没说话。

他沉吟半晌，突然冷不丁地抬起手，捏了一下李乃幼胳膊上的肉。李乃幼一惊，像小动物一样瑟缩了一下。

"确实够软的。"关沛的语气很微妙。

李乃幼呆了一会儿，突然也伸出手，捏了一下关沛臂上的肌肉。

关沛一脸疑惑。

关沛的身材修长高挑，肩宽腿长，虽然肌肉看起来并没有 Ryan 夸张，但李乃幼捏他手臂的时候才意识到，原来这个人的手臂肌肉也是很结实的。

李乃幼慢慢地蜷回手指，只感觉自己的手心有些发烫。

“你们都有肌肉。”李乃幼有些沮丧地垂下眼帘，说，“我可能、我可能确实要多运动一点了，我还是叫Ryan帮我制订新的计划好了……”

电梯里本来就冷，李乃幼又刚出了一身的汗，他话还没说完，突然小脸一皱，打了一个喷嚏。

关沛没有说话。

李乃幼低着头揉了揉鼻子，等着他开口。

就在电梯即将下落到第一层的时候，关沛突然轻描淡写道：“不要加他的微信。”

李乃幼愣愣地“啊”了一声。

“我的意思是，酒店这种地方，人会比较杂……”不知道是不是李乃幼的错觉，他总觉得关沛脸上的表情虽然还是那么镇定，但是语言逻辑却是前所未有地混乱，“所以今天翠菊的屎你来铲。”

李乃幼半天才反应过来关沛刚刚说了什么。

他的嘴角不受控制地疯狂上扬。

“我知道的！我不会的，哥哥！”李乃幼眼睛亮晶晶的，“你、你是不是在——”

李乃幼的那句“关心我”还没有说出口，电梯门突然打开，冷风灌入，李乃幼整个人又是被吹得一蒙。

他哆哆嗦嗦地抱着双臂，等他重新抬起头才发现，不知道什么时候，关沛已经把自己身上的夹克脱下来了。

俩人的视线重新交错，随即李乃幼就看见那件夹克在空中划出一道弧线，稳稳地落到了自己的怀里。

关沛淡淡地开口：“包括翠菊，每个住在我家的有生命、有温度的东西，我都会予以适当的关注。”

“所以李乃幼，你能不能，不要总是让我担心？”关沛说。

距离李乃幼生日还有二十天的时候，关沛收到了来自黑桃官方的风云之星晚会邀请。

李乃幼那天刚好健身完回来。

他这两天也不再追求所谓的强壮肌肉，而是乖乖地听了关沛的话，选择了以增强体能为主的健身计划。

得知李乃幼改变计划的那一刻，Ryan 露出了一副“得救了”的表情。

李乃幼在回来的路上买了一束很好看的干花，他感觉翠菊会很喜欢这种毛茸茸的带穗穗的粉色花卉，也迫不及待地想给关沛展示。

李乃幼大学时旁听过几节室内设计的课，当时有一位教授教过大家什么样的色调装饰会有助于调整氛围，于是李乃幼这两天也偷偷藏了点小心思，每天都悄无声息地带回一些小装饰品，一点一点地改变着两个人的生活空间。

李乃幼兴高采烈地推开了门。

——然后他就看见了一身西装的关沛。

关沛正直挺挺地站在客厅里，黑色正装衬得他冷峻的眉眼更加深邃俊逸。

俩人四目相对，一时无言。

邵吉和小助理正好拎着两三套其他款式的西装从房间里走出来。

李乃幼呆了一下。

“今天要表演新节目吗？”李乃幼看着关沛的眼睛，很伤心地质问道，“你为什么不提前告诉我一下啊，你是不是不想和我一起……”

关沛：“……”

邵吉的嘴角都快咧到后脑勺了。

“不是不是。上午的时候，风云之夜的正式邀请发过来了。”邵吉美得不行，“这说明咱们已经有七成把握了。不过时间确实是有点紧，估计也就半个月了，所以这不得赶紧把衣服试好……”

“我有必要提醒你们一下，这是没把握的事。”关沛平静道，“你们好像过分乐观——”

“太好啦，那这几天我要多画几幅画！”

和邵吉一样，李乃幼也属于极度乐观主义者，耳朵里只能进去他想听见的东西。

他丢下手里的花，也自顾自地开始替关沛高兴起来了。

“榜单前两天已经截止了，咱稳居第一，弟弟你确实功不可没。”邵吉也跟着满意地摇头晃脑，半晌，他又别过脸，若无其事地说，“其实吧，微博上以及视频网站上，咱们的投票数据也不差，就是相比之下没这么突出。唉，要是某人能多营业那么一点点就好咯……”

“收。”关沛平静地脱下西装外套，“这套不行，领口装饰太浮夸。我是去参加颁奖典礼，不是一只正在开屏寻配偶的孔雀。”

邵吉的表情瞬间变得很忧郁。

“不是，亮色的你说轻佻，暗色的你说像是要参加吊唁会，我这好不容易找了件稍微有点亮点的，你跟我说浮夸？”邵吉一副“我裂开了”的表情，“目前大牌不过季的能拿到的就这几件，你这人还这么挑，我看我到时候直接给你套个黑色塑料袋得了……”

李乃幼茫然地左看看右看看。

关沛蹙眉：“为什么一定要是大牌？”

“废话，因为咱今年的对手是那位啊、是那位啊。”邵吉开始假模假样地拭泪，“沛啊，邵哥我知道你不是那种爱招摇、爱攀比之人，但这回好歹是颁奖典礼，咱面子上是真的不能输。你也知道，这年头网友最爱搞各种主播之间的比较，连电竞椅的牌子都能拉出来开一座楼分析。”

“而且吧，那位的团队最爱阴阳怪气地引战。”邵吉叹息，“小关，你也不希望你的粉丝们失望吧……”

关沛没说话。

小助理感觉气氛不对，在旁边疯狂和稀泥：“那个……我看这里还有一两套，要不咱们先试完？”

关沛看了眼剩下的两套，一套温柔纯白，一套红绿印花，可以说是和他平日里的穿衣风格大相径庭。

可能是关沛目光里的嫌弃太明显，邵吉最终也只能很萎靡地妥协：

“收起来吧，我再叫他们联系一下。只是咱毕竟不是什么顶流明星，人家大牌有好款也未必愿意给咱。算了，哥先帮你联系着吧……”

关沛顿了顿，说“好”。

邵吉进房间去拿已经试过的几套，关沛沉吟半晌，在把西装外套还给助理那一刻突然开口：“不行的话，先把这套留着吧。”

助理应了声“好”。

李乃幼晕晕乎乎地听了半天，总算明白现在是什么情况了。

“你是不是，没有合适的衣服穿啊？”李乃幼仰起脸，忧心忡忡地问。

关沛给翠菊梳着屁股上的毛，闻言睨他一眼，淡淡开口：“你不用操心。”

“可是刚才你留下来的那件，它并不是很适合你啊。”李乃幼有些着急地和他分析道，“领口的那些 jewelry（首饰）太夸张啦，并不是很符合你的气质，我感觉你更适合……”

关沛把翠菊梳下来的毛扯在手心里，揉成一个小团，随意地抛给了李乃幼。

半晌，李乃幼听到关沛风轻云淡地说：“邵哥最近已经很忙了。”

李乃幼捏着手里毛茸茸的球，发了一会儿呆。

关沛这边耐心地给翠菊梳完毛，又把地上的毛扫干净，邵吉和助理也收拾好东西，交代了几句话就准备走了。

安静了很久的李乃幼却突然起了身。

“邵哥。”李乃幼一路小跑地跟着邵吉到了门口，掀起自己的袖口，给他展示着自己的胳膊，问，“我最近在健身，你有看到我胳膊上的肌肉线条吗？”

邵吉盯着李乃幼白白细细的小胳膊，沉默了三秒，突然哈哈大笑，一边笑一边给他比了个大拇指：“太厉害啦小李，年轻人就是有活力……”

“在英国，如果一个人取得了某种成就，他的朋友们都会给他一个拥抱的。”李乃幼眨了眨眼，“所以你可不可以，给我一个来自朋友的——欣赏和鼓励的拥抱呢？”

客厅里的关沛听得一头雾水。

邵吉完全把李乃幼当小孩儿看，被他这一番话逗得乐得不行。

于是他立刻给了李乃幼一个大大的拥抱，又拍了拍李乃幼的肩，笑呵呵地说："努力练啊小李，邵哥忙完这一阵子后，也去练练八块腹肌，到时候你可要在旁边给我指导啊……"

李乃幼很乖地说"好"。

邵吉走了，李乃幼转过身，和关沛对视三秒，随即若无其事地别过了头，把目光放到了下一个"受害者"身上。

关沛看着李乃幼抱起了翠菊。

他先是小心翼翼地亲了亲小猫咪的脑瓜，又捏着它的爪子，假模假样地问："吹橘，你呢，你愿不愿意也给我一个拥抱呢？"

翠菊："喵。"

"我就知道你会同意。"李乃幼兴高采烈地说着，把翠菊锁在自己怀里又抱又亲。

翠菊喵喵叫着疯狂挣扎，最后一个鲤鱼打挺，从李乃幼的怀里蹦了出去，连滚带爬地落荒而逃。

关沛："……"

李乃幼讪讪地搓了搓手。

"哥哥。"李乃幼小心翼翼地凑近了一些，"我可以……"

"你有什么目的？"关沛心平气和地问。

李乃幼哽了一下，随即有些落寞地垂下了眼睫。

"我很久没有见到我的家人了。"

男孩微侧过脸，纤长柔软的睫毛轻颤，棕色的眸子里似乎真的起了星点水光。

他的声音很轻很轻："我高中放学回到家的时候，经常和他们拥抱，但是我今年也……也没有办法和他们一起过生日了，我只是突然很想……"

李乃幼演得自己都快信了。

他还想再添油加醋地说一下自己每个冬天都能吃到Rebecca做的苹果派但今年没吃到，来侧面突出自己的伤感，就感觉身侧的人似乎僵了一下。

随即他就听见关沛不太自在的声音："那你快点。"

李乃幼大喜。

关沛话还没说完，男孩就兴冲冲地扑了上来。

李乃幼直接圈住了他的脖子，给了他一个大大的拥抱。

关沛整个人都僵住了。

不知道是不是关沛的错觉，他总觉得李乃幼给自己的这个拥抱，似乎要比刚才给邵吉和翠菊的久了很多。

半晌，李乃幼又变了个姿势，关沛感觉这人的手似乎是在自己的两肩比画了一下，停留一会儿后又下滑，手落在了自己的腰上，然后重新圈住。

半晌，李乃幼在关沛耳边小声说："谢谢哥哥。"

关沛却没有说话。

因为他突然发现，从一开始的直播合作到合住，从自己买的半个冰箱的泡芙到现在的这个拥抱，不论他找了多少个牵强而可笑的借口来解释自己的反常，但事实就是，这个棕色眼睛的永远笑眼弯弯的男孩，确确实实是让他不断"裂开"却不断破例的人。

其实关沛的心里早就有了一些预感，只是他并没有选择去探究。直到这些天他才不得不承认，他好像真的遇到了那个会让自己心甘情愿给豆浆里加糖的人。

关沛认为，在这世界上，任何一件事情的发生都有前因后果。

就像草莓之所以是红色，是为了吸引鸟类传播种子，而翠菊之所以能从手掌大的小毛球长到现在这样的"吨位"级别，是因为它会每天咬破猫粮袋给自己准备消夜。

于是此时此刻，关沛看着沉浸在二胡世界一脸肝肠寸断的李乃幼，意识到自己需要一个无比合理而清晰的理由，来证实某个无比荒谬的假想。

今天的观众也都被李乃幼的音乐会感动得哀号连连。

“怎么说呢，依旧是撕心裂肺的一场演奏，但是和一个月前相比，我感觉我可以拿掉一个耳塞了……”

“兄弟们！我和我的狗子今天已经撑过了五分钟！这就是史诗级突破！”

“真的进步了，我竟然好像真的听出了一点点《荷塘月色》的调调……”

“嗯……那个楼上的朋友，弟弟说他今天拉的是《茉莉花》……”

首先，这二胡拉得就永远离谱。关沛想。

视线下滑，又落到了李乃幼过大的卫衣和明黄色的毛绒拖鞋上。

其次，家境贫寒，穿搭诡异，吃得太多。

关沛盯着李乃幼沉醉的侧脸，思考着。

这几点虽然算不上什么缺点，但是也绝对算不上加分项，所以到底是哪里……

直播间有人注意到了关沛的目光。

“等等，咱沛这是什么诡异的眼神啊，我总感觉他好像下一秒要把弟弟一口吞掉……”

“沛，你不对劲。”

不知情的李乃幼这边总算一曲终了，他放下二胡，得意扬扬地凑近了镜头：“怎么样呀，我感觉我今天发挥得很好很好。”

“谢谢观众‘今天食用指南出新法师了吗……’的小飞机。”李乃幼说，“我可以给你再拉一首的，虽然我已经有点累了……”

关沛眼皮一跳，忙说：“累了的话您就歇着吧。”

关沛及时出手制止了，又冷静地对观众说：“已经很晚了，今天先下了。”

李乃幼看了一眼时间，也意犹未尽地挥了挥手。

“明天有粉丝亲密度双倍的活动，我会继续给大家画画的，不过明天不用彩色铅笔，而是马克笔专场哦。”李乃幼露出虎牙，“大家一定要过来呀，明天见！”

还挺有模有样的……关沛想。

弹幕一串的“晚安晚安”，李乃幼挥着手关了直播，就见身侧的关沛正半倚在电竞椅上，若有所思地盯着他看。

“记得还挺清楚。”关沛说。

“当然啦。”

李乃幼嘿嘿一笑，超得意地拿起桌子上的记事本，一边翻看着，一边给他指着说：“你看，我把最近所有很重要的活动全部记录下来啦。”

“下周的话，有粉丝亲密度双倍活动，”李乃幼认认真真地念了起来，“有黑桃丸累计任务，我们还要给吹橘买一些好看的冬装。下下周的话，有月末的热度榜单，还有我的生日……”

关沛：“……”

这已经不知道是这几天来的第几十次了——李乃幼在关沛的面前以这种很拙劣的方式若有若无地提及自己的生日。

李乃幼也有点心虚。

他偷偷地把小本本合上，突然像是想起了什么，嗒嗒嗒地跑进客厅，又抱着半梦半醒的翠菊，嗒嗒嗒地跑了回来。

“那个，在我们英国，有一个传统……”这已经是李乃幼用来满足自己欲望的最佳借口，他把翠菊放在电竞椅上，吭哧吭哧地开始扯谎，“每次办生日 party（派对）之前，我们都要做一张邀请函，送给来参加生日 party 的人，其实我也不是很想弄的，但是……”

然而事实就是，不管哪个国家都没有这种带有强制性的传统。只不过是李乃幼本人非常想送一张很正式的邀请函给关沛罢了。

他一个人乐呵呵地在屋子里画了好久的邀请函，粘了干花，又用金色的水笔勾勒了很漂亮的花边，还查了字典，一笔一画地写了好久，才完成了自己的大作。

关沛看这人满脸都写着“快找我要、快找我要”几个大字，沉吟半晌，平静地开口："既然这么麻烦的话，那就不用弄了。"

李乃幼的表情一下子就冻结住了。

"确实很麻烦……但是我、我感觉吹橘会很想要，所以我就很随便地弄了一个。"李乃幼权当听不见，他若无其事地掏出了一大一小两张卡片，放在桌子上，又有些仓皇地向门口走去，"那个，我、我好像有些困了……"

李乃幼的脸颊似乎有些红。

然后他一溜烟地跑到门口，关上了门。

关沛挑眉。

翠菊好奇地嗅着两张邀请函上粘着的干花干草，关沛沉吟片刻，先打开了翠菊的那一张。

这一张撑死也就关沛半个手掌的大小，确实很符合翠菊的尺寸，封面上画了一个圆滚滚的橘子，橘子上面画了几根属于小猫咪的胡须。

关沛打开卡片，就看见最上面写着一句"To 吹橘"，然后下面写了三行整整齐齐的"喵喵喵"，还是带断句的那种。

关沛沉默三秒，决定交还给翠菊，让它破译自己种族的语言。

他拿起自己的那张邀请函，盯着封面上画着的那个保温杯又沉默了会儿，半晌，他只是摇了摇头，打开了卡片。

卡片里的内容终于是人能读懂的东西了。

Dear 关沛（主播 gp1419）：

我很高兴地告诉你，你被邀请到了 Neo 的生日派对，日期是本月的二十七日，星期五晚七点半。

在 Neo 的生日派对上，你可以看到他的私人节目表演：1.Neo 的独创二胡曲目；2. 吃 Neo 亲手做的小蛋糕；3.Neo 想对你说的悄悄话。

请你准时出席，生日地点就在你家的客厅，无着装要求，也不需要礼物，只要本人能够出现就可以啦！尽量不要迟到哦！

From Neo Lee

关沛盯着李乃幼写得歪歪扭扭的中文，眯着眼辨认了一会儿涂改过的痕迹，才发现这人把他的名字分别写成过“关柿”和“关肺”。

关沛绷了一会儿，嘴角还是微不可察地上扬了。

邵吉曾经说过，关沛是一个很倔的人。

他自律严谨，从保温杯的型号到洗手液的酒精浓度，生活里的每一个细节都要把握到自己最满意的程度，他把自己的生活搭建成了一个很精密的、棱角分明的方盒。

而李乃幼更像是和关沛处于完全不同世界的人，他活得轻松而随心，从不拘泥于标准的框架之中。

他就像是一只很活泼的鸟，每天都会衔来带着露水的鲜花和果子，带着一束清晨的阳光轻巧地落在自己身旁，把这个冰冷的方盒一点一点地装饰成一座很温暖漂亮的花房。

然后有一天，关沛突然发现，花朵很香，果子很甜，阳光也确实很温暖。

更重要的是，他好像已经离不开这只鸟了。

几天后的一个早晨，邵吉带来了一个好消息。

“哥又尽力给你找了几套。”邵吉和小助理扛着几套西装进了屋，“这回哥谨慎地筛选了一下，感觉都还不错，但可能有一两套是过季的款了，而且有的尺码可能也差了一点，你先试试吧……”

关沛说：“麻烦了。”

“哦，对了，这里面还有个牌子，是人家官方主动联系咱们的。”邵吉挠了一下头，“说实话，邵哥一开始连这牌子的名字都没读懂，本来就打算给推了，但我看衣服做得还不错，又想着你这人这么挑，就还是给你一起拿过来了。”

关沛还没来得及说话，就感觉对面正埋头咬豆沙包的李乃幼似乎顿了一下，然后慢吞吞地抬起了头。

小助理在一旁将每件衣服挂起来，方便一会儿试穿，正好翻出一套，顺势问道：“是这套吗？”

邵吉瞄了一眼，点了点头，苦着脸说：“没错。小赵你快看看那标的名字，连是什么语我都不知道，我想上百度搜都不知道该怎么搜，估计……”

小助理应了一声，一扒后面的标，眼珠子都快瞪出来了。

“那个，邵哥……”小助理一副快要晕厥的模样，“这是法语，这是 ××× 牌的私人定制线，您、您真的确定这是人家主动联系的你吗……”

关沛举着保温杯的手一顿，邵吉也傻了。

“啥玩意儿啊？”邵吉茫然道，“什么什么私人定制？不是，这牌子难道还能比那个什么什么 ××× 和 ××× 火吗？”

“您这话就好像是在拿凤凰和鸽子还有麻雀做比较……因为人家这牌子不是火，而是高级，是不沾烟火的挑剔，是顶尖的奢华。”小赵左翻翻右翻翻，声音都跟着有点发飘，“这不仅仅是贵的程度，人家品牌卖的是信誉和工艺，而且他们家的顾客要是想达到私人定制这种程度的话，我估计年消百万是肯定得有了……”

邵吉整个人蒙了。

“小关，这会不会是……你的某位富婆粉丝给你的支持？”

邵吉扶着沙发勉强支撑着自己的身体，哆哆嗦嗦地指挥着小助理：“那个，小赵你赶紧的，拿个上等的衣架给我挂起来，然后赶紧给我把翠菊锁卧室里，别让它靠近这里一步……”

关沛蹙眉。

“未必合适。”关沛说，“而且邵哥，你再确定一下邮件的署名是不是官方。如果是粉丝的话，那么现在就还回去，我不能收。”

“可是你还没有试呀。”李乃幼突然放下了手里的豆沙包，他一侧腮帮子微微鼓起，就这么一边看着关沛的眼睛，一边含含糊糊地说，“你确实可以拒绝……但就算是粉丝送的，那也是来自一个很喜欢你、很支持你的人，他一定希望你可以试一试的。”

关沛停顿了一下。

“小关啊，哥建议你还是试一下吧。”邵吉殷切地说，“不知道怎么的，自从知道了价格以后，我感觉这套衣服似乎在熠熠生辉，好像将世间万物都衬得暗淡无光了……”

关沛拗不过他们俩，只能接过衣服，进了卧室。

关沛观察了一下，又用手捏了一下布料，发现这套衣服不论是材质还是剪裁，确实都是顶尖水平，而且颜色是关沛喜欢的纯黑，暗纹的设计也低调沉稳。

最有趣的是，西装的领口处，竟然还手工绣了一对白色的猫耳朵。

关沛现在可以确认，这可能真的是一份来自自己老粉丝的礼物了。

关沛换完出门的那一刻，客厅似乎在刹那间被自动消了音。

“这也太合身了……”半晌，邵吉喃喃道，“我都快怀疑你小子是不是有私生粉了。而且我刚才又重新确定了一下，确实是他们官方发来的邮件，就只说欣赏你的影响力。可是我寻思，难道咱们的粉丝群体已经发展到了欧洲地区……”

李乃幼安静地坐在餐厅里看了一会儿，然后放下豆沙包，抽了张纸巾，蹦蹦跳跳地跑了过来。

“很好看的，哥哥。”

李乃幼很随意地用纸巾把手上残留的豆沙擦掉，然后在邵吉惊恐的目光下，用手指轻轻拂过关沛领口上的猫耳朵刺绣。

半晌，他笑盈盈地仰起脸，说：“真的很合适，显得你的腿很长、人很高，没有胸针也很好看……”

李乃幼看起来比他都高兴满意，让关沛隐隐地感到有些好笑。

“那行，那就定下这套了。”邵吉总算是松了一口气，“哦，对了，我又想起来个事儿。”

“风云之夜的时间又调整了一下，往后挪了一点，挪到了这个月的二十七号。这不是坏事，正好咱们可以多留两天准备准备……”邵吉说着说着就诡异地顿了一下，他看着面前突然沉默的关沛和李乃幼，有些茫然地问，“怎么了，有什么问题吗？”

第 10 章 生日快乐

风云之夜的前两天，也是李乃幼生日前两天的上午，关沛收拾好了简单的行李，准备去赶下午飞向 A 市的航班。

邵吉已经在微信上催了无数次了，然而此时此刻，关沛依旧伫立在自家客厅，沉默地看着面前半蹲下身子正在给翠菊喂羊奶布丁的男孩。

关沛沉吟半晌，最后一次询问道：“你真的没有问题？”

李乃幼仰起了脸，对关沛笑了笑，很轻松地说：“当然啦。”

“我已经不是小孩子啦。”李乃幼的笑容很开朗，可以说毫无破绽，随即他若无其事地偏过了脸，用手指点了点翠菊的脑瓜，小声地说，“生日年年都会有一次，没关系的。”

关沛皱眉。

“其实你可以和我一起去的。”关沛说，“会场附近有酒店，我结束了就赶过去找你，然后……”

李乃幼却摇了摇头。

“不用这么麻烦的。”李乃幼很认真地说，“而且对你而言，后天是很重要的一天，你首先要考虑的是你自己，不要总把时间浪费在我身上啦。”

关沛的眉头蹙得更紧了。

“我一个人，也可以过得很好的。”李乃幼弯了弯眼睛，他回过头，一边替翠菊擦掉胡须上沾的布丁奶渍，一边很轻快地说，“而且我也不是一个人呀，我还、我还邀请了 Ryan 来我的生日派对，他说……他说他会带来很好喝的香槟。”

“加上吹橘，我们三个会一起度过很好的时光的。”李乃幼自顾自地说了很多，“所以你真的不要担心啦。”

关沛怔了一下。

翠菊用粉红色舌头卷走盒底最后一块羊奶布丁，李乃幼的指尖碾在塑料盒有些锋利的边缘上，留下了浅淡的压痕。

李乃幼感觉自己演得很好，但关沛锐利的目光让他觉得自己好像还是被看了个透，他抿了抿嘴，有些仓皇地别开了目光。

“我会过一个很快乐的、很圆满的生日的。”李乃幼垂下眼睫，又很小声地说，“你要加油哦，哥哥。”

李乃幼生日那一天，阳光很好，风却很大。

窗外的树枝被吹得哗啦啦作响，翠菊有些害怕，喵喵叫着跳到了李乃幼的被窝里。李乃幼把它小心翼翼地抱在怀里，一人一猫就这么一起缩在床上，安静地躺了一会儿。

然而李乃幼发现自己好像睡不着了。

前天晚上，关沛已经到达了A市，但是这两天李乃幼都很乖地没有去吵他。因为他知道关沛这几天会很忙很忙，要彩排，要拍照，还要走很多的流程。

李乃幼抱着翠菊躺了一会儿，小猫咪的体温要比人类的高一些，李乃幼感觉自己的手脚都暖和了不少。

然后他又感觉自己有一点饿。

李乃幼给翠菊开了罐头，因为他自己平时很爱喝冷的东西，于是他像往常一样倒了一杯冰牛奶，抱着杯子小口小口地喝了一会儿。

胃已经有些饱胀感了，李乃幼却突然发现，自己好像有点想喝热豆浆。

关沛不在家，所以今天没有现成的热豆浆可以喝，李乃幼没有找到破壁机的使用说明书，就只能凭借零星记忆笨拙地插电倒水，研究了好半天。

黄豆也用完了，李乃幼最后又从柜子里翻出了一小包黑豆。他不会处理，笨手笨脚忙活了一阵，结果做出的豆浆看起来像是发了霉的水泥。

李乃幼毅然决然地送整杯豆浆去了下水道。

看着垃圾桶里那一小堆灰色的豆渣，李乃幼才意识到，自己好像真的有一点点难过。

高中时，学校那场因为暴雪取消的圣诞集市让李乃幼难过了整整小半个月，而风云之夜和自己生日冲突上这件事情，对李乃幼而言，是那种可以让他耿耿于怀一辈子的伤心。

李乃幼真的期盼这场生日会很久很久了，但他也是最希望关沛可以拿到风云之星的人。

他告诉关沛自己并不在乎，也一直告诉自己没有关系，但事实上，李乃幼还是不可避免地有些难过。

李乃幼揉了揉眼睛，把杯子里的冰牛奶喝完，慢吞吞地挪回了卧室。

他想着要不就把这一天睡过去，也许一觉醒来，关沛就已经拿了风云之星，回到家里来了。

然后他可以告诉关沛，他和翠菊还有 Ryan 度过了一个很快乐的生日，叫关沛不用担心，他一点都没有难过。

李乃幼不知道自己睡了多久，他是被门铃声吵醒的。

他晕乎乎地打开门，发现是两周前定好的蛋糕送过来了。

不仅有那张精心布置过的邀请函，李乃幼为了生日会还准备了很多很多的节目——他练了一首自己很喜欢的二胡曲子，还买好了能够在当日送上门的 DIY 蛋糕胚，就是可以自己用奶油裱花写字的那种。

李乃幼挑了很久的色卡，最后选了圆形的蛋糕胚盒和薄荷绿的奶油，加上巧克力酱，这样他就可以自己操作，亲手在上面画一只杰尼龟了。

但是现在什么都没有了。

没有生日派对了，没有关沛，也不会有每晚数着日历上剩余的天数开心地期盼这一天能够早早到来的 Neo 了。

李乃幼蔫蔫地把蛋糕和材料放进了冰箱里。

他看着客厅里的钟表愣了一会儿，才发现自己这一觉已经睡到了下午五点左右，也就是说，还有七个小时，他的二十一岁的最后一天，就要正式结束了。

李乃幼就这么站着呆了一会儿，然后突然回到厨房，把刚放进去的蛋糕从冰箱里取了出来。

他抱着蛋糕盒，进了平时他和关沛直播的房间。他坐下来，打开电脑，然后登录了很久没有上过的属于自己的黑桃账号。

因为忙着帮关沛提榜单数据，李乃幼已经有一阵子没在自己的号上开播了，但他的粉丝数还是稳稳当当地破了百万。

对于新人主播而言，这个数据还是十分亮眼的。

李乃幼把翠菊也抱进了房间里，他盯着电脑屏幕迟疑了一会儿，最后还是开了直播。

收到开播提醒，粉丝们陆陆续续地进了直播间。

“今天不打游戏，也不画画。”

看着直播间的人越来越多，李乃幼低下头，慢吞吞地拆起蛋糕盒子的丝带。

他说：“就是想先画个小蛋糕玩一玩，然后和大家一起看哥……看风云之夜的直播，好不好呀？”

李乃幼的大部分粉丝也是关沛直播间的粉丝，关沛这两天没办法播，他们本来就等得抓心挠肺，于是一时间都热热闹闹地进了李乃幼的直播间。

“我还寻思弟弟今天终于上自己的号播了，结果就是换自己的号看咱沛的颁奖典礼直播，太甜了，太甜了！！”

“呜呜呜，妙啊妙啊！我正嫌一个人看直播无聊呢，有弹幕和弟弟陪着我，今夜不再寂寞！”

“有一说一，今天这小蛋糕的个头可快比翠菊的屁股大了，这是在提前庆祝咱沛拿奖吗？”

“欸，弟弟没有去颁奖典礼吗？”

“只有直播满七个月的主播才有拿新人奖资格，弟弟这才三个月，黑桃没办法邀，估计明年弟弟就能和咱沛一起去了……”

李乃幼把蛋糕的包装盒拆开，把丝带叠好放在手边，抿了抿嘴，点开风云之夜的直播。

风云之夜的直播刚开始不久。像这样的颁奖典礼，前半部分基本都是暖场用的歌舞表演，李乃幼还看到了之前录综艺时认识的米莓莓。

今天的她穿了一条贴满了粉色碎钻的紧身裙，在镜头前笑得依旧妩媚甜美，她大大方方地跳了一支很大胆的舞，弹幕刷了满满一屏。

观众这边看得热热闹闹，李乃幼也正好把奶油装进裱花袋，他垂下眼帘，认认真真地勾勒起了杰尼龟的线条。

观众看出了不对劲。

“是我的错觉吗，弟弟为啥不怎么说话啊？明明平时是能一边画画一边演小品的那种程度，今天画个小蛋糕为何变得如此沉默寡言了……”

“我也感觉弟弟的心情似乎不是很好，是不是因为关某人不在啊……”

“可能是因为现在出现的几个主播弟弟都不太熟吧，不好随便评价，一会儿就有咱沛的镜头了。大家别想太多，也许弟弟是画得太入神了呢……”

然而他们没有想到，李乃幼竟然真的一句话没有说，就挤着裱花袋里的奶油，沉默地画了半个小时。

观众们这回是真感觉到了哪里不对，一时间刷什么的都有，但是李乃幼画得入神，并没有注意到。

他微颤着眼睫，小心地抬着手腕，用奶油勾勒出圆润的弧线，把杰尼龟卷卷圆圆的小尾巴完成了。

李乃幼想换上巧克力酱再强调一下龟壳的轮廓，就听到视频里传来了主持人的声音：“所以今年的风云之星，究竟花落谁家呢？让我们邀请黑桃直播的创始人——”

李乃幼蒙蒙地抬起眼。

镜头一个接一个地在台下几位候选人身上扫过，伴随着主持人热情洋溢的介绍，李乃幼看到了来自不同分区的很多大热主播。

——同时也包括胸针上的钻熠熠生辉，发胶打了有平时三倍之多的老蒋。

李乃幼嫌弃的表情还未来得及露出，紧接着镜头一转，又落在了刚好坐在老蒋身旁的神色略微冷淡的关沛脸上。

关沛的头发似乎是被造型师特意打理了一下，额前的大部分头发被微微抓起，随意垂下几根碎发，显得英气而俊逸。

一袭黑色正装，更是衬得他五官深邃冷峻，尤其是与前面某些歪瓜裂枣相比，简直让人眼前一新，连呼吸都跟着轻快不少了。

直播里的弹幕刷成了海，已经有一大片关沛的粉丝疯狂尖叫了。

颁奖典礼的节奏很紧。与此同时，黑桃的创始人——一位看起来很和善很优雅的中年女性走上台，宣布风云之星的归属者。

李乃幼微不可察地捏紧了手里裱花袋。

“202X年黑桃年度风云之星——”这位女士微笑着翻开手里的卡片，缓缓念道，“属于游戏区的直播间14191419，让我们恭喜gp1419，恭喜关沛！”

裱花袋里的巧克力酱猛地被挤出。

李乃幼愣愣地眨了一下眼。

镜头前的关沛似乎是微怔了一下，随即便恢复了一贯的冷静，对着镜头礼貌地点了一下头。

就在关沛起身的那一刻，隔着屏幕，李乃幼感觉自己的视线似乎和他的隔空交会了一下。

李乃幼直播间的观众注意到，他们这位哑巴了半个小时的主播在此刻终于放下了手里的裱花袋，开口说了这半个小时以来的第一句话。

“太好啦。”李乃幼喃喃道。

李乃幼直勾勾地盯着屏幕看了一会儿，他看着关沛从观众席里起身领奖，随即镜头一偏，又给到了观众席里已经激动到接近晕厥的邵吉身上。

李乃幼没忍住，轻轻地笑了一下。

然而在关沛发表简短的获奖感言的时候，李乃幼却又连眼睛都舍不得眨一下。

直到镜头定格在关沛下台时的侧脸，广告猝不及防地插入，李乃幼这才有些恍然地颤了颤眼睫。

李乃幼呆坐了一会儿，突然起了身，向屋子外面走去。

不一会儿，观众们就眼睁睁地看着李乃幼抱着瓶瓶罐罐回来了，分别是一罐猫罐头、一个他常用的马克杯，以及一瓶白酒。

“既然得奖了，那么我们就要庆祝一下。”

李乃幼捏了捏窝在关沛椅子上的翠菊的爪子，有板有眼地说：“虽然我们不在他的身边，但是我们要让他感受到我们的心意，对不对呀，吹橘？”

李乃幼把鱼罐头给翠菊打开了。

“你要多吃一点。”李乃幼自言自语道，“我也喝一点点好啦。”

李乃幼有些迟疑地看了一眼自己手里的酒瓶——这是早晨他找黄豆的时候翻出来的。李乃幼认识“白酒”两个字，知道这应该是一种酒精类的东西，就一起拿了进来。

他想着蛋糕很甜，酒是苦的，正好可以配着蛋糕吃，一起用来给关沛庆祝。

虽然瓶身上其他的成分和文字李乃幼看不太明白，他也不知道这酒的味道如何，但看这瓶身里液体的颜色很浅淡，不像威士忌那么深，度数应该不会太高。

于是李乃幼在众目睽睽之下给这瓶白酒开了瓶，倒了大半杯在自己的猫耳朵马克杯里。

弹幕上是齐刷刷的问号。

然后李乃幼举起杯子里“亿点点”的白酒，昂首挺胸地来了一句：“关沛厉害。”

李乃幼没注意已经刷疯了的弹幕，他嗅了嗅酒的味道，随即就凑近杯口，试探性地喝了一小口。

随即李乃幼蒙住了，半晌，他才缓慢地吧唧了一下嘴，脸也微微皱了一下。

“不好喝。”

李乃幼打了个嗝，缓慢地给出了自己的评价。

随即他又迟疑地垂下眼睫，对着剩下了足足大半杯的酒液端详了一会儿。

“不过既然都倒出来了，”他慢吞吞地说，“那……那我还是不要浪费，今天就先把这些喝完吧。”

李乃幼目光放空，大口大口地挖着蛋糕往嘴里送，又埋头小口小口地咽着白酒，就这么一声不吭地吃了小半个小时。

观众们都已经看傻了。

“兄弟们我人傻了，这也太硬核了吧，原来当代混血小美人吃蛋糕都是配白酒的吗？”

“弟弟可能不知道白酒的度数，我有点慌啊，这一大杯怎么受得了啊……”

好在李乃幼喝了几口之后总算是感觉到了哪里不对劲。

他放下杯子，晕乎乎地后仰了一下，迟疑地眨巴了一下眼睛。

“真的很难喝啊。”李乃幼有点委屈，“就像是……像是馊掉了的米饭……混合着发了霉的油漆，再加上一点点青草汁的味道……”

“我……我有一点喝不下去了。”李乃幼断断续续地说着，又打了个嗝，“我歇一会儿，好不好啊……”

李乃幼又直勾勾地盯着电脑屏幕看了一会儿。

屏幕上的弹幕飘得很快，李乃幼却感觉眼前的东西的边缘似乎有些模糊，他眯起眼睛，又抬起手揉了揉眼，脑子一阵阵地发蒙。

李乃幼有点忘记自己现在在哪里，又在干什么了。

“现……现在……几点了？”李乃幼自言自语地凑近了屏幕，在看清时间后，很高兴地拍了一下手，“十二点零二分，太好啦，祝……祝我生日快乐！”

屋子里很安静，李乃幼的手又慢慢地放了下来。

他晕乎乎地又坐了一会儿，似乎是在发呆。

半晌，李乃幼重新举起了装着白酒的马克杯，又捧着杯子咕咚咕咚喝了两大口，然后看起来很高兴地说：“虽然是我一个人……一个人过的，但是、但是我很开心！”

弹幕已经刷疯了。

“完了完了真醉了，房管在吗，能联系到关某人或者邵哥吗？我是真的担心，再喝下去不会出事吗……”

“所以原来今天是弟弟的生日吗？那弟弟真的好好啊，呜呜呜，明明是自己的生日，可是在风云之夜结束之前什么都没有说，只和大家一起认认真真地看颁奖，不愿意分走咱沛的热度，呜呜呜……”

“可是我感觉弟弟好像并不是真的很开心啊，而且白酒不是这么喝的，快停下来啊啊啊！我心都要碎了……”

李乃幼的神智已经彻底混乱，他看着桌子上的蛋糕发愣。

李乃幼总感觉自己好像在等什么人，但是他一时间又完全想不起来了，恍惚间，他感觉自己好像回到了高中时期。

“大家，再见啦。”

李乃幼对着屏幕缓慢地挥手，含糊不清地说：“十二点了，我、我要去上课了，我一会儿，有 Mr.Benedict 的生物课，我、我很讨厌生物，但是、但是生物教室里有、有小乌龟可以看……

“所以、所以我先走啦……”

李乃幼弯着眼睛，完全没有看到满屏的弹幕提醒，只是笑得很甜地冲屏幕挥了挥手，然后十分果断地下了播。

李乃幼又对着漆黑的屏幕愣了一会儿，半晌，有些呆滞的目光落在蜷缩在自己身侧睡得很香的翠菊身上。

“吹橘，你……你有看到我的生物书吗……”李乃幼踉踉跄跄地扶着桌子起身，半晌，喃喃地说，“我好像、我好像找不到它了……”

中国时间晚上十点半，同时是L城时间的下午三点半，关沛提前从风云之夜的会场离开，坐上了回到U市的飞机。

他连衣服都没来得及换，奖杯还在邵吉那里，大部分的行李也还放在酒店留给助理收拾。关沛只带了证件和必需品，就这么直接登了机。

关沛知道，自己应该是赶不上李乃幼中国时间的生日了。

但他细细一想，这人本来就是在英国出生的，所以只要航班准点，自己其实还是能赶得上李乃幼真正意义上的生日的。

不得不说，李乃幼的演技确有精进。

但是见过这人前一阵子苦练二胡的样子，以及快递送来的那些花花绿绿的餐布餐具小装饰，关沛很清楚，李乃幼应该是在意极了这个生日派对的。

所以李乃幼前几天说的那些话，关沛是一个字都不带信的。

关沛很少作出承诺，但是既然答应了李乃幼会和他一起过生日，那么就不会食言。

关沛打车到家的时候，已经是中国时间凌晨一点半，而换算成L城时间，依然还是二十七号的晚上六点半。

关沛很满意。

不过在开门的时候，他还是犹豫了一下——因为关沛估计李乃幼现在已经睡了，而且自己给他定的礼物也要明天才能送到。

关沛斟酌着到底要不要把这人弄醒，然后给他做个长寿面吃，又或者让他先睡着，明天早晨再给他惊喜……

门打开的那一刻，关沛才发现屋子里亮如白昼，几乎所有房间的灯都被打开了。

关沛迟疑地进了门，喊了李乃幼的名字。

见没有人应，关沛眉头微皱。他刚换了拖鞋，就听见厨房里传来一声巨响，随即就看见翠菊屁滚尿流地从厨房的门缝之间溜了出来。

关沛一脸问号。

关沛快步走到厨房，就看见冰箱的门全部大开，李乃幼正大大咧咧地坐在地上，手里还捧着一只挂着冰霜的甲鱼。

这甲鱼是邵吉半年前给关沛买的，当时邵吉是想用来煲汤的，只不过被关沛毅然决然地拒绝了，并且关沛将它永远埋葬在了冰箱冷冻层的底部。

李乃幼听见门口的动静，蒙蒙地抬起眼，与关沛对上了视线。

看着李乃幼脸颊上挂着的泪，关沛的心猛地一沉。

看李乃幼坐在地上半天没起来，关沛以为这人是摔了碰了，心里一紧，拧着眉大迈步走上前："你怎么——"

"我、我杀掉了……Mr. Benedict 的乌龟……"李乃幼小声哭着，眼泪吧嗒吧嗒地往下掉，"他这个学期不会再给我 A 了……"

关沛僵了一下，陷入沉默。

直到冰箱的提示音再次响起，关沛才反应过来，他深吸一口气，先把冰箱门关上了。

然后关沛又蹲下身子，与李乃幼平视。

李乃幼的脸和脖颈都泛着不太自然的粉，棕色的眼底里藏着一汪漂亮的水，而且眼睛和鼻尖都有些红，看样子已经哭过不只一次了。

"李乃幼。"关沛喊他的名字。

他其实一开始想问"你干什么了"，但是看这人满脸泪痕的模样，还是顿了一下，深吸一口气，换了个问法："你怎么了？"

李乃幼小心翼翼地把冷冻甲鱼往自己的怀里藏了藏。

“我……我要去上Mr.Benedict的生物课。”李乃幼看起来很难过，眼泪也越掉越凶，“我……我想看他养的乌龟，我在水族缸里找了很久，然后我找到了它，它已经死掉了……”

关沛沉吟半晌。

他琢磨半天才搞明白了这里面的逻辑——所以甲鱼确实是乌龟，只不过冰箱变成了水族箱，自家厨房变成了生物教室罢了。

关沛的视线又落到李乃幼身侧半开的储物柜上，于是他毫不惊讶地发现，去年过年时邵吉放在那里的一瓶用来下饭的白酒不见了。

关沛是真的头痛欲裂。

“这只王八没死，我可以帮你抢救。”关沛说，“但是你要先告诉我，你今天都做什么了。”

李乃幼蒙乎乎地眨了眨眼。

“我……我和平时一样啊……”李乃幼吸了吸鼻子，慢吞吞地说，“我早晨喝了一大杯酸奶，然后我的管家送我……送我上了车，我的司机、司机开着我们家的Bentley，送我到了……”

关沛现在很确定这人是真的在做梦了。

李乃幼身上酒气漫天，神智似乎也一路发散到了乌托邦。在这种刚入冬的天气，他就这么赤着脚坐在瓷砖地上，怀里还紧紧地抱着一只冰冻甲鱼。

关沛叹了一口气。

他擦掉李乃幼脸上的泪，然后把甲鱼从李乃幼手里抽出来，干脆利落地一把丢进了上方的水槽里。

眼看着李乃幼的眼泪又开始重新蓄起，关沛立刻沉声道：“别哭了。”

李乃幼马上憋住了眼泪，怯怯看着他。

“乌龟一会儿就会活了。”关沛又放缓了声音。

他知道喝高了的人什么都听不进去，于是犹豫了一下，干脆顺着这人的故事往下编：“今天……今天的生物课取消了，而且今天是你的生日，记得吗？”

李乃幼眨了一下眼。

“哦哦。”李乃幼像是想起什么了，他突然拍了一下手，很高兴地看着关沛，“对，是……是我的生日。”

关沛寻思这人情绪转变的速度是真的离谱。

他“嗯”了一声，刚想说“所以咱先从地上起来行吗”，李乃幼就突然睁大眼睛。

随后，李乃幼给了关沛一个很温暖的带着酒气的拥抱。

“哥哥，你、你也回来啦！”李乃幼打了个响亮的酒嗝，又很开心地说，“太好啦，正好我今天……没有生物课，你可以和我……和我一起过生日啦！”

关沛僵了一下。

李乃幼似乎又想到了什么，他很快结束了这个拥抱，踉踉跄跄地扶着地板起了身，甚至不需要关沛的搀扶，就这么赤着脚摇摇晃晃地向直播的房间里跑去。

关沛不知道他这闹的是哪一出，又怕这人摔着，只能心惊胆战地跟着进了屋。

然后李乃幼就举着半块五彩斑斓的蛋糕兴高采烈地给他展示起来。

“你、你看，我自己……自己画的Squirtle。”李乃幼的语序已经彻底混乱，“我特地把它的头部留下来……留下来给你吃，这上面的巧克力酱最多啦……”

关沛停顿了一下。

“谢谢。”

半晌，关沛重新开了口：“但是现在是初冬，很冷，你可不可以先把鞋穿上——”

“而且——而且我还准备了二胡表演。”李乃幼很严肃地打断了他。

李乃幼摇摇晃晃地把蛋糕重新放回桌子上，他发了一会儿呆，又嘿嘿地笑了一下：“我本来有很多话想和你说的，可是你错过了……”

李乃幼歪着头，看着自己面前陡然陷入沉默的关沛，似乎没有明白过来。

为什么眼前这个人刚才还一直在打断自己的话，现在却突然就不说话了？

“都怪你，你迟到了。”李乃幼有点不高兴地别过了脸，“而且你……你还没有给我生日礼物……”

李乃幼的情绪越来越低落，于是他干脆也不说话了，只是垂下眼睫，蔫蔫地看着蛋糕上杰尼龟圆圆的蓝色脑袋，打算用沉默来表示自己的不满。

半晌，他听到对面的关沛开了口，只不过声音听起来似乎有些发哑：“嗯，是我的错。”

李乃幼的耳朵又竖了起来。

“你想要什么？”半晌，关沛又沉声补充道，“我都可以买给你。”

李乃幼的眼睛亮了一下。

他抬起头好奇地盯着关沛看了一会儿，确认这人的态度很认真之后，咬着下唇仔细地想了好久好久，随即表情却变得有些沮丧。

“我也不知道啊……”李乃幼小声地嘀咕，“其实……其实只要是你给的，我都会很喜欢的……”

关沛没有说话。

“要不这样好啦。”李乃幼突然兴高采烈地拍了一下手。

李乃幼把脸猛地凑近，脸颊微红，睫毛柔软纤长。

他露出了一个很甜的很好看的笑容。

“买礼物都……都要花钱的。”他含含糊糊地说，“要不哥哥，你……你再给我一个抱抱，抵消掉好啦。”

李乃幼很耐心地等了一会儿关沛的回答。

这个人明明就站在他面前，明明听到了他的问话，却一直没有给出回答，只是沉默地看着他。这让李乃幼有一点失落。

于是李乃幼凑得更近了些，小声地问：“你不愿意吗？”

“你是不是……是不是想反悔啊。”李乃幼很不高兴地说。

“没有不愿意。”半晌，关沛冷静地开口，“但是因为你的要求有一些局限性，所以我有一些问题要问，免得你酒醒过后，我们产生一些分歧。”

李乃幼很茫然地眨眼：“我没有醉啊。”

关沛并不愿意和他在“醉没醉”这个话题上继续耗时间。

“你刚才说，你有很多话和我说。”

李乃幼捂着嘴，先是打了个小小的酒嗝，随即又抬起头，爽快利落地开了口：“我……我要说的就是、就是我真的很仰慕你哦。”

李乃幼又打了个嗝，他捂住嘴呆了一下，然后突然自顾自地呵呵傻笑了一会儿，随即仰起脸，眼底的光干净而清澈。

“所以你呢，可以给我个抱抱吗？哥哥？”李乃幼问。

李乃幼现在的大脑并不会转弯，他的逻辑就像是一条不能再直的直线。

关沛的目光很复杂，里面像是蕴含了很多李乃幼看不明白的情绪，李乃幼懵懵懂懂间感觉自己好像等不到关沛的回应了。

他现在其实已经意识不到自己在说什么做什么，大脑混混沌沌的，他只是觉得有一点点的失落。

李乃幼垂下眼睫，感觉自己不是很想在这里待下去了。

“我……我想去看看 Mr.Benedict 的乌龟了……”李乃幼下意识地别过脸，踉踉跄跄地想要逃跑，“它可能已经活了过来，我要把它重新放回水族箱里，然后……”

然后李乃幼听到关沛“嗯”了一声。

李乃幼蓦然止住了脚步，他没明白这个“嗯”是什么意思，只是蒙乎乎地回过头，对上关沛的视线，有些呆住了。

十秒钟后李乃幼反应过来关沛话里的意思，他的眼睛倏地就睁大了。

“所以……所以你可以吗？”李乃幼很高兴地问道，“现在是、是可以……可以给个抱抱的意思吗？”

关沛看着他，却没有说话。

李乃幼就当他是默认了，于是他没有再等，开心地跑回关沛的身边，微微踮起脚，直接给了关沛一个熊抱。

男孩仰起脸，有些雀跃地想看关沛的反应。

然而关沛的神色依旧晦暗不明，李乃幼有些发愣，怯怯地向后退了一小步，小声地问：“你……你不愿意吗？”

关沛没有说话，李乃幼谨慎地察言观色了一会儿，却总感觉关沛并不像是不高兴的样子。

“这和你刚才说的不一样。”关沛说。

李乃幼蒙掉了。

“我们明明说好的啊……”李乃幼没想到关沛会出尔反尔，脸和耳根子急得都有些红，他有些语无伦次地为自己辩解，“你……你是不是听错了，你已经答应过我的，所以我才——”

“可是你刚才说的，是我要给你一个抱抱。”关沛冷静地指出问题所在，“李乃幼，我想你似乎自己把主语颠倒了一下。”

李乃幼茫然地眨了眨眼，就在这一刻，他感觉自己好像真的回到了高中的生物课堂。

就像永远分不清 mRNA 和 tRNA 的区别一样，此时此刻，明明关沛说的是自己能够听懂的语言，李乃幼却好像怎么都明白不了他话里的意思。

所以他是生气了吗，还是后悔答应我了？

“但是没关系。”关沛面上依然没有波澜，他就像是在研究某道课题一样，居高临下地对着李乃幼端详了一会儿，说，“文化之间是需要交流的，我想我们也可以互相沟通一下。”

“生日快乐，李乃幼。”关沛说。

李乃幼二十二岁的第一天，收到了一份没有丝带和礼盒包装的礼物。

第11章 全给忘了

李乃幼做了个不太快乐的梦，他梦见自己回到了高中的生物教室。

李乃幼从小到大最惧怕的科目是数学和生物，惧怕数学只是因为学不明白，生物课的问题就比较严重了，完全学不懂占一部分原因，但主要原因是他的生物老师Mr.Benedict是一个很凶很凶的英国小老头。

李乃幼梦见自己把生物老师水族箱里的乌龟弄死了，他很伤心、很害怕，抱着乌龟去了宠物医院。

然后他发现宠物医生竟然是关沛。

关沛穿着白大褂，长腿优雅交叠，神色平淡地坐在问诊台后喝茶。

李乃幼晕乎乎地问他："我的乌龟死了，你可以救他吗？"

关沛抬眼，说："可以，但是价格会很贵。"

李乃幼刚想说"没关系的呀，我很有钱的"，关沛就突然凑近，他平静而冷淡，给了李乃幼一个拥抱。

然后李乃幼就听到关沛说："好了，你可以走了。"

李乃幼蒙蒙地低下头，发现手里原本还死气沉沉的乌龟突然从壳中伸出手脚，直接从自己的手里蹦到了地上。

然后李乃幼就被吓醒了。

李乃幼喘息着从床上坐了起来。

他的意识还是有些混沌，头也很痛，他环顾四周，才发现自己躺在卧室里。他却怎么也记不起自己是如何回到房间里来的。

这个酒……真的不是普通的酒……

李乃幼的反应还是有些迟钝，他愣愣地眨了眨眼，耳根子却无声无息地红了。

这酒不仅很难喝，自己喝了之后，竟然还做了这样的梦……

当然，李乃幼承认，这也可能不只是酒的缘故。

李乃幼记不起昨晚是怎么回的房间，只记得他给蛋糕挤了奶油，然后在直播间里看着关沛拿了奖，自己喝了酒，后来晕乎乎地下了播，在这之后就没有任何记忆了。

而且这个酒……

李乃幼有些迟疑地摸了摸自己的唇瓣，他总感觉自己的嘴巴似乎有一点肿，也不知道是不是过敏了。

李乃幼打开了手机，收到了来自罗森的三千字生日祝福。还有一封没有标题的邮件。李乃幼还没来得及打开，就又微眯起眼，晕乎乎地放下了手机。

因为他的头真的很痛。

他蔫蔫地往被子里缩了缩，大脑放空，刚想着自己要不要再睡一会儿，却又想起关沛不在家，翠菊还没吃饭。

于是李乃幼慢吞吞地下了床，准备先给翠菊开罐头。人缺一顿少一顿没什么大事儿，但小猫咪是不可以挨饿的。

李乃幼打开了门。

然后李乃幼呆住了。

——那是一座差不多有整堵墙高的山水盆景，就像是小小的生态圈一样，有假山、绿植、水流，里面的藻类青翠养眼，溪水潺潺，上面还萦绕着袅袅的雾气。

青山绿水旁是餐桌，餐桌后坐着个人，正优雅地拿着勺子慢条斯理地喝着不知名的汤。

这人正是关沛。

李乃幼感觉自己好像还在做梦。

“哥哥……”李乃幼的视线在巨大的盆景和关沛身上疯狂来回，甚至不知道该在哪一个上面多停留一会儿，半晌，他语无伦次地开了口，“这是……你……我……”

“另一份生日礼物。”关沛说。

关沛感觉李乃幼好像快要晕过去了。

男孩嗒嗒嗒地冲刺到盆景前，先是小心翼翼地摸了摸砌成假山的石头，又凑近仔细辨别了一会儿藻类的真假，最后又很手欠地伸出指尖碰了碰冰凉的水流。

身旁的翠菊也很喜欢这座景观里的水，它晃着尾巴，用爪子扑腾着里面流动的水柱，又好奇地伸出舌尖舔了舔爪子。

关沛的嘴角微微上扬。

“谢谢哥哥。”李乃幼晕乎乎地抬起头，结结巴巴地说，“我、我真的好喜欢，但是你之前不是不愿意——”

“算是赔你的龟背竹。”关沛放下汤勺，淡淡开口，“不过这些水和草，平时都要你自己打理。”

李乃幼之前在超市买的那盆龟背竹本身是没什么问题的，但是他查养护方法的时候却意外发现这种天南星科植物是不能和小猫咪一起养的。

于是这盆卑微的龟背竹刚在关沛家里站稳了两个小时，就被李乃幼连花带盆打包好，连夜送到了齐一铭的家里。

李乃幼：“嗯嗯。”

李乃幼没想到，关沛一直还记得自己当时想要买盆景的事。

他垂下眼睫看着脚尖。

李乃幼把翠菊抱了起来，一人一猫又呆呆地盯着山水看了一会儿，半晌，他突然扭头，有些茫然地问：“哥哥，你刚才说，这个是……另一份生日礼物？”

“所以，也就是说，在这之前，我还有一份生日礼物吗？”李乃幼看着关沛，迟疑道。

关沛也抬眼看他，表情晦暗不明，却一直没说话。

不知道是不是李乃幼的错觉，他总觉得今天的关沛心情似乎很不错，虽然脸上的表情还是不冷不热，但是目光好像温柔了不少。

于是李乃幼的心情也变得很明朗。

他在想，哥哥一定是因为昨晚拿了奖，心情才这么好的吧，看来自己以后要更努力地画画了……

关沛却一直没说话，只是盯着他的脸看。李乃幼感觉哪里不对劲，关沛似乎在等待着他开口说些什么。

李乃幼有点茫然，因为他真的不知道另一份生日礼物是什么。

“哦，我明白了。”李乃幼恍然大悟地拍了拍手，一副“我看破了你的计谋”的样子，“也是，你这么早就飞了回来，确实也算是一份很好的礼物啦。”

“不过现在才十点多，你是今天上午几点回来的啊？”李乃幼懵懂地说，“昨天你在那里睡得好吗？我看邵吉发了朋友圈，你们昨天晚上有在一起庆祝吗……”

然后李乃幼看着关沛脸上的笑意慢慢地淡了下来。

李乃幼懵懵懂懂地不知道发生了什么，但他还是察觉到关沛的情绪似乎变得不大对劲——关沛的瞳孔似乎缩紧了一下，捏勺子的力度也好像突然变得很大，关沛虽然一直没说话，目光却直勾勾地落在他脸上。

李乃幼很茫然。

“你……你要不要吃蛋糕？”李乃幼小心翼翼地讨好道，“还剩了一点点，很好吃的，是巧克力蛋糕胚，上面还有我亲手画的……”

“不用了。”

关沛突然别过脸，在隐忍什么似的深吸了一口气，半晌，他才冷淡地开口：“我已经吃完了。”

——那块被醉酒的李乃幼弄得支离破碎的杰尼龟蛋糕，早在昨晚就被关沛扔到了厨房的垃圾桶里。

李乃幼傻眼了，因为他没想到关沛竟然会这么不客气。

“你……全都吃完了吗？”李乃幼呆了一下，半晌，他迟疑地开口，

“其实、其实也不是不行，毕竟本来就是我特意给你留的。”

关沛冷着脸没有说话。

李乃幼吭哧了一会儿，还是没有忍住好奇心，抬头问：“但是你真的全都吃完了吗？因为那真的是很大的一块——”

“闭嘴。”关沛咬牙切齿地说，“坐下喝汤。”

齐一铭快笑晕过去了。

“那个，请允许我，先总结一下你这位朋友的悲惨现状……”

齐一铭捂着胸口，气若游丝地看着关沛。

他努力想让自己的表情看起来严肃，但还是抑制不住地窜出尖锐而破碎的笑声：“哈哈哈……所以事情就是，一个住在你朋友家里的可爱小孩喝高了，对你朋友提了一些请求……”

“然后，你的朋友一个晚上辗转反侧没有睡着，给小男孩组装了三万块钱的假山，并且煲了两个小时的醒酒汤……”齐一铭在眼边疯狂扇风，但还是能看到有泪花在隐隐闪烁，“结果……哈哈哈……结果你的这位朋友发现，人家酒醒之后，把昨晚的事情全给忘了哈哈哈！”

齐一铭的笑声戛然而止——在看到关沛近乎冰冻的侧脸之后。

“那个啥，咯……”齐一铭欲盖弥彰地清了清嗓子，“怎么说呢，毕竟也是，鉴于这种情况，其实这边给你的建议是……”

“我的朋友。”关沛淡淡地纠正道。

齐一铭的表情微妙地扭曲了一下。

“好的，你的朋友。”齐一铭彬彬有礼地说，“所以我想问一下，你这位朋友的嘴是要比别人的金贵还是怎么的？你的朋友直接重说一遍不就好了，哪来这么多事……”

关沛面无表情地看着他。

“不过确实有点奇怪。”齐一铭又感叹了一声，“毕竟人家不记得了啊，如果直接说的话，可能是有那么一点点的微妙哈……”

这就是关沛最堵心的地方。

李乃幼是真的可恶，关沛想。

可是这人早晨喝汤时腮帮子鼓鼓，含糊不清地问“哥哥这个汤是什么鱼熬的”的样子，却还是会让关沛的心不由自主地软下来。

李乃幼在阳台整理完假山盆景上的植物，又仔仔细细清理了一下角落里的淤泥。

他真的好喜欢关沛给自己的这份生日礼物，李乃幼恨不得把自己的床安在旁边，每晚听着里面的水流声入睡。

李乃幼抱起翠菊，乐呵呵地拿着手机找角度拍了好几张自拍，准备一会儿给罗森发邮件的时候好好地嘚瑟一番。

他走回客厅，关上了阳台门，扭头就看见努力憋笑的齐一铭以及低头喝茶看不清神色的关沛。

李乃幼有些茫然，但他还是立刻积极地申请加入群聊：“你们在聊什么啊？”

“那个啥，今天是每月一次‘恰饭’日，我正在让咱们今年的风云之星帮我选零食呢。”齐一铭干咳一声，“来，我们风云之星的助手，帮我们参谋一下。”

李乃幼兴高采烈地凑了过来。

如果说刚才指点关沛时的齐一铭是大哥，那么在等待关沛选品时的齐一铭愿意称自己为全世界最卑微的小弟。

“这个速溶奶茶，日本进口低脂低热量，最近老火了。”齐一铭呜呜直哭，“我这两天播的时候喝了好几次，店铺里也一直卖得不错，这是我本月的王牌啊！我的关哥哥，这个不能不要！”

李乃幼抱着杯子，埋头小口小口地喝奶茶。

他喝得很香，安安静静不想打扰他们的讨论，却没想到关沛没有接齐一铭的话，而是突然转头对自己不冷不热地来了一句：“好喝吗？”

李乃幼哽了一下，晕乎乎地抬起头，然后点了点头。

关沛“嗯”了一声。

关沛的表情依旧毫无波澜，目光却没有从他的脸上移开，李乃幼茫然地和关沛对视三秒，突然感觉哪里不太对劲。

“你……你也想喝吗？”李乃幼递出手里的杯子，小心翼翼地问。

然后李乃幼看到，关沛的脸上露出了满意的神情。

“可以一试。”关沛缓缓开口。

李乃幼“唔”了一声。

“我给你重新冲一杯吧，哥哥。”李乃幼很热情地起了身，“我这杯都快喝完了……”

关沛摇了摇头，示意李乃幼站住，又盯着他的脸看了一会儿，突然勾了勾手指，叫他过来。

李乃幼不明所以地乖乖凑近，关沛突然伸出手，帮他擦掉了脸上的奶茶渍。

齐一铭的下巴快要掉在桌子上了。

李乃幼愣愣地盯着关沛好一会儿，半晌，他晕晕乎乎地垂下眼睫，小声地说了句“谢谢哥哥”。

关沛似乎很满意，“嗯”了一声。

他随意地拿起装着奶茶的杯子，有些挑剔地看了一眼里面甜腻的液体，没说话，而是直接喝了一口里面的奶茶。

李乃幼睁大眼睛。

然后他看到关沛的眉头蹙起来了。

这不是一个好的信号，齐一铭一时间连大气都不敢喘。

然而关沛咽下奶茶后依旧没有直接给出评价，只是又端详了一会儿杯中的液体。

随即关沛抬眼，看向李乃幼的眼睛。

“你怎么看？”关沛问。

李乃幼蒙蒙地实话实说：“我……我觉得草莓奶茶的香精味有点重，但是原味和巧克力味的很好喝……”

“好。”关沛淡淡地收回视线，说，“都听你的。”

李乃幼：“……”

齐一铭抱着翠菊，开始绕着客厅奔跑欢呼。李乃幼垂下眼睫，心里却莫名有些发毛。

他总觉得今天的关沛对自己很好——这并不是说关沛平时对自己不好，只是今天的关沛温柔得有一些不正常。

——甚至可以说是诡异。

李乃幼确实很开心，可是他不知道关沛这样做的原因是什么。他感觉关沛像在补偿他一样。

李乃幼有一些不太好的预感。

关沛把选好的零食整理好，然后去厨房清理用过的杯子，齐一铭颠颠儿地调整店铺链接。

李乃幼惴惴不安地在客厅站了一会儿，然后也跟着齐一铭进了直播的房间。

“你们刚才，是不是在聊我？”李乃幼开门见山地问。

齐一铭愣了一下。

他寻思阳台离客厅可有一段距离，关沛用的还是“我的一个朋友”，可他转念一想，可能是自己刚才的笑声太大了，小朋友多多少少地听到了一些。

“对对，聊了聊你们平时直播的内容。”齐一铭尴尬地干笑，赶紧把话题一转，“哦对了，祝你生日快乐哦弟弟，二十二岁真好哦，梦一样的年岁，花一样的青春……”

李乃幼小声地说了谢谢。

齐一铭以为自己已经糊弄过去了，刚要松一口气，就听见李乃幼又轻轻地开了口：“他是不是，在我生日那天的晚上，就已经回来了呀？”

齐一铭寻思这小外国人也太精了吧。

齐一铭调整链接的手僵了一下，笑容也微微凝固。他一时不知道如何作答，只能在心底暗暗祈祷关某人快点过来帮自己解围。

看到齐一铭的反应，李乃幼也算是明白过来了。

“我前天晚上，喝得有些多，有些事情记不清了。”李乃幼抿了抿嘴，又有些忧心忡忡地仰起脸，问，“他有没有和你说我们之间发生了什么？比如，我是不是……做错了什么事情啊？”

就在齐一铭汗如雨下地想着要怎么编才能把这事儿给糊弄过去时，关沛很凑巧地端着保温杯进来了。

三人面面相觑，一时无言。

关沛皱起眉头，问：“怎么了？”

齐一铭松了一大口气，李乃幼则是抿了抿嘴，有些不太自在地移开了目光。

“我先撤啦，朋友们，我今天得去看我妈，她老人家突然想喝旺仔小牛奶。我链接都已经挂好了，就看你们的了。”齐一铭给关沛疯狂使眼色，并且飞速向后撤退，“麻烦二位，告辞了！”

齐一铭像风一样，离开得没有任何痕迹，李乃幼却愈发局促不安起来。

李乃幼不敢对上关沛的视线，关沛也没明白李乃幼又在打什么算盘，俩人沉默地坐下，关沛小酌三口热茶，开了直播。

因为关沛是年度风云之星，他的直播间被官方安上了一个炫酷的七彩边框，头像框上也多了个金色的王冠，并且官方给予了他一个月内开播会有全平台通知的特权。

观众们三四天没看关沛的直播了，一时间“黑桃一哥”“风云之star（星）”热热闹闹地刷了满屏。

“气派！”

“好家伙，这直播间的动感特效给我整傻了，这就是游戏区一哥的待遇吗？关沛快给我看看你的奖杯！”

“哦哦，对了，‘人美二胡甜，李乃幼生日快乐’的话题，大家记得给弟弟刷起来啊！”

“看到弟弟还活着，我是真的松了一口气。关沛你还是快把孩子关好吧，以后酒水、汽油、明火都别放在能碰到的地方了……”

关沛和李乃幼默契地同时沉默了一会儿。

最后还是关沛先开了口，他叫李乃幼三百六十度展示了一下风云之星的奖杯，自己也同时把齐一铭的店铺链接给挂了上去。

关沛这边简洁利落地介绍着产品，李乃幼还是干起了老本行，捧着零食，认认真真地在一旁鼓着脸做现场试吃。

后来俩人又打了几局游戏。

不知道是不是关沛的错觉，他总感觉今天的李乃幼似乎有些心不在焉，几局下来打得不能说拉胯，但是都无功无过，没有发挥真实水平的一半。

在又一次团战空了整套技能间接导致水晶被推掉之后，李乃幼萎靡不振地慢慢放下了手机。

“对不起。”他很自责地和观众们道着歉，“我……我今天状态不太好，而且我的手好像有一点点冷，我还是继续给大家画 ID 吧……”

弹幕刷了一连串的理解和保护，有人说“没事儿，几天没玩肯定手生了嘛”，也有人说“关某人你还不赶紧把空调给孩子打开”。

然而事实是，空调温度早就调到了最高，屋子里已经暖和得像个蒸笼了。

关沛将视线投向李乃幼，李乃幼也愈发心虚。

李乃幼低着头，慢吞吞地把自己的画笔和画纸从抽屉里拿出来，小声地和关沛说：“我先画画啦，你……你继续打吧。”

“今天的任务做完了。”没想到关沛也跟着关上了手机，若无其事地说，“你画吧，我看着你画。”

李乃幼：“……”

正好有粉丝刷上了飞机，李乃幼也开始手忙脚乱起来。他胡乱地应了一声，捏着画笔刚想在纸上起个稿，结果第一条线就给画扭曲了。

李乃幼彻底慌乱。

身旁的关沛没说话，只是给李乃幼又递了支笔，李乃幼只能硬着头皮，磕磕绊绊地接过笔开始画。

弹幕也开始调侃起来。

“老板监工。”

“像极了小时候被爸爸盯着写课外班作业的我。”

“关某人你在干吗？你在看画还是看人？我总觉得弟弟快被你吓哭了……”

李乃幼画得心不在焉，效率也有些低，一幅画就用了差不多半个小时。

关沛也没说话，就这么安安静静地给他递了半个小时的笔。

“今天先下了，明天多播俩小时。”最后，关沛冲着屏幕扬了扬下巴，又指了指身旁蔫巴巴举着画的李乃幼，“我给这位补过个生日，员工福利，你们谅解一下。”

在弹幕一片“哈哈哈”和问号中，关沛直截了当地下了播。

俩人都安静了一会儿。

李乃幼低着头吭哧吭哧了半天，最后还是先开了口：“哥哥，我有话想和你说。”

正巧，关沛也不愿意继续这么演下去了。

他觉得所谓的铺垫已经够长了，他自己演得不自在，李乃幼估计也感觉别扭，那么还是直接挑明来得痛快。

他看着李乃幼，微微颔首：“巧了，我也是。”

李乃幼抿了抿嘴：“我……我想先说。”

“你那天晚上，是不是回来了？”李乃幼没有胆量和关沛对视，他只是低着头，小声地开了口。

关沛停顿三秒，点头。

李乃幼露出了气馁的表情。

关沛还没琢磨明白这人是想搞哪一出，李乃幼就突然抬起头。他睫毛微颤，盯着关沛的脸看了好一会儿，耳根子却慢慢地红了。

然后李乃幼又低下了头：“我那天是不是……是不是做了什么？”

关沛这回是真的愣了一下，他在想，原来这人什么都没忘？那这两天这人是在装傻充愣，耍他玩儿呢？

关沛皱眉，却发现李乃幼的表情是那种带着小心翼翼的试探，还有一丝丝的懊恼。

他才意识到这人可能真忘了，只是误打误撞地猜中了。

——倒是真够聪明的。

关沛的沉默像是无声中证实了什么，李乃幼顿时露出一副“我就知道”的表情。

他一下子就变得很沮丧，半晌，他失魂落魄地垂下眼帘，轻轻地说：“我知道了。”

关沛一头雾水。

“我知道了。”李乃幼扯出一个有些牵强的笑，“但是没关系的，我会接受你的任何决定，所以你真的不用这样补偿我的。”

李乃幼想让自己的表情变得轻松一点，可是他的鼻子突然变得好酸。

他突然抬起手揉了揉眼睛。半晌，他瓮声瓮气地说：“我其实，很早就做好这样的准备了。”

关沛一直没说话。

“你不要担心，我不会带给你任何麻烦的，我自己也很坚强的。”李乃幼感觉自己的眼眶又很没出息地开始发烧，吸了吸鼻子，又说，“所以你就像以前那样对我就好，你……你不用补偿我任何东西的，也不用……也不用这么特意地对我好的。”

“你……你就把那天的事忘掉，好不好？”李乃幼问。

李乃幼终于鼓起勇气抬起头直视关沛，然而他发现关沛周身的气压好像突然之间变得很低。

李乃幼蒙蒙地睁大了眼。

然后他就听到关沛说：“不好。”

关沛在男孩的脸上看到了很明显的难过与不安。

明明嘴上说着“没关系的”，那双漂亮的棕色眼睛却慢慢氤氲起了星点水汽，他就这么红着眼强颜欢笑。

关沛感觉自己快要被气笑了。

“李乃幼。”他一字一句地说，“你是真的想把我气没。”

李乃幼这边本来正伤感到无以复加——他努力憋着眼泪，想着自己一会儿回房一定要记着拿纸巾和咖啡味冰激凌，还要抱翠菊，不然今晚自己的泪水可能会淹没整间卧室。

关沛看着李乃幼脸上的表情，突然点了点头。

“行。”关沛说，“你忘了，那我就一点点地帮你记起来。”

他拉着李乃幼，直接往厨房里走。

李乃幼踉踉跄跄地跟着关沛来到冰箱前，然后他眼睁睁地看着关沛拉开冷冻区的门，从底层取出了一只冰冻甲鱼，丢在了他的怀里。

“这是什么？”关沛问。

李乃幼呆住了。

“是小乌龟……”李乃幼看着手心里冰凉的一坨，又茫然地抬眼观察了一下关沛的脸色，随即又谨慎地改口，“turtle？或者是tortoise？”

关沛是真庆幸自己昨天没把这只王八煲汤喝了。

他深吸了一口气，又说：“思考一下你们之间的联系。”

李乃幼努力地回忆了一下，他的脑子里确实断断续续地闪回了一下有关那晚的模糊的记忆碎片，记忆里好像确实有这只乌龟的存在，但是记忆始终无法拼凑成型。

于是他心虚地小声嘀咕：“我们……我们都会游泳……而且我们身上都有肉，但是我的脂肪要比它的多一些，不过它会冬眠……”

李乃幼没敢再说下去，因为他发现关沛脸上的戾气好像更重了。

半晌，关沛点了点头。

他没说话，只是把甲鱼丢回冰箱，又沉默着洗了一下手，随即便头也不回地大步走出了厨房。

李乃幼呆了一会儿，手足无措地跟了上去。

关沛回了刚才直播的房间。

“会有八到十厘米左右的误差，但是你大概站在这里，抱着你那块杰尼龟蛋糕，说特地给我留的杰尼龟的头部。”关沛指着电竞椅前方的一片空地，突然回过头看着李乃幼，问，“还记得吗？”

李乃幼呆滞了一会儿。

“我真的不记得这件事了……”李乃幼蔫蔫地盯着自己的脚尖，又时不时偷瞄关沛几眼，声音越来越小，“但是我当时确实是想把头部留给你的，因为他们家的黑巧克力酱真的很好吃。”

空气似乎又要凝固起来。

李乃幼看着关沛突然抬起手。

然而李乃幼没懂关沛的意思，茫然地“啊”了一声。

关沛的目光依然直直地落在李乃幼的脸上，李乃幼感觉他好像在沉思。

十秒后，关沛后退几步，回到了房门口。他把屋子的灯光调暗，窗帘拉上，台灯打开，电脑关掉，电竞椅也被拖到了角落里的位置。

“现在是一样的布置，一样的灯光。”

李乃幼完全不明白关沛话里的意思，只能愣愣地看着关沛一步一步地走近，看着关沛张开手臂，给了他一个拥抱。

李乃幼的眸子倏地睁大。

“先是那只冰冻王八，然后是你说的什么 Mr. Benedict，再是杰尼龟蛋糕，最后是这个。”关沛心平气和地说。

“李乃幼，你记起来了吗？”关沛问。

李乃幼已经要晕了，脑海里的逻辑已经乱成了糊糊，他唯一能做的就是愣愣地看着关沛的眼睛。他嗫嚅着，却又不知道该说些什么。

关沛很轻地叹息了一下，淡淡地说：“你慢慢想。”

“我有得是时间。”他说，“我可以陪你一次一次地重来，直到你想起来。”

第12章 撒谎

罗森：

谢谢你给我的生日祝福，这个生日我真的过得很开心很开心，比我第一次办画展还要开心一万倍。

关送给了我一座山，山上还有水和藻类。因为家里有了小猫咪，所以水里不能养鱼，但是我已经很满足了。

然后，然后就是，我和他已经说开啦。

我过两天会再给你发邮件的，关现在正在叫我吃饭，我已经闻到了味道，他一定是点了我很喜欢的那道酸酸的鱼鱼。

啊对了，前两天媞娜也给我发了一封祝福邮件，我回复了她，但是她没有再回复我，如果你能够见到她的话，就替我向她问好吧。

Neo

李乃幼都蒙了。

关沛偏过脸，轻咳一声，说："太晚了，先去睡觉，有什么事儿明天再——"

"你可不可以……可不可以再说一遍啊？"李乃幼仰起脸，有些着急地央求道，"那天晚上的事情我真的记不住了，可是、可是我真的很想再听一遍。"

站在房门前的关沛顿了顿。

"不好。"半晌，关沛说，"这是你把这件事忘掉了的惩罚。"

李乃幼既兴奋又懊悔，但关沛这晚其实也没怎么睡好。

李乃幼把事儿全忘了，这点确实可恶，关沛同时也反思了一下自己的问题。

他在想，自己的性格和说话方式是不是也存在一些问题。

关沛觉得，自己也是时候做出一些改变了。

然而，第二天早上关沛一打开房门，刚想征求李乃幼对早餐的想法来作为自己迈出的第一步，就看见李乃幼耷拉着眼睫，正坐在小板凳上敲核桃。

他的身旁放着齐一铭前阵子“进贡”的核桃，地上还很讲究地铺上了一张旧报纸，用来装碎掉的果壳。

李乃幼用工具努力而笨拙地一颗一颗地敲着手里的核桃，敲完一颗就往嘴巴里塞一颗。

然而他嚼的速度赶不上剥的速度，所以不一会儿他的腮帮子就变得鼓鼓囊囊，像是一只准备囤粮冬眠的松鼠。

关沛沉吟半晌，问：“你不怕上火？”

李乃幼愣愣地抬起了头。

“他们说核桃长得很像脑子，所以可以补脑。”李乃幼捧着手里的核桃果仁，很忧郁地说，“如果我多吃一点，也许就可以回想起那天晚上的事了……”

沉默半晌，关沛说：“那你慢慢想。”

俩人其实都装了一肚子的话想要说。

关沛在屋子里剪视频的时候也心不在焉，他故意把门留了一条缝，时不时地偷瞥一眼外面敲核桃的男孩。

中午的时候，关沛特地在外卖软件上点了李乃幼平时很爱吃的酸菜鱼，他觉得自己是真的需要说些什么了。

俩人沉默地坐在餐桌旁，关沛斟酌着要如何开口。

然而他还没开口，李乃幼就含含糊糊地问：“现在我们是不是可以不用分着用冰箱了，我可不可以去你的房间画画——”

关沛：“……”

李乃幼这一出来得太突然，关沛方才组织的全部语言哽在喉咙里不上不下，半晌，他放下碗筷，有些狼狈地起身逃离到厨房洗碗。

李乃幼蒙蒙地眨眼。

他在想自己是不是问得太多了、太急了，所以哥哥现在有些不好意思了。

李乃幼吃掉碗底的最后一粒米，乖乖地拿起桌上剩下的碗碟，也来到了厨房。

关沛背对着他洗碗，李乃幼抿了抿嘴，感觉关沛可能还是在为他把那晚的事情忘掉而生气，于是一时间又有一点发蔫。

刚才的酸菜鱼很香，但也确实有一点辣，李乃幼慢吞吞地打开冰箱，想喝一口自己的香蕉牛奶。

然后李乃幼愣住了。

冰箱的空间原本被分配得很清晰，上面两层属于李乃幼，下面两层属于关沛，只有侧面的酱料区是两个人共用。

然而此时的冰箱里却是另一副样子：俩人所有的东西都混放在了一起，李乃幼的香蕉牛奶被放到了属于关沛的下层，关沛前两天刚买的那盒鸡蛋放在了属于李乃幼的上层。

而且东西放得有些凌乱，像是来不及摆放整齐就被很仓促地关上了冰箱门一样。

李乃幼猛地回头，直勾勾看向了身后洗碗的关沛。

“我也……没有这种经验。”关沛犹豫着开了口。

关沛背对着李乃幼洗着碗筷，李乃幼看不见他的神情。

半晌，关沛停顿了一下，关上了水龙头，似乎有些不自在地重新开口：“冰箱的布置我刚才调整了一下，你想画画可以随时来我的房间，想要——”

“你可以再说一遍吗？”李乃幼呆呆地问。

这就属于得寸进尺了，关沛认为自己并不能助长这种不良风气，于是他选择了装听不见，自顾自地把碗筷装到柜子里。

然而李乃幼却嗒嗒嗒地跑过来，站在他身后。

“我很开心，哥哥。”李乃幼小声地说。

关沛“嗯”了一声。

“你平时看起来对什么事情都不在乎，可是昨天又给了我一种很不一样的感觉。”半晌，李乃幼突然得意扬扬地问，“所以哥哥，你这两天，是不是一直很着急啊？看来你一定是很在意我的。”

关沛：“……”

见关沛一直没有说话，李乃幼愈发得寸进尺起来。

男孩身后的大尾巴晃啊晃，他绕到关沛面前，眨眨眼，喜气洋洋地追问道：“所以你觉得我哪里好啊？是不是因为……”

是因为我的画技好吗？还是因为我游戏打得不错？又或者只是觉得我的性格好？不过不管是哪个我都可以理解的，嗯嗯。

李乃幼飘飘然地想。

关沛：“……”

关沛感觉这人是真的很会蹬鼻子上脸，而且他似乎有那么一点点嘚瑟过头了。

李乃幼还在兴冲冲地等待关沛的答案。

关沛意识到，自己有必要来说些什么，去压一压这人的得意劲儿了。

“可能是当时穿着破破烂烂的T恤，把碗里每一粒米都吃得不剩，骑着共享单车来我家直播的你比较令我印象深刻。”关沛垂下眼帘和李乃幼对视，半晌，漫不经心地答道，“所以我想，可能是你的勤俭持家让我在意吧。”

李乃幼脸上的笑容慢慢地凝固。

李乃幼承认自己慌了。

其实，从小到大，对于自己的家庭情况，李乃幼一直都处于一个比较懵懂茫然的状态。

让他真正意识到自己家里好像有那么一点点富裕的契机，可能还是因为自己初中时的一份美术作业。

那份作业的要求是找家里一些废弃的布料配饰重新拼装成一件新的设计作品。

可能因为家里被用人打扫得太干净，十四岁的李乃幼在他们家的大宅子找了两个小时，始终一无所获。

于是李乃幼最后不得不向自己的妈咪求助。

这位优雅的英国女士沉思了一会儿，然后很慷慨地把自己的一些过季珠宝和衣裙找了出来，提供给自己的宝贝儿子创作。

于是李乃幼认认真真地画了草图，和罗森拼拼装装了好久，又叫 Rebecca 一起帮忙裁剪，最后做出了一条很漂亮的、边角被宝石点缀的丝巾。

第二天，李乃幼高高兴兴地捧着这条丝巾去了学校。

然后他人生中第一次被请了家长。

其实当时的李乃幼还难过了好一阵子，因为他真的觉得自己做的这条丝巾很好看。

李乃幼的妈咪回家后什么都没有说，只是很温柔地对李乃幼说："Neo，从此以后，你再也不需要上学校里的美术课了。"

从此以后，每周都会有专门的私教到家里对他进行单独的辅导，李乃幼可以用最好的颜料、最好的材料，来完成他脑海里任何的构想。

李乃幼感觉自己并不算花钱非常大手大脚的人。

但是他同时也很清楚，自己依然与关沛口中的"勤俭持家"还有一些距离。

李乃幼也意识到，可能是自己初到中国时的一些行为让关沛对自己的家境产生了那么一点点的误解。

李乃幼会为了吃油条而产生买下整个张记油条店的想法，但他也会因为共享单车方便省事而骑上整整一个月。因为他想要的只是最舒服、最适合自己的生活方式。

李乃幼现在有些不知所措了。

如果自己事实上并不是关沛认为的那个样子……李乃幼根本就不敢往下面想。

现在是快要入冬的时节，李乃幼搬进关沛家时只带了夏秋的衣服。

就在前几天，操碎了心的老管家罗森找李乃幼要了他现在的住址，给他邮了一些当季的衣服。

李乃幼给地址的时候并没有过脑子。

此时此刻的他，只能殷切地祈祷罗森在寄包裹之前已经把那些衣服上的吊牌都摘掉了。

而且当时罗森在邮件里表现了他对换季时期无与伦比的焦虑，李乃幼估计他寄来的量也不会太少。

李乃幼这辈子都没有这么愁过。

他蔫蔫地捏了捏翠菊的脸颊，又拍了一下它圆滚滚毛茸茸的屁屁，半晌，他喃喃道："要不，吹橘，你分一些你的毛给我吧。"

翠菊："……"

与此同时，关沛在家门口收到了一个巨大的包裹。

关沛皱着眉看着上面的一串英文，寻思着这个重量和大小，怎么都不像是自己给关翠菊买的自动猫厕所。

关沛喊了李乃幼一声，李乃幼茫然地在客厅里应了一声，问怎么了。

"应该是有人给你寄了包裹。"关沛辨别着纸箱上的信息，说，"好像叫什么 Lawson Jones 寄给你的，我看眼地址……"

李乃幼突然睁大眼睛。

他连滚带爬地从沙发上下来，抢过关沛面前的箱子。因为跑得太急，他一时间都有些站不稳，只是抱着箱子磕磕巴巴地说："这、这确实是我的快递。"

关沛一脸疑惑。

李乃幼一时卡壳，因为此时此刻的他意识到，自己好像并不能说出“管家”这两个字。

于是李乃幼抱着箱子，支支吾吾地给罗森安排了另一个身份：“这个是……是我在英国的……同学，他给我寄的一些东西。”

关沛沉吟半晌，精准地抓到了他话里的漏洞：“你同学知道我家的地址？”

一时间，李乃幼汗如雨下。

“我们关系很好。”李乃幼吭哧吭哧地扯谎，“我一直有和他联系，所以他知道我在中国，然后……”

关沛一直没说话，李乃幼偷偷摸摸地向后挪动，想把箱子藏在自己的卧室里，拖到晚上再拆。

“拆开看看。”关沛突然说。

李乃幼：“……”

前两天还在盼着早日到达的过冬衣物，此时在李乃幼的眼里就和定时炸弹没什么两样。

在关沛冷静的注视下，李乃幼只能战战兢兢地把胶带掀开，小心翼翼地从缝隙中往箱子里瞥了一眼。

然后李乃幼长舒了一口气。

里面确实装了不少衣服，不过好在罗森真的很了解李乃幼，他在这堆衣服的顶部还放了三盒点心，是李乃幼在L城时每年冬天都要吃的定制罐装曲奇。

“他送了我一些零食。”李乃幼故作镇定地把曲奇罐拿出来，放到关沛的手里，企图转移视线，于是又很大声地说，“尤其是这个曲奇，我……我最喜欢吃了。”

同时，李乃幼把箱子重新合上，不动声色地用脚把箱子慢慢地踹到了角落里。

关沛倒是没有起疑。

他端详着曲奇罐上精致漂亮的花纹，沉吟半晌，突然冷不丁地来了一句："你这个同学，还挺了解你的。"

"嗯……他是个很好的人。"李乃幼不明所以，只能一边含含糊糊地应付着，一边伸手去揭盒子边缘的胶带，"因为我和他认识很多年了……"

关沛又沉默了。

以为自己逃过一劫的李乃幼乐呵呵地打开了曲奇罐。他挑了很久，最后还是选出了一块最有代表性的蝴蝶酥，捧到了关沛的嘴边。

"很好吃的。"李乃幼的眼睛亮晶晶的，"我每年冬天都会吃很多，床头柜上都要放着一罐，你尝尝……"

关沛面无表情地别过头，淡淡开口："廉价。"

"哪里廉价……"

明明这家店的点心超级香，奶味超级重，而且超级贵。

李乃幼难以置信地仰起脸，看着关沛略微僵硬的侧脸，突然好像意识到了什么。

李乃幼的嘴角控制不住地上扬。

"好吧。"李乃幼故作失望地垂下了眼睫，小声地嘀嘀咕咕道，"那我先吃了哦，哥哥。说起来，我这个同学他已经结婚很久了，而且这个饼干的牌子，还是他的妻子当时推荐给我的，不过既然你不喜欢吃的话，那我就先……"

李乃幼微抬起手，正准备直接一口吃掉，沉默良久的关沛突然凑过来。他直接捏住李乃幼的手腕，转了个方向，把男孩手上的蝴蝶酥喂到了自己的嘴里。

然后关沛别过脸，若无其事地嚼了起来。

李乃幼计划得逞，只是笑盈盈地抬眼看他。

"味道一般，有点发绵。"半晌，关沛缓慢地开口，他瞥了眼身旁的李乃幼，又清了清嗓子，有些不自在地补充道，"因为你看起来很想让我吃。"

"嗯嗯。"李乃幼弯着眼睛说，"我想让你多吃一点啊。"

除了"勤俭持家"这件事来得比较突然，这两天可以说是李乃幼这一年来最开心的时光。

因为李乃幼能感觉到，关沛有在努力对自己好。

只不过因为性格，他的表达方式不是特别直接明了，却也充满了专属于他的个人特色。

比如，关沛很想在饮食方面对李乃幼示好，又死活说不出来“我想给你点点好吃的”这句话。

但是李乃幼曾在饭桌上亲口说过自己很喜欢吃他点过的一家酸菜鱼，于是关沛闷声干大事，连续点了三天酸菜鱼当作晚饭。

吃到最后，李乃幼感觉家里的空气都是酸菜味的，他怀疑关沛是在把自己当猫养，直到最后一天他才参破关沛这一举动的目的。

而且就连别扭的时候他也是笨笨的，自己一个人偷偷生闷气的感觉。

李乃幼觉得这样的关沛真的很可爱。

关沛倒是没注意到李乃幼哪里不对。与李乃幼的喜忧参半不同，他这一阵子的心情可以说是十分舒畅。

下午俩人一起开了播，关沛分析了游戏新版本的变动以及几个英雄的技能变动，李乃幼就在旁边乖乖地给他“捧哏”。

然后俩人开了游戏。

观众嚷嚷着想看关沛拿刚增强的突击射手石锅拌饭，李乃幼为了和关沛打配合，还是选了个能控的糯米藕。

关沛这边锁了英雄，瞥了一眼身侧男孩的屏幕，随口问了一句：“你有公测皮肤？”

关沛感觉李乃幼的表情似乎突然变得警惕起来。

“是、是之前返场活动偶然抽到的。”李乃幼小声地说。

关沛也没太在意，“嗯”了一声，只是叫李乃幼把技能换成更适合越塔强杀的干扰，又叫他换了个铭文调料再出门。

开局五分钟，俩人打得那叫一个舒服，观众们却就皮肤这件事热热闹闹地议论起来了。

“欸，真的欸，我记得除了这个，弟弟好像还有拿破仑的午日休憩。这些都是好罕见的皮肤哦，就算砸钱抽都未必能出啊，除非运气极好。”

“这有啥，肯定是关某人工资给得大气啊。”

“先不说这些啊兄弟们，俺也有糯米藕的公测皮肤，为什么俺的操作和弟弟的就是一个天一个地呢？呜呜呜……”

李乃幼战战兢兢地偷瞥着弹幕。

他的身边坐着坚信他十分贫穷的关沛，手上却还玩着自家公司做的游戏，李乃幼第一次感觉手机原来可以这么烫手。

下播之后，李乃幼磨磨蹭蹭了一会儿，决定先探探关沛的口风。

他用指尖戳了戳关沛的胳膊，很小声地问：“哥哥，如果我和你说，我很有钱，你会怎么想啊？”

“你是不是想涨工资了？”关沛沉吟半晌，说，“也不是不行，咱俩现在情况不一样了，确实可以考虑适当加薪，你——”

李乃幼急了：“不是啊，我是在说……”

“你手有点冷。”关沛看着李乃幼身上的薄卫衣，突然若有所思地开口道，“周末带你去买点过冬的衣服。”

不知道是不是错觉，关沛发现，李乃幼在听到“买衣服”这三个字时，身子微不可察地颤抖了一下。

李乃幼支支吾吾地应了一声，从自己的电竞椅上慢吞吞地起身。

李乃幼含含糊糊地又一次试探道：“我真的不穷的。”

关沛是真不明白这人怎么开始和钱较起真了。

“好，我相信你。”半晌，关沛说，“我一直都知道，你特别有钱。”

李乃幼微微睁大了双眼。

关沛没有注意到李乃幼的神情，只是顺手抽走男孩廉价卫衣帽子上露出的线头，又继续轻笑着调侃道：“尤其是精神比较富有，是吧？”

李乃幼：“……”

李乃幼意识到这么下去也不是个办法，反而只会让关沛对自己的误会越来越大。

他现在要做的不是强调自己有没有钱、富不富有，而是要赶紧让关沛发现他身上其他的闪光点。

周末不用直播，在李乃幼一上午打了第十三个喷嚏后，关沛毅然决然地带着他去了市中心的商场。

如果一个人逛商场的快乐程度是十的话，那么和关沛一起逛商场的快乐程度大概就是一百。

俩人停了车，还没来得及坐上电梯，李乃幼就突然被负一层的一家猫咪咖啡店吸引，怎么也挪不动脚步了。

他蹲在猫咖的落地窗前，双手贴着玻璃，目不转睛地盯着里面的小猫咪看。

“你看，这只橘橘好像很喜欢这只白白。”李乃幼兴高采烈地指给关沛看，“它正在给它舔毛，它一定是想做它的对象——”

关沛对着那两只小猫咪的屁股蛋儿端详了一会儿。

“这是俩公的。”关沛说。

“哦哦。”李乃幼依然兴致盎然。

关沛感觉这人好像很喜欢一切有生命的东西。

之前录综艺时，他能对着酒店一楼里的水族箱看一个小时，前两天还用纸箱子给翠菊 DIY 了个可以装四季套装的衣帽间。

就连喝醉的时候，他脑子里想着的都是会动的王八。

关沛的视线落在男孩毛茸茸的棕色发顶上，心底在刹那间又变得十分柔软。

“这么喜欢小动物？”关沛问。

“嗯嗯。”李乃幼看得入迷，“只要不是虫子和青蛙，我都很喜欢。”

身后的关沛安静了很久，李乃幼眼巴巴看着两只小猫咪扭着屁股嗒嗒嗒地跑远，才恋恋不舍地垂下眼帘，说：“走吧。”

李乃幼转过身，却发现身后的男人已经不见。

关沛已经站到了猫咖门口，正在和门口的服务员说明就餐的人数。

对上李乃幼蒙蒙的目光，关沛不自在地轻咳一声：“走得有点累了，先休息一会儿。”

李乃幼愣了一会儿，露出虎牙，很开心地“嗯”了一声。

李乃幼感觉现在是个很好的展示个人魅力的机会。

他决定展现一下自己受小动物欢迎的程度，让关沛发现，他除了“勤俭持家”外，身上还有很多其他的优点。

李乃幼热情地弯下腰，刚想和自己脚边的小猫咪套个近乎，那只蓝猫就冷酷地从他的指尖穿过，无情地跳到角落里的南瓜窝上了。

关沛这边的情况却大不相同——他只是双腿交叠，平静地坐在沙发上，不一会儿就有一只温顺的布偶猫主动凑过来嗅他的裤腿，然后又有一只黏人的橘猫跳上了他的膝盖，企图往他的怀里拱。

李乃幼快要哭出声了。

可能关沛天生就是这种很受动物欢迎的体质，李乃幼羡慕得不行，盯着他腿边的、桌前的，还有怀里的小猫咪，眼里的渴望快要化作实质溢出来了。

关沛却觉得，面前直勾勾看着他的男孩，倒更像是一只晃着尾巴想要吃鱼的小猫咪。

关沛把自己怀里沉重的橘猫放到了李乃幼的怀里。

李乃幼愣愣地眨了眨眼。

“还想要哪只？”关沛说，“我帮你捞。”

于是接下来俩人的分工就比较明确了——李乃幼选择他想要“吸”的那只小猫咪，关沛就负责去“勾引”，把小猫咪“勾引”到手之后交到他的怀里，李乃幼就会很满意地把脸埋到小猫咪的耳朵和肚皮开始狂吸。

半个小时后，猫咖里的猫几乎被李乃幼顺了一遍。

“希望吹橘可以宽恕我，我回家立刻去洗澡。”走出猫咖的时候，李乃幼一边努力摘掉自己身上挂着的猫毛，一边又很愧疚地说，“在我的心里，它永远是我最喜欢的那只小猫咪。”

关沛今天逛街最主要目的还是要让李乃幼那仿佛怎么也穿不完的神奇宝贝卫衣永远消失在他的世界。虽然被李乃幼带偏了一小会儿，但他还是没忘了正事。

俩人上了楼，关沛一家一家地筛选，然后给李乃幼挑了一件白色的毛衣叫他去试。

关沛的眼光很好，毛衣的质地柔软舒适，李乃幼从试衣间出来之后乐颠颠地想给他展示，却发现他人不见了。

他茫然地左顾右盼，发现关沛站在店铺外，正在接一通电话。

李乃幼侧着耳朵好奇地听了一会儿，然后发现自己竟然一句话都没听懂。

关沛刚挂掉电话，就看见了穿着崭新的白色毛衣，看起来格外乖巧的混血男孩。他心下一动，刚想说些什么，李乃幼似乎是很难以置信地开了口——

“哥哥……”

李乃幼喃喃道：“你原来还会说阿拉伯语？”

回到家的李乃幼看起来有些气馁。

虽然关沛给他买了很多衣服，但李乃幼第一次知道中国话除了有四字成语、歇后语、古诗、古词，还有这么多种类的方言。

李乃幼听不懂，这让他感觉自己好像离真正的关沛又远了一点点，所以他想要做些什么把他们的距离重新拉近一点点。

李乃幼感觉关沛好像很喜欢他刚才穿的那件毛衣，于是他换上了这件毛衣，抱着画板，敲了敲关沛的卧室门。

关沛刚换了睡衣，正单手系着扣子，平静地用眼神表示了自己的疑问。

“我……我感觉你屋子里的灯光比较好。”李乃幼支支吾吾地说，“最近官方有一个玩家设计皮肤大赛，我想画一个辣子鸡的皮肤。灯光会影响我对颜色的选择，所以我……我可不可以在你的屋子里待一会儿啊……”

两个屋子的灯泡瓦数是一模一样的。

关沛沉吟半晌，还是示意李乃幼进来。

李乃幼画了两笔就露出了真正的嘴脸，他时不时地抬眼偷看关沛，后来干脆把笔撂下，托着下巴盯着关沛的脸看，就差把自己的目的直接写脸上了。

“休息吧。”

李乃幼这才缓慢地“哦”了一声。

李乃幼安静了会儿，突然说：“上一次睡在这里的时候，你这个人对我还好凶好凶的。”

李乃幼含糊不清地说：“你还非要和我玩那个问问题的游戏……”

关沛沉吟片刻。

“主要是因为有个人怕打雷，一直拽着我的被子不撒手。”关沛漫不经心地说，“话说回来，这人是谁来着……”

李乃幼恼羞成怒。

他捂住关沛的嘴，看着关沛那双带着淡淡笑意的眸子，半晌，又松开手。

“我现在又想玩这个游戏了。”李乃幼小声地说，“我先问。”

关沛眼底带着笑意，示意“您请”。

“你的家，住在哪里啊？”李乃幼吭哧半天，终于把自己耿耿于怀一晚上的事情问出来了，“你们平时都这么说方言的吗？那你小时候岂不是很辛苦，每天都要学两种话说……”

关沛：“……”

“和你家差不多。”关沛捏了捏李乃幼脸颊上的肉，淡淡开口，“不过我们家不在海边，是在偏北方的一个村镇里，比较冷。”

李乃幼有些茫然，嘴巴张张合合，刚想澄清说“我们家也不住海边的村子里啊”，可是关沛就这么继续说了下去：“方言的话，主要是小时候和家里人说，上学之后就主要说普通话了。”

李乃幼恍然大悟地“哦”了一声。

“我以后也要学你们的方言。”他小声嘀咕道，“而且我现在中文进步很多了，我从咱们观众发的弹幕里学了好多好多的成语。”

“他们总夸我的二胡拉得是什么……天籁之音。”李乃幼努力回忆着，又有点腼腆地笑了笑，“说听完了会……会大脑充血，我都有点不好意思了。”

关沛：“……”

关沛：你有没有想过他们可能并不是在夸你。

“你呢？”半晌，关沛问，“英国的小蛋糕不好吃吗，为什么会来中国？”

李乃幼却很久都没有说话。

“因为我做了一个选择。”

半晌，李乃幼给了一个不是很像答案的答复。他打了个哈欠，泪汪汪地，缓缓地闭上了眼睛。

就在关沛以为李乃幼已经睡着了的时候，男孩又突然很轻很轻地说：“事实证明，这个选择是对的。”

在关沛拿到风云之星的一个月后，邵吉心灵上的喜悦与满足全部体现在了自己愈发圆润的身材上。

关沛正在帮李乃幼丰富他的成语库，邵吉美滋滋地分享着这一个月发生的喜事。

“两个字，舒坦。”邵吉眉飞色舞地说，“三个字，很舒坦。四个字，老舒坦了。我前两天去公司总部，大家看我眼神都不一样了……”

关沛说：“记下来，这个叫作得意忘形。”

李乃幼“唔”了一声，在小本子上很努力地记了起来。

邵吉全当没听见。

“不过你们猜，最恶心的是啥呢？”邵吉啧啧道，“老蒋那边的团队好像也发现漂亮美眉不顶用了，最近也给他找了个清秀的男大学生，天天在直播间里拉小提琴。”

“人家大学生没啥问题，但是老蒋肚子里的那点墨水你也知道，估计歌单里只有《爱情买卖》和《酒醉的蝴蝶》。”邵吉幽幽叹息，“俩人的对话可以说是驴唇不对马嘴，据说一点儿化学反应都没有，尬到让观众脚趾抠地……”

关沛颔首，继续指挥李乃幼记下笔记，说：“这叫东施效颦。”

这种级别的成语对李乃幼来说已经地狱难度了，他面露难色，艰难地跟着重复道：“懂事小瓶？”

于是关沛接过笔，替他把字写上。

李乃幼蒙蒙地看着关沛把字写完，又仰起脸，小声地活学活用道：“哥哥，我‘急肠乳乳’了。”

“饥肠辘辘。”关沛放下了笔，说，“刚给你点了鸡腿面，一会儿就送到。”

邵吉看着俩人现在这样儿也是感慨。

“还是邵哥我眼尖，一眼就看出来你俩一起播必有大爆的潜力……”邵吉摇头晃脑，“我当时就说——”

门铃响了。

“我去拿面，你们继续学习，咱国家的文化传播最重要。”

邵吉一边打开门，嘴也没停下来：“不过沛啊，你点的是不是××路上的那一家——”

然后邵吉的声音戛然而止。

门口似乎传来了俩人交谈的声音，关沛只听见邵吉磕磕巴巴地来了一句：“sorry 哦，my English 不太行，老人家您 wait 一下……（对不起哦，我的英语不太行，老人家您等一下……）”

“关沛你小子快给我过来！”下一秒邵吉探了个头过来，火急火燎地问，“你究竟点的是什么餐厅的鸡腿面？”

关沛一怔，也看向了门口。

然而门口站着的不是拿着鸡腿面的外卖小哥，而是一个穿着得体优雅、蓝眼睛灰头发、戴着无框眼镜、面无表情的外国老人家。

关沛一时间也没反应过来。

本来饿到有些发蔫的李乃幼却倏地睁大了眼睛。

他猛地站起了身，似乎是不敢相信自己的眼睛，直接跑到了门边。与门口的老人对视三秒，他有些踉跄地后退了一步。

状况外的邵吉茫然地左看右看，关沛也跟着起了身，眉头微微蹙起。

“罗森……”

关沛听到男孩似乎有些艰难地开了口。

李乃幼眼睫微颤，似乎深吸了一口气，半晌，他才轻轻地说：“好久不见。”

李乃幼感觉自己的一颗心都快不会跳了。

“罗森，你为什么会来到这里……”李乃幼站在楼梯间里，一边小心地瞥着门口的动静，一边气若游丝地质问道，“你是什么时候飞过来的？你为什么不提前告诉我……”

和李乃幼的崩溃不安截然相反，罗森看起来十分冷静。

“Neo。”罗森说，“你已经有四天没有回复我的邮件了。”

李乃幼被噎了一下，有些心虚地低下了头。

并不是他不想回复，而是因为这阵子罗森一直在邮件里催促着让他回家，李乃幼根本就不知道该如何回复。

“其次——”罗森继续说，“还有几周就是圣诞节了，你已经离家出走了足足六个月，准确地说是一百七十三天，夫人希望你可以回一次家。”

“最后，也是出于 Rebecca 的个人考量，她希望我可以亲自看一眼你的情况。”罗森的语气顿时又变得有些忧虑，“Neo，我并不会随便通过外貌来评价一个人，但是我认为他需要适当地提升一下他的英语水平。”

罗森把开门的邵吉错当成了关沛。

“你认错人啦……”李乃幼蔫蔫地说，“他的英语其实很好的——你……你现在住在哪里啊，你带你的降压药了吧，你有没有和妈咪说你过来了……”

“我就住在附近的酒店。”罗森说，“夫人知道我的行程，大家都很想你，我可以给你几天的时间来收拾，飞机的话……”

李乃幼低头看着自己的脚尖。

他说：“我不会回去了，罗森，至少不是现在。”

罗森镜片后的蓝眼睛深邃而平静，他没有说话，只是安静地盯着李乃幼的脸看。

“我不是在玩闹，也不是在发脾气。”李乃幼仰起脸，很认真地说，“我很喜欢这里，我也确实找到了我喜欢做的事情，我每一天都过得很开心。”

“Neo，你当时说你很喜欢吃我做的鱼，你说你愿意吃一辈子。”罗森很耐心地陈述着，“但是事实就是，在我每次都会换不同口味的酱汁的情况下，你只吃了一个月就腻掉了。”

李乃幼吭哧吭哧：“还不是因为……因为后来你每次都会在鱼上面放胡萝卜泥……”

“你需要摄入足够的维生素。”罗森很严肃地说，“而且……”

身侧电梯门突然打开，穿着蓝色工作制服的外卖小哥拎着三份热气腾腾的鸡腿面从天而降。

李乃幼抿了抿嘴。

他直接拦截住了准备按门铃的小哥，接过了外卖，礼貌地说了谢谢。

罗森的视线落在塑料袋里的汤汤水水上，没有做出任何言语上的评价，但李乃幼从他的眼里看到了很强烈的不赞同。

“是因为我很喜欢吃。”于是，李乃幼解释道，“他其实并不是很喜欢吃外卖，但是我们都愿意做出一些改变。”

“罗森，我知道，如果我回去了，我可能就不会很容易地回来了。”

李乃幼自顾自地扯开话题，“我可以带你在这里玩几天的，中国真的很好很好，好吃的也很多。而且你知道吗，这里有一家便利店的名字和你的名字一模一样……”

罗森没有再说话。

与此同时，可能因为外卖显示了已送达，邵吉推开了房门。

邵吉先探了个头出来，他看见李乃幼手里的外卖，咧出了一个尴尬而客套的笑。

随即关沛也跟着走到了门前，用眼神询问着李乃幼究竟是怎么回事。

李乃幼深吸了一口气。

“这是我在英国的……邻居，你们可以叫他罗森。”李乃幼走了过去，把外卖交给了邵吉，含含糊糊地说，“我们的关系很好很好，他和他的太太刚好来中国旅游，然后就……就想着顺路过来看看我……”

罗森也跟了上来。

他听不懂中文，但是在李乃幼强烈的眼神暗示下，也只能迟疑而缓慢地点了一下头。

于是邵吉就真的信了。

他恍然大悟地“哦”了两声，为了表示自己对外国友人的欢迎，绞尽脑汁地憋出了一句：“那个啥，you are welcome（别客气）！”

罗森一脸疑惑。

李乃幼尴尬地低着头不敢说话，关沛的目光在李乃幼的脸上停顿了一下，他只是点了点头。

“既然已经来了。”关沛的目光微微偏移，他用英语对罗森说，“那就进来一起吃吧。”

李乃幼微微僵了一下。

罗森没有说话，而是偏过头，用眼神问询着李乃幼的意见。李乃幼抿了抿嘴，轻轻地点了一下头。

于是罗森还是进了屋。

邵吉和李乃幼兴高采烈地一起拆着外卖袋子，讨论着这回送的小菜是海带丝还是胡萝卜丝，关沛去厨房准备碗筷。

罗森和翠菊在门口对视。

蓝眼睛与绿眼睛对视十秒，最后翠菊还是在罗森犀利的注视下败下阵来。

它喵喵叫着，摇着尾巴跑到厨房，想找自己的主人来帮自己撑腰。

罗森这才淡淡地收回视线。他看向了茶几上的干花和杯垫，意识到这肯定是李乃幼的手笔，然后他又微偏过头，将视线放在了不远处的柜子上。

罗森盯着柜子正中间的那个水晶杯看了很久。

五分钟后，李乃幼从餐厅里探了个脑袋过来，喊罗森吃饭。

因为罗森来得突然，四个人只有三碗面，所以面条只能分在碗里吃。

李乃幼自告奋勇申请分面，然而在汤汁溅了一点到李乃幼手背的时候，罗森突然原地起立，直接把正在分鸡腿的邵吉吓得打了个哆嗦。

“请让我来吧。”他用英语礼貌地说。

邵吉人都傻了，最后半梦半醒地来了句“OK”。

然后他们三个人就这么端正地坐在桌子旁，看着罗森利落地将面条等量地匀在碗里，又用刀叉仔细地将鸡肉从鸡腿上干干净净地剔除。他将鸡腿肉分成等份，最后将蔬菜和在一起，十分整齐美观地码在了面上。

他用纸巾代替餐布托住碗底，单手背在身后，礼貌将面端到了每一个人的面前。

“请慢用。”罗森说。

邵吉的眼珠子都快掉碗里了。

李乃幼一时间大气都不敢出，小心翼翼地看了一眼身旁的关沛，才发现关沛正注视着面条上整齐排列的几根油菜，表情晦暗不明。

“你的这位邻居，他很讲究。”半晌，关沛说。

李乃幼忐忑不安地捏着碗边：“他……他是一个很有礼貌、很有教养的人，我们很熟，经常……经常会一起吃饭……”

关沛没有再接话。

李乃幼很爱吃鸡腿上的酥皮，关沛拿起筷子，把自己碗里一大半的鸡肉夹起来，放到了男孩的那一份面条上。

罗森微微眯了一下眼睛。

然后关沛又夹了一大筷子胡萝卜丝到李乃幼的碗里。

“如果要吃鸡肉的话，蔬菜也要吃掉。”他说，“蛋白质和维生素都要一起补充。”

李乃幼苦着脸，企图和关沛讨价还价，但最后还是抵不住那金黄酥脆的鸡肉的诱惑，只能小声地说“谢谢哥哥”。

罗森沉默地看着李乃幼小口小口地吃着碗里的胡萝卜丝。

半晌，他也低下头，看向自己碗里的面条。

罗森不太习惯用筷子，迟疑了三秒，用叉子卷起碗里的面条，缓慢而优雅地开始进食。

本来把面条吸溜得震天响的邵吉一时间也连大气都不敢喘了。

这顿饭吃得很安静，安静到李乃幼的心里有些发毛。

他在来自罗森和关沛的双重压力下，只感觉完全喘不过气。

放下筷子的那一刻，李乃幼意识到，不能再让这两个人在同一个空间里相处了。

“我想送罗森回一下酒店。”在厨房帮着关沛洗碗的时候，李乃幼央求道，“我们……我们已经很久没见了，我想和他多聊聊天。”

关沛顿了顿，说“好”。

李乃幼很高兴。

他以为自己还要给关沛解释很多，没想到这么轻易地逃过了这一劫，于是蹦蹦跳跳地跑出了厨房。

关沛顿了一下，然后打开了水龙头，缓慢地冲洗着碗上的泡沫。

半晌，他听见了关门的声音，应该是李乃幼和罗森走了。

又过了一会儿，邵吉没忍住，在厨房门口探了个脑袋进来。

“英国人就是讲究啊，小李的这个邻居也太绅士了，给我整得都不好意思大口吃饭了。”邵吉一边感慨着，一边抓了根香蕉，剥着皮说，“我看着人家这打扮举止是真的上流啊，一碗面条愣是被人家吃出了米其林的氛围……”

关沛没接话，只是面无表情地把碗一个一个擦干净，重新摞在了餐具架上。

罗森，Lawson。

Lawson Jones——关沛记得很清楚，当时李乃幼慌慌张张从自己手里抢走的巨大快递箱，上面就是这个名字。

眼神躲躲闪闪，言语前后矛盾，一会儿是关系很好的英国同学，一会儿又是带着太太来中国旅游的邻居爷爷——

关沛知道，李乃幼在对自己撒谎。

第13章 反转

李乃幼回到家后就变得有些古怪。

虽然这人平时就很爱撒娇，但关沛总感觉这人今天的甜度已经爆表了，可以说是达到齁嗓子的程度。

最后，李乃幼终于暴露了最终目的，可怜巴巴地说这是罗森第一次来中国玩。

“哥哥，我想明天带罗森去看一看U市的风景。”李乃幼的眼睛眨啊眨，他小声央求道，“我就旷工一天好不好？你就和观众们说我去健身了，罗森不会说中文，他哪里都去不了啊……”

关沛盯着男孩，没有说话。

李乃幼心里又开始有些发慌。

半晌，关沛却点了点头，又突然来了一个出其不意：“那他的夫人呢？”

李乃幼愣了一下。

他当时扯谎扯得起劲儿，却从没想过要怎么圆回去，顿时又有些手足无措起来。

“她……她想明天一个人去逛商场，所以……”李乃幼支支吾吾地开始无中生有，“所以我就想带罗森出去玩一玩，他一个人……一个人在酒店里好可怜的。”

然而，不知道是不是李乃幼的错觉，他总感觉关沛的目光里好像多了很多说不清的东西。

他明明只是沉默着盯着自己看，李乃幼的心里却莫名瘆得慌。

于是李乃幼又回忆了一下自己说过的话，感觉逻辑好像也没有什么问题，他只能心虚地垂下眼睫，讨好地捏了捏关沛的肩。

半晌，他听到关沛说：“好。”

“我送你们去。”李乃幼还没来得及高兴，就听见关沛淡淡地说，“正好我最近也播累了，请假一天就好，不用客气。”

李乃幼：“……”

第二天上午十点半，关沛开着车，和惴惴不安的李乃幼来到了罗森下榻的酒店，接上了罗森。

关沛和罗森都是沉默寡言型的选手，李乃幼一路上都坐立不安、手脚蜷缩，只感觉气氛隐隐有凝固成冰的形势。

U 市有不少知名风景区，但都在比较偏远的郊区，市区内最有名的景点只有一条河。

好在游客可以坐船游河，河上有座桥可以拍拍照、放放风筝，上面有些卖东西的小摊小贩。

李乃幼嘴上说是带罗森看风景，结果到了地方之后，玩得最开心的人却是他自己。

“哥哥！”李乃幼开开心心地捧着买来的风筝给关沛看，“你看，这上面的好漂亮好漂亮……”

关沛“嗯”了一声，告诉他：“这是锦鲤，代表好运。”

李乃幼似懂非懂，但丝毫不影响他的高兴。

于是他又乐颠颠地抱着风筝跑到罗森旁边，用英语变着味儿地翻译起来：“他说这个鱼的名字叫金妮，听说吃掉就可以变好运，罗森你要不要拍照给 Rebecca 发过去啊……”

关沛：“……”

罗森总觉得这鱼长得不像是能吃的样子。

他最后只是微微颔首，说：“Neo，你们先玩。”

李乃幼有些失落地应了一声，但是他转过身就乐颠颠地和关沛放起了风筝。

说是一起放风筝，但其实就是关沛一个人放，李乃幼在旁边兴高采烈地喊“加油”，一个劲儿地叫关沛把“金妮”放得比旁边的小猪佩奇再高一点。

罗森沉默地看着两个人的背影。

李乃幼是属于玩得最起劲，饿得也最快的那一类人。

关沛本来连粤菜馆都订好了，然而他不知道李乃幼今天中了什么邪，一个劲儿地央求着他，非要带罗森去尝尝罗森便利店里的关东煮。

罗森本人面色沉静，坐在后排并不发表意见，关沛实在拗不过，只能开着车找了最近的一家罗森便利店。

最后，三个人排了半天的队，一人抱着一杯热气腾腾的关东煮坐在车上，在一片雾气缭绕中沉默地开始进食。

李乃幼吃第一口就给烫到了。

他眼泪汪汪地吐出舌尖，哭唧唧地和关沛说“明明这个丸子之前不会爆浆的”。

关沛一时间无语又心疼，臭着脸重新下了车，去给他买饮料镇一镇。

李乃幼捂着嘴缓了一会儿，又偏过头，看向身侧正在眯着眼端详着鱼豆腐的罗森，卷着舌头严肃指导道：“罗森，你要蘸着汤汁快点吃哦，凉掉了就不好吃了。”

罗森说：“Neo，这只是一杯速冻食品。”

李乃幼装作听不见，他低下头，又小口地吸杯子里的汤。

“我昨天，看了一下你们的直播。”罗森似乎是踌躇了一下，最后还是重新开了口，“我虽然不太了解你弹奏的那个乐器，但是如果你对其他的管弦乐器有兴趣，我都可以帮你联系一下……”

“不用了，我其实很喜欢二胡。”李乃幼弯弯眼睛，又问，“怎么样？我的二胡拉得好不好？你喜欢我们的直播吗？”

罗森迟疑了一下，最终还是没去评价李乃幼那首惊天地泣鬼神的《荷塘月色》。

“看不太懂。”罗森硬邦邦地说，“但是那个游戏……”

李乃幼顿了顿，“嗯”了一声。

“他知道吗？”罗森问。

李乃幼的眼睫颤了一下，他垂下眼，用竹签在白萝卜块上戳出了一排排的小圆洞。

罗森安静地看着李乃幼的侧脸。

“你很依赖他。”罗森说。

李乃幼终于“嗯”了一声，他还是没有抬头，只是小声地重复了一遍罗森的话。

罗森说：“那就告诉他真相。”

白萝卜块上那一排小洞越来越密集，绵软的萝卜块最后还是断成两半，掉进了浓郁而热乎的汤汁里。

“我会的。”半晌，李乃幼闷闷地说，“我只是需要……需要一个很好的时机。”

罗森没再多说。

他终于拿起手里的一串海带丝，试探性地咬了一口，随即眉头微微蹙起。

“缇娜很好。”过了一会儿，罗森又说，“她剪了头发。”

李乃幼抬起头，“嗯”了一声。

“罗森，你还可以待多久啊？”李乃幼说，“我想带你看好多的东西，或者你想摸吹橘吗？上次你还没有摸摸它就走了……”

“会待一周左右，但是我不会再找你了。”罗森说，“Rebecca 想让我给她拍一些照片。”

李乃幼顿了顿，“唔”了一声，说：“你还可以给她带一些特产。”

俩人又沉默地吃了一会儿关东煮。

“他确实不错。”罗森没有明确地说出关沛的名字，“至少他会代替我监督你多吃蔬菜，但是如果你这两天改变了主意，想和我回英国的话……”

“罗森——”李乃幼打断了罗森的话，露出虎牙，仰着脸看着罗森，笑盈盈地说，“你的萝卜块，再不吃的话就凉掉啦。”

罗森这次的突然拜访对李乃幼而言可以说是有惊无险。

李乃幼也开始犹豫，自己是不是应该像罗森说的那样，找一个时机，来和关沛聊一聊自己家里的事情。

然而李乃幼没想到，放了锦鲤风筝后的自己，运气依然没有变好半分。

这天直播完，李乃幼和关沛正收拾着桌子上的餐具，邵吉突然推开了门。

他神色有些慌张，先是不太自在地瞥了一眼李乃幼，半晌，他又犹豫着对关沛说：“沛，你先……先出来一下。”

关沛应了一声，李乃幼也只以为他们是要聊工作上的事，继续乖乖收拾垃圾。

然而当他把桌子上的东西收拾完，拎着垃圾袋准备出门的时候，却看见邵吉焦急地在客厅里踱步擦汗，关沛却是皱着眉看着手机，表情有些阴沉。

看见李乃幼过来，邵吉脸上的表情又是一僵。

“怎么了？”李乃幼蒙蒙地问。

关沛突然关上了手机。

“有一些风言风语。”关沛淡淡地把手机还给了邵吉，“团队会处理好的。”

虽然关沛的语气十分笃定冷静，但李乃幼看着邵吉的脸色，意识到事情可能并没有这么简单。

“怎么了？”李乃幼轻轻地又重复了一遍，只不过这次是在问邵吉。

邵吉面露难色，捧着手机不知所措地看向关沛。

关沛却只是看着李乃幼，沉默半晌后，说："给他看吧。"

邵吉战战兢兢地递过了手机。

李乃幼抿着嘴接了过来。

他定睛一看，才发现是一条微博。这条微博由很多张长图组成，转发量已经有六七千了。

李乃幼顿了顿，点开了这条微博。

@主播那些事儿：#食用指南#玩家投稿。

大家看今年《食用指南》年末皮肤大赛的结果了吗？投票排行最高的三位玩家的作品最后会被官方采用，其中玩家"甜甜奶油粥"画的辣子鸡皮肤热度第一，位居榜首。

这位玩家我相信大家并不陌生，他就是最近在黑桃关沛直播间很火的奶油弟弟。

虽然不是粉丝，但我最近也对这两位主播的热度以及故事略有耳闻，出于凑热闹的心理，我也去欣赏了一下这位的作品。

然而当看到大图的第一眼，我就清楚地意识到哪里不对。

首先声明，我是××美院在读大三生，本人并非任何平台、任何主播的粉丝，只不过我是英雄焦糖布丁的"姆妈粉"。

如图所示，布丁的熟练度已经满级且全皮肤，这些年官方组织的各种活动及周边皆可证明。

然后重点来了，先放两张图。首先这是这位Cream主播画的辣子鸡皮肤，其次这是焦糖布丁初始皮及其伴生皮的立绘。

可能单拎出来看并没有什么问题，但是当两张图放在一起，发现问题所在了吗？就是这种说不清道不明的既视感。

经过我和群里的小姐妹们一晚上的努力，我们做出了如下细节对比——

我们发现，不论是对色彩饱和度的应用、笔触的应用以及停顿，还是金属配饰上的光影以及衣服褶皱的处理，这个辣子鸡的皮肤和焦糖布丁这个英雄及其伴生皮的画风都极其相似，就像是出自同一位画师之手。

我并不否认 Cream 主播的热度，但是这种和布丁的画师风格上的高度重合，就意味着这是一种技法和风格上的严重临摹，也就是一种近乎抄袭的行为。

如果这是这位主播的个人练习作品，那么我无权评价，但是如果最后这幅作品会作为游戏皮肤进行售卖商用，我想我还是要让所有玩家了解这一切。

主播凭自己的一技之长吸引粉丝，这没有问题，但是做人的基本道德还是要有的。

焦糖布丁是《食用指南》的元老级别英雄，也是我们不少玩家的心头爱，希望大家可以帮忙转发扩散。

我们知道我们小玩家的力量比不过粉丝百万级别的主播，现在只能期盼着游戏官方可以重视起来。

我们需要官方取消这位主播的参赛资格,我们需要一个解释。

这条微博发布不到三个小时，转发量就快要破万，底下的评论也是热热闹闹，“吃瓜”群众居多，而且评论两极分化严重。

“不是吧不是吧，你要说是皮肤画得相似，那没问题，画风相似都能‘出警’？在我眼里，这俩皮肤除了都穿在人身上以外，没有任何的相似之处，OK？”

“焦糖布丁也是俺的二老婆，俺觉得一点都不像。”

“嗯……我保持中立态度。抄袭这个指控确实有点严重，但是有一说一，这些细节对比图看着确实有点奇怪。皮肤本身没什么问题，但是真的会有两个人的画法这么相似的情况吗？”

“确实有些微妙啊，这个纽扣还有宝石的画法真的太像了，我感觉连高光和取色的手法也好像哦，这属于临摹过度了吧……”

“画法确实像，但是皮肤本身设计没问题吧。我只是个玩家，这个辣子鸡皮是真的让我眼前一亮，本社恐硬是和路人组队打了好几局，攒了票投上去的，要是最后真因为这一出被官方取消了，还挺可惜的……”

“可有一说一，画师应该是英国本土那边的，况且人家画师还没说什么呢，官方估计也不会理你们的吧……”

李乃幼放下了手机。

他似乎还没消化完这条微博的内容，表情有一刹那的空白，半晌，他才抬起头看向关沛，愣愣地眨了眨眼。

他人生中第一次有了如此微妙而百口莫辩的感觉——他被人指控抄袭，抄袭的是他自己几年前的作品。

游戏公司是他们家的，焦糖布丁就是四年前他自己亲手画的人物，那是李乃幼成年后赚到的第一桶金。

李乃幼有些哭笑不得，但更多的是茫然，因为他甚至不知道该如何开口解释这一切。

邵吉却以为是小孩被网络的黑暗面给吓得说不出话了，赶紧安慰道："没事，主要是你们最近人气太旺了，自然容易被人盯上，别上心就行。”

“邵哥虽然不太懂游戏吧，但是这俩小人身上穿的衣服在邵哥眼里完全就是两个模样。”邵吉又给他指了指屏幕，“你看，评论里也有不少替你说话的……”

李乃幼缓慢地眨了眨眼。

关沛突然抬起手，捏了一下李乃幼脸颊上的肉，叫他回神。

“我亲自看着你一点一点画完这个皮肤的。”关沛直视着李乃幼的双眼，一字一句地说，“你不会抄，你也不需要抄，所以不用害怕。”

李乃幼想说“我其实没有在害怕”。

可是这件事情太过荒谬，他的大脑一片混沌。他嗫嚅着一句话都说不出来，只能看着关沛的眼睛，轻轻地点了点头。

关沛和邵吉说得好像真没什么大事的样子，可是舆论并不会因此就消停下来。

这条微博的转发很快破万，相关超话里也多了各种讨论，都是一群看热闹不嫌事大的主儿。

有人在争画风相似是否属于抄袭，也有人的关注点从这件事情上逐渐偏离，攻击到了主播本人的身上。

“就算皮肤没抄袭，但是这种级别的学人精也是够可怕的，有自己的画风不好吗？非要学别人。我看这位怕是直接拿着显微镜照着描的，现在的主播为了博眼球立‘大触’人设，真是毫无底线哦……”

“不至于吧，我舍友特别喜欢‘关李啥事’，我也跟着看过这俩人的直播，这个混血弟弟现场作画的水平确实不错啊……”

“你也不看看他现场画的是什么，但凡有点功底，就能把Q版小人画得有模有样，和人家游戏请的画师有得比？”

“就这，黑桃风云之星直播间里的人就这？”

“还是别扯到无关的人身上吧，且不提抄没抄，这事儿和关沛有什么关系？”

“怎么就没关系了？他直播间里出来的人，他心里能没点儿数？”

李乃幼第一次注册了属于自己的微博账号，看到的却是无数人对自己和关沛的恶意猜忌和攻击。

他以为关沛直播间的粉丝已经很多了，他也一直以为网友都会像直播间的观众一样幽默风趣，然而他没想到，屏幕另一端的世界原来这么大，会有这么多不同的圈子相互交会，更多的是那些永远止不住的、蔓延的恶意。

李乃幼就这么沉默地刷了一个晚上，就在他终于决定去驳回一些人的评论时，手机却突然黑屏，没电了。

“不要看了。”关沛把李乃幼的手机抽走，把翠菊塞到李乃幼的怀里，冷酷地说，“这两天，你的手机归我保管。”

“我们需不需要……说些什么？”李乃幼仰起脸看着关沛，“他们说我也就算了，可是有些人还在说你，我可以发……”

“清者自清，既然有的人选择了不相信——”关沛又捏了捏他的脸，轻描淡写地说，“那么解释再多也是徒劳的。该吃吃，该喝喝，我明天给你买糖炒栗子。”

李乃幼顿了顿，“嗯”了一声。

然而这事儿闹得越来越大，李乃幼虽然一直没有拿到手机，但是从邵吉和关沛零星的对话碎片中知道，应该是有人开始在关沛的微博底下发表阴阳怪气的言论了。

李乃幼确实可以该吃吃该喝喝，但是如果事情波及关沛，他也无法真的做到置之不理。

与此同时，有些人的丑恶嘴脸也藏不住了。

昨天晚上，老蒋在直播的时候装作不经意地提到了李乃幼，说："皮肤大赛结束了？奶油弟弟画的皮肤第一名？那挺好的啊，我记得录综艺的时候他画的小人可好看了……"

看到观众刷的弹幕，他又故作惊讶地捂住嘴，小声地说："真的吗？怎么可能啊，一定是搞错了。哎呀，这……"

邵吉第二天气得鼻子都快歪了。

"他装屁呢。"邵吉怒不可遏，"微博上现在少不了他团队在背后推波助澜，我看他每天饭点儿应该都是往厕所跑吧，所以才给我在这儿满嘴喷粪！"

关沛："……"

李乃幼感觉到氛围不对，垂下眼睫，很懂事地起身，小声地说自己要去厨房拿香蕉牛奶。

邵吉看着李乃幼的背影，也叹了一口气。

"现在咱们这边不好发声明，主要就是因为咱没办法解释画风技法相似这块。"邵吉挠头，看着关沛的脸色，小心地试探道，"沛，哥说实话，你自己看看这对比图，哥虽然是个外行人，但是光看这扣子上花边的对比，确实是……挺像的。"

关沛没说话。

"你要不试试套一下弟弟的话？"邵吉说，"抄袭这盆脏水咱们肯定能驳回去，但是就怕到时候有人揪着画风不放。评论控不住的话，可能反而会弄巧成拙……"

李乃幼抱着一罐冰凉的香蕉牛奶站在厨房门后，垂下了眼帘。

半晌，李乃幼听到关沛说：“我不去试，因为他不会做。”

邵吉说不出话，李乃幼也怔了一下。

半晌，李乃幼抿了抿嘴，抱着香蕉牛奶走出了厨房，客厅里的氛围一下子又变得些尴尬。

“哥哥。”李乃幼开了口，“我今天就先不和你播了。”

关沛蹙眉抬眼：“你是不是……”

“我和邵吉在客厅聊聊天就好啦，我也不想让咱们的观众为难。”李乃幼放下香蕉牛奶，又指了指桌子上的一袋栗子，露出了虎牙，“这两天我也播得有点累了，我在这里给你剥栗子吃，你要好好播。”

关沛看着他。

其实他们都知道，李乃幼现在上播并不是一个好的选择。

半晌，他也只能迟疑地点了点头。

关沛进屋开播，李乃幼坐在餐桌旁开始剥栗子，邵吉这边火急火燎地又接了好几个电话。

李乃幼一点一点剥着坚硬的栗子皮，一颗颗圆滚滚的栗子被他整整齐齐地码在碟子上。在邵吉挂掉电话后，他突然抬头，问：“现在最好的解决方法，是什么？”

邵吉愣了一下。

“小宝贝，其实吧，现在咱们这边发什么样的声明都不太顶事儿了。”邵吉叹息着说，“网络舆论就是这样，你硬要说的话……可能对咱最好的情况就是游戏官方或者是那个画师突然蹦出来，说这一切都是无中生有，况且你……”

邵吉顿了顿，还是没再提画风相似的那档子事儿。

“可是这怎么可能啊。”邵吉苦笑，“人家游戏官方总部在英国，平时官方微博发得都不勤快，也就更新或者开活动的时候宣传一下，哪有时间管咱们主播的事儿啊？”

“所以现在只能熬。网友忘性大，拖拖总能过去。”邵吉说，“咱这一遭多少会掉点血，但是没事，关沛和哥都会在这儿帮你的哈。”

李乃幼捏着手心里的栗子皮，半晌，他安静地点了点头。

“我知道了。”他小声说。

“我可以借一下你的手机吗？”李乃幼又问。

邵吉愣了愣，说“好”。

李乃幼拿着手机起了身，不一会儿客厅里就传来了他和别人用英语沟通的声音。

李乃幼的声音听起来有一些低落，邵吉听得如梦如幻，全程茫然，只在最后隐隐约约地听见了什么“tomorrow（明天）”，等再想仔细听的时候，李乃幼就挂了电话。

然后关沛正好也下播了。

邵吉也知道他今天没心情播，叹息了一声，接过了李乃幼还回来的手机，又交代了关沛几句，就走人了。

李乃幼似乎是在走神。

直到关沛走过来，他才有些恍然地捧着自己剥好那一碟的栗子，小心翼翼地走到关沛的面前。

关沛沉吟片刻，捏起盘子里的一颗栗子，喂到了李乃幼的嘴里。

这种像投喂小动物一样的感觉十分不错，然而关沛要喂第二颗的时候，李乃幼却躲了一下关沛的手。

他仰起脸，很认真地说：“哥哥，我想看你吃。”

于是关沛坐在沙发上，李乃幼一颗一颗地给关沛喂着软糯的栗子。

关沛最后被噎得话都快说不出来了。

“李乃幼……”他说，“你是想让我一天把整个冬天的份儿吃完？”

李乃幼弯了弯眼睛，没说话。

“要不我们这一阵子不播了。”关沛突然说，“我带你去旅游。你不是一直都很喜欢那些山水吗？咱们可以去A市爬山，那里的风景很好。”

“好啊，但是再过一段时间吧。”半晌，李乃幼似乎很轻快地说，“不过到时候吹橘要怎么办？”

“还是交给齐一铭代养。”关沛说，“齐一铭很擅长做小动物的餐食，我之前每次出差，关翠菊都会被齐一铭养得像头河马。”

关沛感觉自己的这个比喻有点不太恰当，然而男孩还是笑出了声。

半晌，李乃幼又轻轻地“嗯”了一声。

“哥哥，可以再抱抱一下吗？”李乃幼突然问。

关沛顿了顿，点了头。于是李乃幼就温顺地抱了关沛一下。

关沛感觉李乃幼的心情似乎已经好了很多，于是他也放心了一些。

李乃幼很轻快地起了身，抱起餐桌上的画本，站在房门前和关沛挥了挥手。

“哥哥，晚安。”他笑着说。

第二天，关沛起来的时候，李乃幼卧室的门还关着。

翠菊站在李乃幼卧室的门口徘徊着，看见关沛出来，它晃了晃尾巴，小声地冲他“喵”了一声。

关沛以为翠菊是饿了，于是就给它开了一罐鱼罐头。然而翠菊凑近闻了闻，皱了皱脸，转头直接走掉，继续在李乃幼的房门前窝着。

关沛不知道它犯的什么病，只能把罐头用保鲜膜封好，放进了冰箱。

然后他做了豆浆，又给李乃幼冲一杯热巧克力，装在了他最喜欢的那个猫耳朵马克杯里。

豆浆做好了，然而等关沛把两个杯子放在餐桌上时，李乃幼还没有出来。

关沛顿了顿，还是敲了敲他的房门。

——没有人应。

关沛的眼皮倏地跳了一下，心也沉了一下。他没有再等，直接推开了李乃幼卧室的门。

——屋子里没有人。

被子已经被整齐地叠好，好像一切都没有变，只是李乃幼不见了，原本放在房间角落的那个行李箱也不翼而飞。

关沛感觉自己的血压在飙升。

他转过身，餐桌上放着的是冒着热气的豆浆，不远处放着一本成语词典，在词典旁边放着的，是李乃幼昨晚回房前一起拿进卧室的画本。

画本是打开着的。

关沛感觉自己的指尖泛起了寒意，他走近才发现，画纸上写了一页密密麻麻、歪歪扭扭的中国字。

关沛感觉自己的手在抖，他深吸了一口气，缓慢地拿起了画本。

To 世上最最最好的关沛：

哥哥，当你看到这封信的时候，我猜你一定刚刚榨完豆浆。不要担心我，我应该和罗森坐上前往英国的飞机了。

如果说来到中国的这半年是我人生中最开心的一段时光，那么这一个月就是我一生中最最最幸福的一个月。

我真的开心，很受宠若惊，喜出望外，心花怒放，含笑九泉。（抄不动啦，就先写这么多好了。）

我一直都在想着要多帮你一点点。

我知道你是一个很讨厌麻烦的人，我也知道我本身就是一个很麻烦的人，你每次都要为我在豆浆里加很多的糖，你嘴上说着不会帮我，但每周还是会偷偷地帮我把山水盆景里的水换一遍。

你一直迁就了我很多，为我破了很多很多的例，可是到了最后，我好像还是给你添了一个大麻烦。

我很高兴，你一直都很相信我，哪怕是一点点的质疑都没有。

但是我确实做了一些错的事情，有一件事情，我一直没有勇气开口和你说。

我其实是一个不喜欢撒谎也不擅长撒谎的人，但是在关于你的这件事情上，我好像并没有我自己想象中的那么勇敢。

呜，然后报应就来了。

不过你不要担心，到了英国之后，我会立刻让这一切都得到最好的解决。当然，如果到时候你不再愿意信任我的话，也没有关系的。

我可能会有一点点难过，但是我会理解。

不麻烦的话，就请你帮我和邵吉叔叔说一声对不起吧。

吹橘半夜会经常跑到我卧室的阳台上看楼下的小黑猫，你要记得把门窗关好哦。

你要多给自己买一点橙子和鱼吃。

照顾好自己呀。

Neo

齐一铭放下手里的信，似乎一时无法反应过来，半晌，他才艰难地开口："你……你现在联系上他了吗？微信什么的……"

关沛平静地从口袋里拿出一部手机。

——那天他担心李乃幼会被网上的舆论影响心情，所以才把这人的手机没收，却没想到这个人甚至连手机都还没有拿走，只留下了一封信，就这么轻飘飘地"蒸发"了。

关沛已经不知道将这封信读了多少遍。

相比于李乃幼之前写给关沛的那封精致的邀请函，这封信写得还是有些匆忙的。

关沛一开始读的时候都快要被气笑了。

他对这样的不辞而别感到荒诞而茫然，但是重新读几遍后，关沛又慢慢地冷静了下来。

李乃幼在信中说他要回英国去解决问题，关沛没明白现在这种情况他要怎么解决，又为什么一定需要他回到英国才能解决。

平时李乃幼好像永远都是主动的，可是在这封信里，他好像变得胆怯。他的不舍和眷恋明明在字里行间表露得清清楚楚，可他又好像欲言又止，始终无法把心中所想真正地吐露出来。

关沛感觉，他好像在害怕什么一样。

关沛是了解李乃幼的，他不是一个会不辞而别的人，他明明是一个连每天的晚安都一定要面对面去说的人。

他不知道李乃幼说的那件“错的事情”究竟是什么，而且他也不能明白李乃幼的那句“如果到时候你不再愿意信任我的话”是从何而来。

关沛不知道自己之前说过些什么，又或是李乃幼究竟要做些什么，才会导致他产生这样荒谬的想法。

“年轻人是不是……是不是被网上的留言给吓到了？”

邵吉也彻底蒙圈了。

他没看到信，而且到现在也不知道李乃幼和关沛的事儿，可以说是此时全场最茫然的人：“要不给他点时间缓缓？他可能是想回老家换个心情。网友的嘴都臭，隔着屏幕怎么发疯的都有……”

关沛顿了顿，只是摇头。

齐一铭也越想越气，他生气地掏出手机：“别说你们了，我昨天在家里看了都气得冒烟，有些人的逻辑可能跟着大脑拉出去了，说的话完全就狗屁不通，不行，我现在就继续和他们舌战一番……”

气氛一下子就寂静得有些诡异。

然而身旁的齐一铭气势汹汹地打开微博，正准备进入“战场”，却突然被什么东西吸引了视线，眼睛一下子就直了。

“各位，看……看微博。”半晌，齐一铭颤抖着开了口。

关沛没明白过来。

邵吉也一头雾水：“看啥啊看，还嫌不够堵心啊现在……”

齐一铭话都快说不利索了，他哆哆嗦嗦地给关沛递过手机：“官方微博，《食用指南》的官……官方微博。”

在李乃幼和关沛说“晚安哥哥”并就此消失的第二十七个小时后，《食用指南》平时怠惰如死尸一般的官方微博账号突然发了一条微博。

@食用指南 Dietary GuIDelines：

《食用指南》中国区的各位玩家，晚上好。

本年度的玩家皮肤绘制大赛已经在五天前截止，感谢这一个月来大家的积极参与。

近日我们收到了部分玩家的反馈，关于玩家“甜甜奶油粥”在玩家皮肤绘制大赛中与英雄焦糖布丁存在抄袭争议一事，我们的回应如下——

我们高度重视游戏内以及相关活动的公平性，经过我们核实，英雄焦糖布丁的原画师与玩家“甜甜奶油粥”为同一人，且该画师为 2016 年本游戏创始之初的特邀画师，并非常驻画手，因此具备本次皮肤大赛的参赛资格。

综上所述，玩家“甜甜奶油粥”的作品不构成抄袭，本次大赛名次仍然保留。

感谢大家的积极反馈，对于近几日造成的误会，我们和画师本人在此表示真诚的歉意，同时也期待着更多玩家对未来活动的踊跃参与。

Have a lovely day.（祝你度过愉快的一天。）

食用指南 Dietary GuIDelines

这条微博发出不过二十分钟，众多网友在评论和转发里表示了自己的震惊。

“这什么？”

“我读了整整三遍。这微博的意思就是——这位奶油弟弟和焦糖布丁的画师是同一个人？”

“所以画风当然会相似啊，因为这本来就是一个人画的啊！”

“2016 年的特邀画师，也就是说人家是四年前画的布丁这个英雄。听我宿舍的姐妹说，这位弟弟之前才过完二十二岁生日，我估计他当时也就是刚成年的年纪，甚至有可能还在读高中。所以到底发生了什么，他才会来黑桃当主播，这才是我最震惊的……”

“我晕了兄弟们，我之前给弟弟打赏过大飞机，弟弟之前在直播间还给我画过我 ID 的 Q 版人物，四舍五入一下，我已经是《食用指南》的一位英雄了？”

邵吉捧着手机快晕过去了，齐一铭也是一边看一边开始掐人中。

关沛愣怔地看着屏幕，半晌，他缓缓放下了手机。

“沛，”邵吉虚弱地说，“哥……哥有一件事儿可能……可能要和你说一声……”

“前天你一个人在播，我……我在餐厅和弟弟一起，弟弟在给你剥栗子……”邵吉吭哧吭哧，“当时弟弟心情挺低落的，然后他突然问了我一句，就是皮肤大赛这档子事儿……有没有最好的解决方法。”

“我当时其实也是觉得没辙了，就……就说除非游戏官方亲自发声明，否则这事儿可能只能拖着，等热度消下去再处理了。”邵吉气若游丝地说，“然后他就拿我的手机去客厅里打了个电话，说的是英语，我、我、我没听太懂，我、我、我、我在想，也许他、他、他、他现在走……可能多多少少受了一点儿我的影响。”

“但是我当时是真不知道……真不知道他就是画师本人啊。”邵吉哭丧着脸说。

关沛突然很想笑。

如李乃幼在信中所说，他确确实实很高效率地解决了这件事，而且是用了一个所有人意想不到的、足够反转、足够震撼的方法。

他杀了所有人一个措手不及，包括关沛。

“你知道吗？”沉默了很久的齐一铭问。

关沛木然地盯着手机屏幕，下意识地想要摇头。

不，不对。关沛有些恍然地想。

很久很久之前的那个雨夜，窗外雷声阵阵，因为害怕打雷，男孩用手指小心地钩住自己被子的一个角。

关沛记得他们好像在玩那个很愚蠢的问彼此问题的游戏。

自己当时好像说喜欢一些早期的英雄设计，男孩就缩在旁边没有说话。唯独在自己提到焦糖布丁的时候，身侧的男孩似乎是僵了一下。

然后李乃幼说了什么来着？

好像是一句很小声的“我画画也很好的”。

“以后我也可以，给你设计更好看的英雄。”他说。

当时的关沛只当他是在吹牛，哪怕后面录制综艺时李乃幼展现了他的绘画天赋，自己却始终没有再细想他说过的这一番话。

关沛此刻只感觉到荒谬又茫然。

齐一铭忧心忡忡地看着关沛，欲言又止。

今天本来是关沛直播给他零食店带货的日子，齐一铭只能叹息着把自己带来的零食收好。但他没有拿走，只是将塑料袋系了个口子，放回餐桌上。

“里面有弟弟上次吃了很多的蛋黄酥。”齐一铭踌躇着又开了口，“他是个有分寸的小朋友，又这么信任你，走得匆忙估计是有原因的，等他处理好了他的事情，肯定会回来的。”

关沛缓慢地点了点头。

齐一铭走了。

邵吉也趁着热度赶回去联系团队，在微博上进行澄清和反击。

关沛看着脚边朝自己晃尾巴的翠菊，只觉得心里很空。

关沛不饿，但他还是鬼使神差地走到冰箱前，盯着冰箱上那几个滑稽的妙蛙种子冰箱贴看了一会儿，然后沉默着打开了冰箱门。

关沛伸出手，在冰箱上层拿了一个滚圆而冰凉的橘子。

他坐在餐桌旁，开始缓慢地剥起橘子。翠菊很讨厌橘子皮的味道，闻了闻，皱着脸跑远了。

关沛在进食中沉默地思考着，直到胃里传来了凉意，他才放下剩下的橘子。

他顿了顿，又一次打开了手机。

不过一个小时的时间，游戏的相关超话已经热闹得不行，不少游戏区的bot（定期更新）甚至营销号也开始发有关这件事的投稿，津津乐道这极具效果的反转事件。

关沛划到其中一条微博时，指尖稍微停滞了一下。

@只打游戏不可能再追星了：

今天的“瓜”俺是真的吃到目眩神迷、畅快淋漓，为了让这个瓜里的每一滴汁水都滋润到我的喉咙，本人特地找到了《食用指南》的官方推特，花了一下午的时间翻到了它四年前的推文。

当时这游戏刚上架，在国内这边还没什么人气。

这是当时官方发的团队人员采访特辑，我已经配上了简单的字幕。

我现在已经说不出话了，各位自己看吧，记得坚持到五分三十秒之后。

关沛的指尖在屏幕停滞了一下，然后沉默地点开了附带的视频链接。

视频的画质低清，看得出来有一些年头了，关沛看了一分钟不到，发现只不过是一个很随性的搞笑采访合辑。

——就是在公司的各个角落，比如饮水机前、餐厅里甚至厕所门口突击采访游戏团队里的staff（工作人员），从年轻干练的女策划到朴实憨厚的程序员小哥，每个人都会说一下自己在这个团队里的分工以及想法。

——直到屏幕里突然出现了一张干净明艳的少年的面孔。

少年的头发和眼睛都是漂亮的棕色的，他穿着白色的衬衣、菱格外套、羊绒背心，干净乖巧得像是从画册插图里走出来的小人儿。

此时此刻的他在大口咬着手里的三明治，露出的小半截手腕清瘦白皙，眼底却是满满的餍足。

镜头有些晃，男孩还没意识到自己已经入镜，他一边偷偷摸摸地将三明治里的菜叶子拨到旁边，一边含含糊糊说：“Nora，我先走了，我明天有一个课题……”

然后男孩不经意间瞥到了身侧的镜头。

他倏地睁大了眼睛，愣了三秒后，懵懵懂懂地指着镜头问：“你在拍我吗？”

采访姐姐没忍住，偷笑了出来：“Neo，就一分钟。”

“那你记得把这段剪掉哦。”男孩仓皇地抹了抹嘴，又慌慌张张地单手把三明治藏在了身后，半晌，他有些不好意思地笑了笑，对着镜头说，“大家好，我是 Neo Lee。”

采访的小姐姐咳嗽了一声，故作严肃地问：“好的 Neo，那么请问，你在《食用指南》游戏团队里的分工是什么呢？”

男孩眨巴了一下眼睛。

“算是一个很小很小的画师吧。”他沉吟了一会儿，又兴高采烈地补充道，“还有员工食堂里的新菜试吃员，我同时也会给食堂提菜谱上的一些建议。”

小姐姐的声音听起来好像在憋笑：“好的呢，那为什么会选择加入《食用指南》的团队呢？”

“因为是我爸爸公司做的游戏啊。”

少年说完之后自己先愣了一下，他可能觉得这个答案不太合适，继续思索了一会儿。

半晌，他露出两颗尖尖的虎牙，很骄傲地说：“当然啦，主要也是因为我画画很好看。”

摄影机后的小姐姐快要乐晕了：“那和未来游戏里的玩家们说几句心里话吧。”

男孩垂着眼认真地思索了一会儿。

“到时候游戏上架，你们一定要记得买焦糖布丁和苹果派这两个英雄哦。”少年眼睛亮晶晶的，很开朗地冲着镜头挥了挥手。

随即他又凑近了镜头，很小声地抱怨道：“因为她们的裙摆真的很难画。”

画面定格在男孩笑眼弯弯的脸上，视频结束。

第14章 请问你看到过他吗

如果说下午《食用指南》那条官方微博带来的反转程度是炸裂级别的，那么这个视频就像是给这场大戏添上了一圈冒着金光的滤镜，让所有的“吃瓜”群众开始了新一回合的目眩神迷。

“我晕……‘我爸爸的公司’……短短的言语给我带来了大大的伤害……”

“除了问号，我是真的什么都打不出来了，这是我的奶油弟弟？就是那个天天在直播间里拉二胡、吃烤串的憨憨美少年？”

“朋友们我查了一下，《食用指南》是 ×× 旗下四年前在中国大陆市场第一次试水做的游戏，公司创始人是华裔，叫 Daniel Lee，姓氏也真的对上了……”

“所以，如果这事儿是真的，他有才有钱还年轻，为什么会来中国当主播，就为了体验生活的酸甜苦辣吗？”

“外国人好像都比较特立独行吧，尤其弟弟还是这种直率的性格，估计也是不想花家里面的钱，想自食其力吧……”

要说被这事儿暴击得最严重的人，应该还是邵吉。

“咱……咱当时第一次和他见面，他骑着共享单车过来，穿的衣服像是豁了口子的麻袋……”邵吉神情恍惚地说，“那时候咱都以为这位奶油弟弟是真的穷，是那种街边小店里卖的小破蛋糕上的劣质奶油。”

“结果人家确实是奶油——”邵吉号啕大哭，“只不过、只不过人家是放在宫殿玻璃柜里，国宴级别的甜点塔上的，那一小撮奶油尖尖……”

网友们的“侦查”能力强大得可怕。

他们先是扒出李乃幼从英国某所顶尖设计学院毕业，又从年龄中推断出他是跳级读书的，紧接着扒出来了他大学同学的社交账号，获得了各种各样的合照，甚至包括李乃幼第一次办的单人画展的作品细节图。

不论何时何地，照片上的男孩永远都是一副笑眼弯弯的模样，眼里的光干净而清亮。

关沛开始感到一丝茫然。

油条、豆浆甚至是方便面总是吃得干干净净，骑了一个月的共享单车直到在雨夜里摔跤，那些好像永远都穿不完的廉价 T 恤，还有他后来亲口说的冰箱不制冷、房间漏水。

——关沛没有怀疑过他哪怕一次，因为李乃幼穷得是那么明显。

一开始先入为主的印象太过深刻，所以到后来哪怕真的出现了端倪，关沛都没有对自己的判断产生过一丝一毫的怀疑。

如信中所说，李乃幼确实把这件事情处理得很好，舆论风向的逆转将整件事情拉到了高潮。发抄袭争议投稿的那位玩家发了道歉声明，表示下次会仔细核实，之前跟风的营销号灰溜溜地偷偷删博。

包括邵吉在内，所有人似乎在最后都得到了一个满意的答案，除了关沛。

关沛终于隐隐地察觉到，李乃幼在信中所说的做了一些错的事，很有可能就是他隐瞒了自己真实家世的这件事。

如果这次曝光出来的事是李乃幼高中时期和别人打架斗殴进过警察局，关沛可能都不会像现在这么困惑。

关沛唯独不懂，李乃幼为什么会认为有钱会是一件想要努力隐瞒的错事，让他觉得自己会因此不再信任他。

关沛突然产生了一个极其荒谬的想法。

当时，男孩仰着脸，希冀地问：“所以你觉得我哪里好啊？”

关沛记得，自己为了逗他，好像漫不经心地说了一句“可能是你的勤俭持家让我在意吧”。

到后面男孩总在自己的耳边喋喋不休地重复“我真的很有钱的”。

那个时候关沛只以为是他的自尊心在作祟，还玩笑似的调侃了回去，说他是精神富有。

关沛突然笑了出来。

因为，在李乃幼离开的第四天，在那张信纸的边角被自己摩挲得微微卷起的时候，关沛才发现自己真正读明白了这封信。

李乃幼不辞而别不过三天的时间，关沛却觉得每一分每一秒都格外漫长。

他突然不想再等了。

关沛今天开播得很突然。

这两天发生了太多事情，粉丝们憋了一肚子的话，疯了似的涌进直播间，给他刷了一片哭泣的海洋。

“我快想死你了关某人，呜呜呜，这两天可把我委屈死了。好在一切都澄清了，一切都反转了，呜呜呜……”

“怎么回事啊，为什么弟弟不在啊，弟弟还会回来吗？”

“唉，最近事儿这么多，大家还是给他们一些时间缓一下吧……”

“哇，现在想想之前的一切，真的都好感慨。我就记得咱沛和弟弟第一次在游戏里碰见的时候，弟弟玩着奶妈，追着对面的射手跑，咱当时都以为弟弟是妹子，那时候又有谁能想到，这游戏就是这个头铁的怪味中文网友他爸做的……”

关沛打了两把游戏，又安静地看了一会儿弹幕。

然而出乎观众们意料的是，关沛今天非但没有一直沉默到下播，反而说了很多很多，甚至可以说是有求必应。

他先是做了一些关于游戏版本后续改变的预测，又推荐了赛季末各个分路单排最适合上分的几个英雄，最后还应了观众的要求，不厌其烦地教了一遍又一遍三文鱼的连招方式。

然后关沛放下了手机。

“我想休息一段时间。”他说。

弹幕哭号了一会儿，大部分人还是刷了一串的“没事”和“理解”。

“呜呜呜，其实今天开播的时候我就有预感了。歇一下吧沛，风云之星咱也有了，咱啥也不差了，自己开心最重要！”

“如果看到弟弟的话，告诉他我们都很想他哦，都好好休息！”

“大家圣诞节快乐，这两天都上上分，咱们过几天直播间见啦……”

关沛下了播，又看着电脑屏幕愣了一会儿。

他起身，缓慢地走向李乃幼的卧室。

翠菊好奇地跟在他的身后，看着关沛把李乃幼卧室的门打开，它“喵”了一声，嗒嗒嗒地第一个冲了进去，跳上了窗台。

关沛移开视线，看向李乃幼衣柜旁那个巨大的快递箱。

这个巨大的纸箱已经空掉了，关沛微微弯下腰，拎出了一张卡在箱子底部缝隙的吊牌。

关沛盯着吊牌沉默了一会儿。

随即他将吊牌扔到一边，单手把纸箱拎起来，翻转了一下，目光落在了粘贴在箱子底部的那张已经有些破损的快递单上。

L城这几天的天气湿冷而阴沉，然而李乃幼已经在花园里待了一个下午了。

“Neo，如果等待实在太过漫长的话——”Rebecca把喷壶放到了李乃幼的手里，郑重其事地说，“那就让自己忙碌起来，分心也是一种方法。”

然后，Rebecca出门去买水果了，她说自己这段时间学习了制作樱桃派，今晚要做给李乃幼尝一尝。

但是李乃幼根据罗森的表情推断出来，自己很有可能只是她的第二位“受害者”。

李乃幼浇了一下午的花。

那天，李乃幼在电话里求助于他的父亲，他父亲给的条件也很简单——如果想要官方发出声明的话，李乃幼必须立刻回英国，并且要在家里把圣诞节过完。

距离圣诞节还有五天，李乃幼却感觉自己快要熬不过去了。

李乃幼买了一部新手机，但是因为手机号的改变，他再也登录不了原来的微信，只能每天在微博上眼巴巴地刷着。

声明发表之后，李乃幼看到那些人议论着他，也看到有些人发了他高中时期看起来愚蠢得不行的视频。他看着那些微博转发从几百到几千最后破了万，晕晕乎乎地，并不知道这是什么概念。

李乃幼最在意的，还是关沛微博评论底下那些阴阳怪气的网友——看着这群人慢慢消失，他也终于长舒了一口气。

李乃幼同时也意识到，此时此刻，关沛应该是什么都知道了。

李乃幼懊悔于那晚的航班太过匆忙，留的那封信太过短小，而自己又踌躇了太久太久，他其实还有很多很多的话没有说。

他更懊恼的其实还是自己的不勇敢，他始终无法将这一切面对面地和关沛说出口，只是因为害怕看到关沛失望的脸。

我只要熬过这五天——李乃幼告诉自己——然后我就回中国找他，我要亲口和他说清楚，哪怕他会对我撒过的那些谎感到失望，哪怕他可能不再相信我，我也……我也……

我可能还是会难过。李乃幼蔫蔫地想。

李乃幼在想，自己这么发着呆，也许时间的流逝会突然变得很快很快，可能自己再一眨眼，五天就已经过去了。

透过镂空的白色围栏，李乃幼看到花园外有车停了下来。

他呆了一下，意识到应该是 Rebecca 回来了，于是放下喷壶，走出大门，决定去帮她分担一些东西。

然而不知道为什么，Rebecca平时性子一直都很急，今天却一直磨磨蹭蹭地没有下车。

李乃幼看不清车窗内的人，但还是冲着里面挥了挥手。

“我已经把花都浇完了，可是我还是控制不住地一直在想。”在车门缓缓打开的那一刻，李乃幼垂着眼帘，小声地开了口，“Rebecca，你今晚需不需要我帮你一起做樱桃派……”

李乃幼的声音戛然而止。

车门完全打开，他对上了一双深邃冷峻的眼。

李乃幼呆呆地看着关沛下了车，看着他关上了车门，汽车扬长而去。

然后关沛转过身，平静地与李乃幼四目相对。

“你好。”关沛说。

李乃幼怀疑自己是在做梦。

可能是罗森今天中午给我做的蘑菇汤里放了魔法药粉，李乃幼想，然后药粉现在生了效，所以我就可以看到这么清晰而真实的幻象……

“你……你好。”李乃幼感觉自己的喉咙一刹那变得很紧，不敢相信自己眼睛，有些恍然地颤了颤眼睫，喃喃道，“你……你怎么会来这里……”

“我来这里找一个对我很重要的人。”关沛说。

李乃幼怔了一下。

关沛继续一字一句地说：“他很喜欢小猫咪和杰尼龟，会把我的名字写成关柿，每天要吃很多很多的甜食，睡觉时会害怕打雷——”

关沛的眼珠漆黑而明亮，他平静地直视着李乃幼，李乃幼却感觉自己的呼吸好像停了一瞬。

“请问你看到过他吗？”他问。

李乃幼的语言功能突然发生故障，他就这么站在关沛的面前，僵硬得连眼睛都不会眨了。

关沛倒是没什么反应。

他冷静地看着李乃幼，突然问了一个毫不相关的问题："这是我第一次来L城，有什么好喝的下午茶推荐吗？"

李乃幼呆了一下。

"有……"李乃幼蒙蒙地点点头，"有很多的，你、你喜欢吃什么口味的甜点，我可以……"

关沛说："你最喜欢的那一家。"

李乃幼带着关沛来到了一家小而精致的蛋糕店。

相比于关沛的镇定自若，此时的李乃幼看起来像是作业没写加上逃学然后在网吧被老师抓包的高中生。

他晕乎乎地看着关沛，眼睛似乎都舍不得眨，但是又怯怯地不知道该怎么开口，嗫嚅着说不出一句话。

关沛倒是很认真地在橱窗里挑选了一会儿，最后问李乃幼有没有推荐的蛋糕。

于是李乃幼点了一块自己很喜欢的小蛋糕。他感觉关沛好像不是很喜欢吃甜食，就给他点了一块热乎乎的苹果肉桂卷。

店里冷冷清清的，关沛和李乃幼挑了靠窗的位子坐下。李乃幼低着头，手指蜷缩在袖口，吭哧吭哧地不知道该说些什么。

他偷偷摸摸地抬起手，想拿起叉子吃点东西来掩饰自己的不安，关沛却镇定自若地突然伸出手，直接拿走了李乃幼面前的那份蛋糕。

李乃幼呆滞了。

"回答我一个问题，我就让你吃一口。"关沛说。

李乃幼不知道自己的大脑是已经放弃工作了还是怎么的，只是愣愣地盯着关沛看了一会儿，才很轻很轻地说了一声"好"。

关沛问："所以焦糖布丁也是你画的，《食用指南》也是……"

李乃幼抿了抿嘴。

“是我父亲的企业。”他顿了顿，小声地说，“焦糖布丁是我画的，苹果派也是，不过那个时候，我的画风画技其实并不是很成熟……”

关沛没有说话，只是用叉子扎住蛋糕顶上的那一颗草莓，递到了李乃幼的嘴边。

李乃幼晕乎乎地眨了眨眼，缓慢地叼住了那一颗草莓。

关沛又问：“所以你那个时候，为什么每天会骑共享单车来我家？”

李乃幼垂着眼思索了一会儿。

“我是想买车的。”他说，“可是U市的路况好差，骑共享单车要方便好多，还可以看路上的风景，而且集齐点数还可以兑换很多的东西……”

关沛面色平静，只是抬起手，又投喂了一口。

关沛：“罗森究竟是谁？”

李乃幼一脸萎靡：“是我们家的管家。”

关沛深吸一口气：“冰箱不制冷，房子漏水？”

李乃幼颤了颤睫毛：“是酒店里的冰箱，真的很小，而且真的保存不了冰激凌。后来住了才两个月，那间套房就漏水了，我没有骗你。”

关沛万万没想到有人住酒店套房的时间单位会是月。

他沉默良久，才又挖起一勺子蛋糕。

李乃幼乖乖低下头咬住，他不敢抬头，腮帮子鼓鼓的，闷着头咀嚼了好一会儿。

半晌，关沛又问：“你穿的那些衣服……”

李乃幼咽下嘴里的蛋糕，委屈巴巴：“你当时说直播时要穿得干净清爽，不用太贵也可以，所以我特地买了符合你要求的衣服，我以为你喜欢那样。”

“我一开始，真的没有撒谎。”李乃幼的声音越来越小，“后来我才发现你好像觉得我很穷，我一直很想和你澄清，可是那次我酒店漏水，你说你那里还有空房的时候，我……我实在是太心动了……”

李乃幼伤心欲绝：“再到后来，你说我勤俭持家，我才发现，当初的我好像真的做了一个十分错误的选择……”

关沛：“……”

男孩的表情肉眼可见地低落。

“我应该早一点和你说清楚的。”李乃幼吸了吸鼻子，“可是我又很害怕你会失望……”

关沛忍无可忍，抬起手，直接塞了一大口蛋糕在李乃幼的嘴里。

“首先。”关沛说，“请你记住，不论你之前是睡桥洞还是住城堡，我永远也不会因为这种事情和你闹矛盾。”

“其次，除了留下一封信就跑得没影儿了这件事，你从来没有做错其他任何事情。”关沛说，“只是我很担心你，李乃幼。”

李乃幼闷闷地点了点头。

“我知道的，但我不是故意的。”李乃幼努力吞咽着嘴里的东西，含混不清地说，“微博上的那些人很坏，对你说的话也很难听，邵吉和我说，如果官方微博发声明的话就会好很多……”

“我父亲答应了我，可是他要求我立刻回家，一直待到圣诞节结束。”李乃幼有些气馁地说，“我、我当时太着急了，就想着等我解决完了这件事，再回来亲口和你坦白的。”

“结果没想到，这一切反而先被网友们全扒出来了。”李乃幼很低落，“而且当时的我看起来真的好呆……”

话还没说完，李乃幼手边的手机突然就响了起来，是罗森。

趁着李乃幼接电话的工夫，关沛起身想去埋单，却被服务员客气地拒绝了。

这位年轻的金发女服务生表示李乃幼是蛋糕店的持有者，所以并不需要付钱。

关沛深吸了一口气，回过头，对上了李乃幼心虚而怯怯的目光。

“是我父母给我的一份生日礼物。”李乃幼小声地解释道。

两个人沉默地走出了蛋糕店，站在路边，吹过的风有些冷，李乃幼仰起脸，踌躇着想问些什么。

“先回去吧，就这几天，多陪陪家人。”最后是关沛先开的口，“我就在附近的酒店，你不用急。”

李乃幼愣愣地眨了眨眼。

半晌，他才意识到关沛要在L城等自己，眼睛里的光倏地一下就亮了起来。

“我每天八点就起床来找你！”李乃幼兴高采烈地说，“我们可以一起去看音乐剧！L城有好多很好吃的餐厅，比如在××路上有一家很好吃的中餐厅……”

关沛：“……”

说着说着，李乃幼的声音却越来越小，脸上的笑意也慢慢地淡了下去。

关沛来L城找他，李乃幼真的很高兴。

但是最近发生了这么多事情，自己之前又撒了那些谎，李乃幼不知道关沛心里是如何想的。

李乃幼是一个藏不住心思的人，关沛把他脸上的那点纠结苦恼看得清清楚楚。

“我突然想起来，你写了那封信给我，”关沛说，“但是我还没有回信给你。”

李乃幼一时间没有反应过来，仰起脸，呆呆地眨了眨眼。

“致李乃幼。”关沛没有直视李乃幼的眼睛，只是缓慢地开口，“等你看到这封信的时候，我应该已经到了L城。我们站在一条冷清的街道边，你刚给我点了一个蛋糕卷。味道有点冲，但还算好吃。”

他说话的方式和李乃幼的那封信的口吻完全一致，李乃幼没有料到自己会以这样的方式被关沛“公开处刑”。

李乃幼的脸颊有些红。

同时他也有些懊恼，在心里默默地提醒自己，以后不再点任何带肉桂的东西给关沛吃了。

“你的成语确实有所进步。”关沛回忆起信里的第一段话，又补上一刀，“词汇量确实有所增长，但是‘含笑九泉’这个词并不是这么用的。”

李乃幼的脑袋快要冒烟了。

“你从来没有给我带来所谓的麻烦，也没有做错任何事。”关沛说，“相反，我很庆幸终于了解到了更真实的你，也终于让我意识到自身存在的问题。我很欣慰，我们终于可以将一切对彼此坦白。”

“我应该更早一点和你说的，我眼中的李乃幼，是个永远会对生活充满热情的坦率真诚的男孩子。”关沛说，“而这一切和他的家世背景毫无关联。我曾习惯于让我生活中的一切都在把握之中，而他却给我带来了很多的意外和惊喜。我开始习惯了每天直播时身边都会有一个人叽叽喳喳，我习惯了豆浆要分成两杯，其中一杯要多加糖……”

李乃幼颤着眼睫，直勾勾地看着他的侧脸。

“你把一切都处理得很好，团队那边都松了一口气，只不过邵吉可能有点被吓到了。”关沛的每一句话都对应李乃幼那封信里的话，他温和地说，“然而你也没有在信里告诉我，你会什么时候回来，所以我没有忍住，直接来找你了。”

“邵吉一直都很希望你可以快点回去。翠菊确实暗恋着楼下的小黑，所以我正在考虑要不要把它一起养了，不过在这之前要先给它做绝育手术。”关沛说，“我听了你的话，最近也吃了很多的橘子，不过从超市里买的橘子品相并不是很好，大部分有些酸。”

“也有可能是你不在的缘故。”关沛说。

夕阳是漂亮柔和的粉橘色，将两个人的影子拉得很长。雀鸟蹦蹦跳跳地踩在两个人的影子上，半晌，又展开羽翼融入缥缈的云层，向温暖的巢飞去。

这封信该收尾了。

关沛对李乃幼说："我也想照顾好你。"

在关沛来到L城之前，圣诞节前的这五天，原本会是李乃幼这一生中最难熬的一段时光。

然而现在的李乃幼只期盼着每一分每一秒都能过得再慢一点——因为他每天都会用各种各样的借口偷偷溜出门找关沛。

李乃幼的父母在平安夜的当晚才会抵达L城的大宅，因此李乃幼这两天格外"猖狂"。

他会每天早晨八点两手空空地站在门口，义正词严地说自己要外出写生。

Rebecca笑而不语地递给他大衣，罗森面无表情地提醒他早点回家。

关沛那天说的话着实把李乃幼给说美了。

他感觉自己像是飘浮在柔软的云层间，晕乎乎地，心里满满当当都是欢喜。

司机每天将他送到酒店门口，李乃幼就会蹦蹦跳跳地跑进酒店大堂，给在门口等待的关沛一个大大的拥抱。

李乃幼精心制订游览计划，他先带着关沛看了L城几个比较知名的景点，关沛也全都按他的计划来。

然而事实就是——关沛看得津津有味，李乃幼却越看越困。最后俩人在博物馆里大眼瞪小眼，李乃幼终于意识到自己的安排可能出了一些问题。

"博物馆是给小孩子们春游的地方。"出了博物馆的大门，李乃幼就开始胡言乱语，"我们……我们去做一点成年人该做的事情吧，哥哥！"

关沛一脸疑惑。

关沛感觉李乃幼对“成年人该做的事情”有很大的误解。

——现在的他们不是在吃饭，就是在去吃饭的路上。

在李乃幼的带领下，关沛有幸尝到了各式各样的怪味中餐，每顿无非在变态辣和糖醋口之间周旋。

吃到最后，李乃幼也萎靡了。在中国生活了小半年的他已经无法被这种劣质中餐轻易地糊弄过去。

他蔫蔫地用筷子拨弄了一下碗底干瘪的烧卖，说：“我想吃张记油条了。”

然后他们又一起去购物。

不需要再掩饰自己的经济水平，李乃幼终于展现了他真实的消费能力。

其实关沛当主播这几年赚的也不是小数字了，但是在他看来，李乃幼此时此刻的花钱方式还是有点触目惊心——

无视价格，无视数量，把奢侈品店逛成菜市场，看见顺眼的“大白菜”就往筐里装。

关沛感觉，李乃幼是要在圣诞节前亲手把他们打扮成两棵行走的圣诞树。

“你真的很适合深灰色。”李乃幼站在一排衣服前嘀嘀咕咕，“我就选米白色的好啦，他们家的衣服质感很不错，你快去试一下吧……”

关沛盯着自己手里山一样高的衣服，沉吟半晌，问：“你不用试？”

“我不用的。”李乃幼茫然地说，“sales之前就知道我的尺码，会帮我安排好的。”

关沛从试衣间走出来的时候，李乃幼正坐在沙发上和柜姐聊天。

“他穿什么都很好看。”李乃幼得意扬扬地说，“腿很长，鼻梁也挺，虽然鼻梁和衣服没什么关系吧，但是我——”

看到关沛出来，李乃幼的表情又变得惊喜。然而还没等到他开口，关沛突然说：“所以我风云之夜的那套衣服？”

李乃幼脸上的微笑突然凝固。

他们也会在河边散步。

不是在说，就是在吃，李乃幼的嘴从早到晚就没停下来过，他的手里拿着一支咖啡味的冰激凌圆筒，他一边吃着，一边含混不清地和关沛说之前这条河里好像死过一个人。

这大冷天的，就着冷风边走边吃多少有点“头铁”，于是关沛还是拉着李乃幼在河边的长椅上坐了下来。

李乃幼吃到一半，感觉身旁的关沛安静得有些诡异，于是又迟疑地抬起头，问：“哥哥，你是不是有话想和我说？”

关沛瞥了他一眼，只是说：“先吃你的。”

李乃幼埋头乖乖地继续吃了起来。

关沛盯着平静的河面沉默了一会儿，终究还是开口问：“当时为什么会来到中国？”

李乃幼这个人明明有着如此优渥的家境和完美的学历，却千里迢迢地来到中国，当自家公司一个游戏的主播，真的只是为了体验生活吗？

李乃幼沉默了一会儿。

他慢吞吞地又咬了一口冰激凌，半晌，他说：“从小到大，我的父母总会把一切都为我安排得很好很好。”

“听起来可能会有一点奇怪。”李乃幼笑了笑，说，“可我其实并不需要这样完美的体贴，我也希望自己偶尔可以摔一次跤。”

关沛怔了一下。

“他们给我请营养师，邀请有名的老师指导我画画，买下蛋糕店给我当生日礼物。”

李乃幼说：“他们知道我任何的新喜好和行踪，我曾经并不觉得这是一件坏事，因为他们爱我，我也爱他们。

“我很信任他们。”

李乃幼颤了颤眼睫，继续说：“在我大学即将毕业的时候，他们介绍给我一些很优秀的女孩子，我明白他们的意思，但是我就是对她们没有兴趣。”

“我也第一时间就告诉了他们，我说我应该是不会喜欢她们的。”李乃幼感觉自己的手指有一点冷，于是又往袖口里缩了缩，“然而他们没有失望，也没有愤怒，他们只是很平静。”

“在他们微笑地和我说这种情况很常见，他们会帮助我的时候，我终于感觉好像哪里不对。”李乃幼说，“因为我不觉得这是一件需要被帮助、需要去更改的事情，这就是我。”

“我尝试着去解释，可是他们只是认为我在闹别扭。”把甜筒上的冰激凌球吃完，李乃幼慢吞吞地剥掉外面包裹的纸，小口小口地咬着脆皮，“他们说我并没有真正地喜欢过人，不够成熟，并不能真正地理解什么是爱。”

“我意识到，我已经在他们的羽翼下生活了太久。”李乃幼顿了顿，直接将剩下的甜筒一口吃掉，“他们为我做主了很多事情，出发点是好的，可是有些事情，只有我才能够替我自己决定。”

“所以我走了。”李乃幼含含糊糊地说，“我很想我的爷爷，而且中国菜很好吃，所以我就选择了中国。然后我遇到了你，我发现我做的选择真的是太对啦……”

李乃幼咀嚼着，腮帮子鼓鼓的，沉默了一会儿。

“这个甜筒的咖啡味真的好重。”半晌，李乃幼突然仰起脸看着关沛，很拙劣地岔开了话题，“我全都吃掉了，晚上会不会失眠啊？”

关沛安静地盯着他的眼睛看了一会儿，说：“试一下才能知道。”

L 城的夜晚似乎要比白天安静许多。

冰激凌的后劲儿有一点大，风吹得李乃幼有一点冷，他往关沛那边缩了缩。

“哥哥，明天是平安夜，他们都要回家了。”李乃幼小声地说，“所以我有可能……没有办法出来找你了。”

关沛点了点头。

他捏了一下李乃幼的鼻尖，说：“先回去吧。”

关沛送李乃幼到他们家的大宅门口，李乃幼站在大门前，回过头冲他挥了挥手，说“晚安”。

关沛也冲他挥了挥手。

“但是哥哥，我不想再这样下去了。”

在门即将关上的那一刻，李乃幼突然开了口。

关沛怔住了。

“我要亲口告诉他们。”他弯了弯眼睛，说。

平安夜当天，L 城飘了一点小雪。

一周左右没有开播，关沛思索了一会儿，还是登上了微博，上传了一张 L 城的雪景。并且，在发出的前一秒钟，他选择了显示当前定位。

微博发出去不过五分钟，评论区立刻热闹了起来。

“哇，沛在 L 城旅游吗？风景好美哦！圣诞节快乐！”

“我有一个兄弟临终前还在病床上问我今天关沛开播了吗。”

“L 城？让我大胆地猜测一下，关某人你不会是去找某位小朋友玩了吧？”

关沛沉吟半晌，给最后那条评论点了一个赞。

他知道这个赞会掀起怎样的一场腥风血雨，但关沛只是退出微博，直接切到了微信。

他刚好看到齐一铭在微信里给他发了张翠菊的照片。

关沛盯着屏幕里翠菊愈发圆润的屁股，寻思自己来 L 城找李乃幼的这一趟真是收获颇丰，回到家还能多收获一只长了毛的小猪。

半晌，关沛放下了手机。

关沛其实不是一个浮躁的人，但今天还是怎么都有点静不下心来。

晚上十一点半，关沛离开酒店，去附近的便利店买了点红茶茶包，想着将就着代替一下豆浆，泡点热乎的东西喝喝。

回到房间门口的时候，关沛在走廊里看到了等待着自己的李乃幼。

李乃幼身旁是一个行李箱，他半张脸缩在围巾里，愣愣地站在房门口，也不知道等了多久。

听到走廊里的动静，李乃幼蒙蒙地抬起了脸。

看到他的眼睛有点红，关沛心里蓦地一紧。

他快步走上前。

“他们很早就知道了。”男孩仰着脸，眼角微红，眼底是干净的水光，不知道是不是关沛的错觉，他总感觉李乃幼的声音有一点发抖，“是罗森告诉他们的，他们说……他们说……”

“没关系的。”关沛深吸了一口气，“我会——”

“他们说选择权在我的手里，只是如果我选择回到中国，我需要自己真正地独立起来，他不会再给我任何经济上的支持。”李乃幼突然兴高采烈地抬起头，说，“这刚好就是我想要的结果啊。”

关沛愣住了。

“我之前从你那里领的工资，还一分钱都没有花掉呢。”李乃幼乐颠颠掰着手指头开始算数，“还有我很久之前画的画也赚了很多的钱，所以我根本不需要他们经济上的支持。不过话说回来，为什么我总感觉我的钱越花越多啊……”

关沛是真的感觉自己快要心梗了。

“不是，李乃幼，”关沛努力叫自己的语气心平气和一点，他深吸一口气，问，“那你哭什么？”

李乃幼一脸茫然。

“我没哭啊，我只是很冷啊，因为我急着想来和你见面。”他吸了吸鼻子，又把脸往围巾里埋了埋，声音又开始有一点发颤，“外面的雪真的好大，冻得我耳朵和眼睛都有点痛，也有可能是太兴奋了……”

关沛：“……”

李乃幼好像真的很兴奋。

他眨了眨眼，有模有样地说：“关沛先生，我很郑重地通知你，你现在收到了一份很棒的圣诞礼物，签收了，就一辈子都不可以再换掉了哦。”

关沛睨了他一眼。

他没说话，只是把房间的门打开，拉着李乃幼的行李箱，头也不回地往里面走。

李乃幼感觉关沛可能是在闹别扭。

他躲在围巾里偷笑，蹦蹦跳跳跟在关沛的身后进了屋。

半晌，关沛转过身，盯着李乃幼微红的脸颊看了一会儿，突然抬起手，捏了捏李乃幼的脸蛋。

“好的。”他慢条斯理地回答道，“礼物我很满意，就是送货送得有点慢。”

十二点整，洁白的雪花慢悠悠地从天空中荡下，圣诞夜的钟声敲响。

关沛和李乃幼回国后的第一件事情，就是去齐一铭家把快被养成小猪的翠菊接回来。

齐一铭和关沛坐在客厅里寒暄，翠菊在窗台上晒太阳，李乃幼蹲在旁边，忧心忡忡地和它进行跨物种对话。

“吹橘。”李乃幼弹了弹翠菊的屁股，很难过地说，“我也是到家后才发现，小黑已经和阿黄在一起了。你不要伤心，我可以给你介绍一些品种很好的小猫咪……”

翠菊“喵”了一声，开始舔尾巴上的毛。

关沛和李乃幼在 L 城的这十几天可以说是玩爽了，然而网上关于李乃幼真实身份的讨论也没停下来过，一时间传什么的都有。

齐一铭一边偷偷瞥着李乃幼，一边支支吾吾地问关沛：“我听网上传，他们家有一座喷泉，弟弟大学时用的颜料一盒就要上万，这、这能是真的吗……”

“颜料我不清楚，他用什么东西画画都很好看。”关沛平静开口，“不过，喷泉的话，据我目测应该是两座。”

齐一铭的表情顿时变得很忧郁。

齐一铭的零食铺下周又要上新了。

但是因为关沛这阵子停播，齐一铭最后也只是拎了两大袋子的新品零食过来：“你们别有负担哈，这零食呢，拿回去自己先尝尝就行，到时候能给我点反馈意见就更好了。”

然后齐一铭转头看着李乃幼，又开始吭哧吭哧。

“那个，弟弟啊，我这些小东西毕竟是走实惠路线的，可能质量口味都不是特别特别顶尖。”齐一铭搓手，“要是不爱吃的话，你也不用勉强吃……”

“我会好好吃掉的。”李乃幼却直接把那两大袋子零食抱在了怀里，弯了弯眼睛，说，“我每个月最期待的就是你的零食了，真的好香，每次我吃得都很快，应该过两天就可以给你反馈的。”

齐一铭怔了一下。

随即他咧了咧嘴，很用力地点了点头。

下了车之后，关沛一只手拎着猫包，李乃幼一只手拎着零食。

回到中国后的李乃幼心情明显好到爆炸。

他站在电梯里哼着歌，不一会儿又和关沛说自己在网上购买了二胡曲目大全。

“我要自学《二泉映月》。”李乃幼的眼睛里是清澈明亮的光彩，说出的话却格外危险，“我看网上说这是一首很有名的曲目，可以引起情感上的 resonance（共鸣）……”

关沛沉默。

“你刚才说，你每个月最期待的是齐一铭的零食。”此时最安全的选择就是将话题岔开，于是关沛一边开着门，一边看向李乃幼的眼睛，淡淡地开口，“是这样吗？”

李乃幼的注意力果然很快就被关沛带跑了。

“当然不是啦。”李乃幼煞有其事地解释道，“我期待的还有每个月游戏的更新，还有张记油条只有月末才会做的红糖油条……”

关沛沉默着打开门，回过头幽幽地瞥了他一眼。

李乃幼努力板着脸跟着进了门，但是关沛现在的样子实在是太过好笑，李乃幼最后还是没有绷住，扑哧一声笑了出来。

然后李乃幼笑盈盈跑到关沛面前。

“从我见到你的第一天起，我最期盼的事情，就是周五可以快一点到来。”李乃幼说，“后来我又期盼着我们可以有更多的时间相处，再后来我期盼着你可以拿到风云之星，到最后，我期盼着你可以把我当成最重要的人。”

“可是现在，我的这些愿望已经成真了。”男孩嘚瑟地晃着身后不存在的大尾巴，“所以我现在期盼的也只能是那些小事，谁让我已经这么幸运了呢！”

李乃幼又用起了他积累的那些怪味成语，小声地说：“我这叫，知足常乐。”

“我所期盼的和你差不多。”半晌，关沛抬起眼，轻描淡写地说，“只不过你能做到知足常乐，而我的话，可能会比较贪得无厌一些。”

时隔小半个月，邵吉见到李乃幼的第一面也有点腿软。

好在李乃幼的人际交往能力向来一流，他很开朗地把从 L 城带回来的圣诞节礼物给邵吉，三言两语就让邵吉乐得像朵花儿一样。

邵吉这边总算是宽了心，临走又试探性地问了问关沛关于三天后复播的事情。

关沛这几天也试探过李乃幼的意思。

李乃幼说他以后会和关沛一起重新播的，但不是现在。

关沛知道，不论自己怎么说，他始终还是对前一阵子带来的那些麻烦而感到愧疚。

“哥哥，你安心地直播就好。”

三天后，李乃幼坐在地板上，把齐一铭给的那一袋子零食在地板上摊开，又在中间扒拉开一小片空地，把翠菊放在了正中央。

他郑重其事地对关沛说：“我会和吹橘一起，好好评价这些小零食的。”

关沛睨了他一眼，沉吟半晌，转身进了屋。

然而关沛没有开电脑，他只是打开手机的直播端，随即将手机放在支架上，开了直播。

团队前两天在微博上发了复播预告，所以，关沛今天一开播，蹲点守候的粉丝们就呼啦啦地涌进了直播间。

然而当他们看到只有关沛一个人坐在电竞椅上时，还是不免感到有些失望。

“关某人！请大家告诉我，这是真的活着的关沛，不是AI，不是幻想，而是新鲜的有呼吸的关沛！”

“啊，虽然我已经预感到弟弟可能不会回来了，但我还是控制不住地有一点点难过，呜呜呜……”

“二十天了，人生里少了每天那一曲夺命的二胡演奏，我感觉我的身体仿佛只是一具没有了灵魂的空壳……”

“呜呜呜，我们还是理解一下他们的选择吧，可能合作到期了，好聚好散，而且弟弟的身份可能也不适合再……唉，大家尊重他们两个的选择好了……”

“欸？大家快看关某人身后的书架，弟弟的二胡还在啊！还有旁边的那一盒马克笔，难道说——”

关沛只是安静地盯着弹幕看了一会儿。

“今天就播一小会儿。”关沛说，“主要是想和大家聊聊最近发生的事儿。”

观众们还没反应过来，屏幕画面突然天旋地转。

关沛拿起了支架上的手机，开始向门外走去。

李乃幼正坐在地板上认认真真地试吃零食。

男孩赤着脚坐在地板上，棕色的头发被阳光柔和地笼罩，看起来像是淡淡的浅金色。男孩身侧还有模有样地放了一本小册子和一支笔，应该是用来记录口味的。

他一只手举着奶油夹心派，一只手拨开翠菊企图凑近的脑瓜，语重心长地小声教育：“吹橘，小猫咪只可以负责闻味道哦，我才是负责吃的那一个。”

听到关沛走到客厅的动静，李乃幼茫然地转过脸。

“你没有开播吗？”李乃幼问。

看见关沛举着手机，他愣愣地以为关沛是在给他拍照。

于是，呆滞三秒后，李乃幼三两口把剩下的点心塞到嘴里，歪着头，对着镜头有些迟疑地缓缓比了个剪刀手。

关沛没忍住笑了出来。

“想和大家说个事儿，”关沛把镜头切过来，“关于你们一直都很关心的奶油弟弟。年底了，我们合作直播的合约也到期了，很遗憾，他不会再是我直播间里的常驻嘉宾。”

突然之间丢了工作的李乃幼一头雾水。

弹幕一时间也刷疯了。

“不过呢，”关沛轻描淡写地解释道，“我也不想再请新人了。一是磨合不来，主要是这位我已经习惯了；二是我知道，你们都很怀念他的勾魂二胡。”

“所以以后的 14191419 直播间，不再是我一个人的了。”关沛指了指坐在地上彻底呆住的李乃幼，说，“因为我们已经是永久合作的关系了。”

“我饿了，先下播了各位。”关沛微笑着说，“大家也早点吃饭，我先去吃独食了。”

李乃幼没听懂关沛这句话里的意思，只是直勾勾地看着关沛关上了手机。

随即关沛转过身，大迈步向他走了过来。

关沛在李乃幼的身边坐了下来。

“好吃吗？”关沛问他。

李乃幼这边大脑还没转过来，只是晕乎乎地看着自己手里空掉了的包装袋。

“好吃的。”半晌，李乃幼咽下嘴里的蛋糕，实话实说，“夹心奶油有点腻，但是巧克力蛋糕的部分很香。这里还有很多，你要不要尝一尝……”

关沛却只是看着他说：“我饿了。”

李乃幼呆滞地看了一眼面前的零食山，愣了愣，以为关沛是不想吃甜食。

于是李乃幼沉思了一会儿，撑着地板准备起身，兴高采烈地说：“我想起来了，齐一铭昨天还给了咱们两包拉面，我感觉很好吃，我煮给你吃吧——”

关沛却一把拉住即将起身的男孩。

李乃幼重心不稳地往后一栽，关沛一只手稳住了他。

然后，关沛撕开奶油派的包装，咬了一口。

随即关沛皱起眉头，苛刻地给出评价：“劣质。”

李乃幼：“……”

“奶油是甜品里最不好把控的。”关沛慢条斯理地说，“不甜的太过寡淡，太甜的又容易腻。”

“你这么挑的话——”李乃幼抢过关沛手里的奶油派，仰着脸，眼底却满是晶亮的笑意，“那我就都替你吃掉，你饿一辈子的肚子好了。”

关沛却只是看着他说：“不可能的。”

这是一个冬日的午后，有从窗外折射到木质地板上的被围栏分割成细条的橘色阳光；有晃着蓬松的尾巴，好奇地用爪子拨弄着零食堆的白猫。

而被暖光包裹着的，被白猫踱步围绕的，是坐在一起的二人。

“因为这里有一个甜而不腻的——”关沛说，“他够我吃一辈子的独食了。”

（正文完）

番外一
隐藏款

开春的时候，李乃幼迷恋上了拆盲盒这个简单快乐而“烧钱”的活动。

李乃幼每周都会跑两趟商场，一次至少要买七种不同系列的盲盒。

后来他干脆买了一个收纳的小柜子，放在关沛装杯子的大柜子旁边，享受着把空格子一点一点填满的成就感。

前两天大扫除的时候，翠菊因为害怕吸尘器发出的声响，一个蛮牛冲撞，把李乃幼的二胡撞到了地上，弦给崩了。

于是今天关沛去帮李乃幼修二胡，李乃幼一个人在家里，乐呵呵地在线直播拆盒。

“我打赌，这次一定是那只绿色小青蛙。”

李乃幼严肃地对着直播间观众说。

李乃幼将盲盒捧着手里，先是闭着眼有模有样地掂了掂，半晌又在耳边晃了晃，然后他煞有介事地说：“我有一种特殊的feeling（感觉），我好像听到了隐隐约约的蛙叫……”

观众们笑得昏天黑地。

“宝子，首先，青蛙并不会一边叫一边睡觉。”

“戒赌吧。”

“收手吧弟弟，咱也不差这点钱，以后还是直接端盒吧，真的……”

“我都想象得到关某人一会儿一进屋看到这一桌子蜥蜴时脸上的表情，哈哈哈！”

李乃幼今天抽的盲盒是一套睡觉的小动物系列。

这个系列一共有十二款，因为卖得火爆，发行日的早晨，李乃幼连关沛做的鸡汤面都没来得及吃，就直奔实体店排队，也只抢到了最后剩下的五盒。

躺在一大片荷叶底下呼呼大睡的小青蛙是这个系列的隐藏款。

李乃幼其实很讨厌青蛙，但是这套盲盒里的小青蛙简直是完美地踩在他的每一处萌点之上。

小小的绿色的一只青蛙，软趴趴的，李乃幼光是看着图片就眼里冒光，暗暗发誓自己一定要抽到。

为了让节目效果更佳，李乃幼开启了粉丝竞猜增加互动感，竞猜标题是“今天主播可以抽到隐藏款吗”。

然而八成观众押的都是抽不到，李乃幼很生气。

于是李乃幼在观众面前认认真真地用酒精湿巾擦了手，点上香薰蜡烛，播放一首《好运来》，然后郑重其事地开始拆盲盒。

然而事实永远是残酷的。

如观众所愿，李乃幼今天的手气臭得那叫一个离谱，前四盒重复了三盒，而且一直重复的还是一只流着口水呼呼大睡的蜥蜴。

李乃幼怒不可遏，只能把自己翻盘的希望寄托在最后一个盒子上。

李乃幼郑重其事地捧起最后一个盒子：“我开了哦。”

就在他准备撕开盒子的胶带时，关沛突然推门而入。

他背着李乃幼的二胡盒子，视线精准下滑，落在了那一桌子的塑料蜥蜴上。

李乃幼停顿了一下。

他若有所思地和关沛对视了一会儿，突然手腕一转，把东西递到关沛面前，说：“哥哥，你来帮我开这盒吧。”

关沛没明白他图什么，瞥了一眼屏幕上飘过的弹幕，最后还是把二胡放下，接过了盲盒。

李乃幼屏住呼吸，看着关沛平静地将胶带揭开，然后又将盒上的封条撕开，修长的手指探进盒内——

关沛缓慢地捏出了一对尖尖的红色耳朵。

李乃幼有一种十分不妙的预感。

关沛沉吟着拎出里面的东西。那是一只尾巴长而蓬松，盘成一团呼呼大睡的小狐狸。

弹幕笑疯了。

“《我好像听到了隐隐约约的蛙叫》。”

“在和弟弟玩竞猜这一块，我从来没有输过……”

“小弗利（狐狸）也很不错！封面C位就是小弗利，关某人的手气真不错！”

关沛沉默不语，李乃幼大失所望。

关沛不太明白这意味着什么。

李乃幼垂下眼睫呆了一会儿，又开始强颜欢笑，仰着脸说：“没关系的，小狐狸也很好的，它……它长得很红……而且……而且尾巴也很柔软。”

关沛皱眉。

他盯着弹幕看了一会儿，又看了看满桌的包装盒和蜥蜴，总算明白过来发生了什么。

“塑料小人。”他言简意赅地提示道，“不要让这些影响到自己的心情。”

李乃幼有点萎靡。

“那也是很有惊喜感的塑料小人。”李乃幼哼哼唧唧地把满桌子的蜥蜴收起来，用只有关沛可以听的音量小声嘀咕着，“惊喜感是生活里最重要的一部分，可爱的塑料小人也比干巴巴的活人要可爱得多……”

“干巴巴的活人”关沛：“……”

好在李乃幼很快就把这档子糟心事儿忘掉了。

他喜气洋洋地抱着自己修好的二胡，先是来了一首九曲回肠的中国风《卡农》，然后又和关沛一起开了几局游戏。

中国新年将至，游戏里已经出了新的贺年英雄。辣子鸡的皮肤也正式上线，特效炸裂，绚烂的技能效果配合关沛流畅的连招，看着更是舒服，让不少粉丝直呼过瘾。

生活里的一切好像都慢慢地回归到了正常的轨迹上。

齐一铭店铺年末的销量刷新了历史销售纪录。

邵吉在健身房锻炼一个月，成功逆向减肥，反增三斤。

回国之后，罗森也给李乃幼发了很多很多邮件。

李乃幼的母亲是第一个忍不住的人，她看着宝贝儿子卡里的钱不减反增，一时间心急如焚。

这位优雅的英国女士还是憋不下去，在李乃幼回国后的一个月给他打了一个视频电话过去。

李乃幼在电话的另一端老老实实地吸溜着关沛给他做的鸡汤面，含混不清地说“可是妈咪，我的钱真的够花，你不要再哭了”。

最后李乃幼在电话里答应了她，在春天的时候，再回一次家。

再到后来，李乃幼的父亲也憋不住了。不过这位老人家终究还是要面子，他没打电话，只是硬邦邦地叫罗森寄过来两盒外包装金光闪闪的饼干。

——一盒芝士味的，一盒柠檬味的。

李乃幼盯着那盒柠檬味的饼干愣了很久。

“是父亲每次去瑞士都会给我买的饼干。”李乃幼喃喃地对关沛说，“但是他向来都知道我最讨厌吃柠檬味的，所以我想，这一份应该是他送给你的。”

和家人和解之后，李乃幼好像真的没有什么可以烦恼的事情了。

两个人的直播事业也蒸蒸日上。

他们会在游戏里默契配合，大杀四方，看得观众们直呼过瘾。同时，他们也会直接当着万千观众的面，因为消夜可不可以点超大桶的冰激凌而斗嘴。

除了四字成语，李乃幼现在每天都会和观众学一些乱七八糟、阴阳怪气的网络用语，关沛感觉这人愈发伶牙俐齿，斗嘴的时候也愈发可恶。

不过好在下播后的很多时候，李乃幼又会软乎乎的，变得很甜很甜。

每周五的夜晚是两个人约定好的家庭电影日。

每到这个时候，关沛的任务都会比较多——他需要一边在爆米花袋里将那些受热不均没有爆开的玉米粒剔除，一边准确地将爆米花投喂到李乃幼的深渊巨口里。

而李乃幼只需要抱着翠菊，吧唧吧唧地吃着递到自己嘴边的爆米花。

李乃幼的眼底盛着屏幕上变幻斑驳的光影，他换了个姿势，又打了个哈欠，小声地说："我明天出门一趟哦。"

关沛默了一会儿，问："塑料小人？"

李乃幼没听出关沛语气里的不对，含含糊糊地应了一声，不一会儿呼吸就变得平稳而均匀起来。

关沛盯着男孩柔软的侧脸，陷入了沉思。

"我会尽快帮你完善并制作的。"媞娜看着画纸上的图稿，又感叹了一番。

媞娜是一个年轻的英国女设计师，确切地说，是一位盲盒设计师。其中，以她和她爱人相遇为灵感设计的"encounter（邂逅）"系列卖得最为火爆。

同时她也是李乃幼高中时就相识的友人，当年李乃幼给了她很多的支持和帮助。

所以在得知李乃幼的事后，媞娜也很真诚地送上了自己的祝福。

李乃幼道了谢，在临走之前，又小声地再次嘱咐道："那只小猫咪的尾巴末端，是带一点点橘色的哦。"

媞娜捂着嘴偷笑，说知道了。

李乃幼想送给关沛一些有纪念意义的小玩意儿。

他最近沉迷盲盒，很享受拆盒的那种未知和惊喜，于是也想让关沛体验一下这种美妙的滋味。

正好赶上媞娜和她的爱人来中国旅行，李乃幼便和她见了一面，将自己设计好的草图给她，俩人又一起讨论了一些细节。

离开之前，为了保持惊喜感且不让关沛起疑，李乃幼又在店里胡乱买了几款盲盒，这才回了家。

李乃幼一到家，就被茶几上齐一铭上贡的几串糖葫芦吸引了目光。

然而他没注意到，关沛在沙发上坐得笔直。

男人的视线缓慢下移，沉默而严肃地盯着放在茶几上的那一袋盲盒。

关沛的心情很复杂。

他虽然不想承认，但李乃幼这一阵子的魂儿似乎是真的快被这些塑料小人儿给勾走了。

可是所谓的新鲜感……关沛皱眉，目光重新落到了身侧那一柜子的娃娃身上。

关沛突然有了一个想法。

之后的一天，关沛和李乃幼若无其事地照常直播下播，俩人谁都没先开口。

然而吃完晚饭后，李乃幼还是先憋不住了，他热烈地主动出击，从阳台的山水盆景后拿出了一个巨大的礼盒。

“哥哥，这是我专门给你设计的一套盲盒。”李乃幼很雀跃地仰起脸，耳朵有一点点红，他抿了抿嘴，说，“全都是自己画的图，你快拆拆看。”

关沛顿了顿，接过了礼盒。

礼盒很大，里面装着七八个小盒子，关沛拆开第一个小盒，发现里面是自己样子的Q版塑料小人。

——其他的有直播时坐在电脑前的自己，站在豆浆机前手持保温杯的自己，甚至有皱着眉在猫砂盆旁边给翠菊铲屎的自己……

最后放在C位的一款盒子要比其他的大很多，关沛拆开，发现里面是两个小人。

——是Q版的李乃幼和Q版的关沛，两个人的脚边还蹲着一个圆滚滚的白色塑料小猫咪，尾巴尖带着一点橘色，是翠菊。

“这些天里，不只是新鲜感。”李乃幼绞尽脑汁，努力说着热烈而真挚的话，“你还给了我安全感、满足感，还有……还有每天的饱腹感……”

关沛盯着李乃幼的脸沉默了一会儿。

李乃幼对自己这段话的组织和发挥感到非常满意，希冀地眨了眨眼，又将下巴微微扬起来，信心十足的样子。

“塑料小人。”然而关沛顿了顿，轻咳一声给出评价，“但是胜在创意不错，我还算喜欢。”

随即关沛转过身，拿起了茶几底下藏着的一个袋子，然后若无其事地塞到李乃幼的手里，开口道：“顺手买的。”

李乃幼蒙蒙接住，低头往袋子里一看，眼珠子都快掉出来了。

——是自己很喜欢的睡觉的小动物系列盲盒，而且一共有十二盒，证明这应该是一整套。

李乃幼仰起脸，愣愣地盯着关沛。

关沛又欲盖弥彰地清了清嗓子，故作冷静道：“拆吧。”

于是李乃幼兴高采烈地开始拆盒。

然而，不知道是他的错觉还是太兴奋的缘故，他总觉得今天盒子上的胶带有些难撕。

然后比关沛主动给自己买塑料小人这件事更加离谱的事情发生了。

——李乃幼拆开的第一个盒子里，就是那只隐藏款小青蛙。

李乃幼颤抖地看着自己掌心里的那只小青蛙，感觉自己的呼吸都要停止了。

他看着关沛，结结巴巴地说：“这、这是小青蛙，是隐藏款，我、我有隐藏款了……”

关沛绷着脸，故作镇定地点了点头。

为了确保李乃幼可以拿到他最想要的那只青蛙，关沛排了好几天的队，前前后后和齐一铭拆了六十多个盲盒，总共才拆出了两个小青蛙。

为了不让李乃幼发现端倪，关沛不得不再选出另外十个凑成一整套的模样，将包装袋密封，又把外面的纸盒用胶水和胶带重新封了一遍。

李乃幼已经飘飘欲仙了。

男孩爱不释手地把那只小青蛙捧在手心里亲了一口，眼底都是晶亮的光。

于是关沛自己的嘴角也控制不住地开始上扬。

李乃幼恋恋不舍地把小青蛙放在桌子上，餍足地深吸一口气，心满意足地开始拆剩下的盒子。

然后下一秒，李乃幼茫然地从盒子里又拎出了一只小青蛙。

关沛以为这人这回应该会欣喜若狂，却没想到李乃幼只是愣愣地看着手心里的小青蛙，表情空白。

关沛的眉头微微皱起。

“怎么了？”半晌，关沛迟疑地问，“这个隐藏款，不是越多越好吗？”

男孩沉默了很久。

李乃幼连指尖都似乎有一点颤抖，没说话，半晌，他只是仰起脸，弯了弯眼睛，把两只小青蛙郑重其事地放在桌子上。

一套盲盒里是不会有两个隐藏款的。

“确实越多越好。”不知道是不是关沛的错觉，他总觉得男孩的声音似乎有一点发颤，“我……我就是太震惊了。”

“因为我真的好幸运啊。”他说。

关沛很满意这个效果，摸了摸男孩柔软的发丝。

“你也是我的隐藏款。”半晌，李乃幼小声地说。

他想了想，又很认真地补充说明：“关沛是李乃幼的人生专属限定隐藏款。”

…………

窝在客厅沙发上的翠菊打了个哈欠。

它甩了甩尾巴，慢吞吞换了个姿势，舔起自己爪子上的毛。

因为它知道，这俩人应该是没有时间来给自己准备消夜了。

番外二
关沛的过往

其实，关于关沛的过去，李乃幼之前就从邵吉以及齐一铭的嘴里拼拼凑凑地了解到不少。

比如，他知道关沛在来黑桃直播的前两年因为唱歌太好听被安排到歌舞类分区播了一小段时间。

又比如关沛曾经还被询问过愿不愿意去参加“斗地主”的职业联赛，但是因为考虑到收入的不稳定性，关沛还是拒绝了对方的邀请。

总之李乃幼觉得关沛真的很厉害，除了画画，他似乎什么都可以干得很好，李乃幼也是发自内心地为他感到骄傲。

但是李乃幼其实一直都对一件事感到奇怪——为什么关沛从国内排名顶尖的 T 大毕业之后却选择了游戏区主播这个职业。

李乃幼一开始其实也没有特别好奇，觉得既然是当时的关沛自己做的选择，那就一定有他的道理。

但是自从李乃幼能熟练使用微博之后，他就特别喜欢一个人偷偷地刷“关李啥事”超话。看到粉丝讨论关沛，他会跟着一起偷偷地笑；看到粉丝说他的二胡有所长进时，他更是得意忘形，尾巴都要翘到天上去。

最近正逢高考季，超话里的粉丝议论起关沛大学的专业有多么难考，希望关沛可以保佑自己逢考必过。

看着越来越多的讨论帖，李乃幼的好奇心又一次被挑起来了。

晚上，他们俩坐在家里吃鱼。

李乃幼最近吃腻了酸菜鱼，嚷嚷着要换一家新店的水煮鱼吃，哪怕关沛平静地提醒他这家店的评分只有三分。

鱼的口味只能说是中规中矩，还算凑合，但是里面的刺多得离谱。

李乃幼吭哧吭哧地埋头挑了半天，鱼肉都戳散了，刺却没挑出来几根，他越挑越感到无聊，逐渐变得心不在焉起来。

李乃幼向来是个藏不住自己心思的人。最后他还是忍不住抬起头，若无其事地问：“哥哥，你当时从T大毕业之后，为什么会选择来黑桃当主播啊？”

相比李乃幼将鱼戳得稀碎的手法，关沛挑刺的动作要游刃有余得多。

他似乎没有预料到李乃幼会冷不丁地问这样一个问题，沉吟片刻后，抬头反问道：“这个问题对于你我是通用的。你从很好的艺术大学毕业，为什么最后会跑到我的直播间天天拉二胡呢？”

“因为……因为我……”李乃幼呆愣了一下，差点被他给绕进去，很不高兴地说，“是我在问你问题呀！你怎么可以用另一个问题来反问我呢？”

关沛突然发现，可能是俩人已经完全融入对方生活之中的缘故，现在李乃幼远远没有以前那么好骗了。

他最后还是叹了口气：“行吧。”

李乃幼眨眨眼，一脸期待地注视着关沛的脸。

关沛顿了一下：“应该是大二的时候，我得到了一个很有发展前景的科研实习机会，然而进到实验室之后，却发现科研生活和我预想中的不太一样。”

“重复的结果，不理想的数据，那次实习结束之后，我得到的唯一收获就是，我明确了我未来绝对不会想做这样的事情。”他说，“好的学校和好的专业虽然是人生中的加分项，但它们并不应该成为束缚住我的东西，我希望可以自由地决定自己的生活。”

“后来朋友推荐了《食用指南》这个游戏给我，当时压力确实也比较大，为了放松心情，我就去试着玩了玩。”关沛说，“后来发现游戏机制有趣，画风也挺不错的。”

他瞥了李乃幼一眼，轻咳一声，说：“有些英雄的原画……甚至可以说是非常出彩的。”

李乃幼的眼睛倏地一亮：“嘿嘿。”

关沛：“刚好这个游戏我打得不错，国服登顶之后就有黑桃的工作人员主动联系我，问我愿不愿意开直播打排位。”

李乃幼：“嗯嗯。”

关沛：“嗯，然后我就去试播了一下，感觉还算喜欢这项职业，至少比我当时做的那个课题要有趣一些。”

李乃幼：“嗯嗯。”

关沛：“所以毕业后，我就直接签约去当主播了。”

李乃幼：“嗯嗯。”

关沛：“嗯，没了。”

“嗯？”李乃幼这才反应过来关沛说了什么，他目瞪口呆道，“啊？这没了吗？就……就只是这样吗？”

关沛瞥了他一眼：“所以你想听到什么样的答案呢？”

李乃幼的脸上是掩饰不住的失望，他垂下眼帘，小声地嘀咕道：“我还以为能听到什么你在学校读书的时候被同学bully（霸凌），被朋友背叛，不被家人理解，于是‘毅然脚然’地转身去黑桃当上了人气主播，风光逆袭，然后狠狠地打他们脸这样的故事呢……”

“首先，那个词念毅然决然。”关沛深吸了一口气，“其次，我的大学生活最普通不过，不是什么豪门言情小说的剧情，你最近能不能少刷一些乱七八糟的小视频？”

李乃幼装作没听见关沛说的后半句话。

他咂巴了一下嘴，半晌后惆怅地叹息了一声：“为什么和超话里的那些故事比，真相会是这么无趣啊。”

关沛无语了片刻，说：“少看那种乱七八糟的东西。”

李乃幼这人的思维向来跳跃，他苦着脸又自顾自地想了一会儿，突然眼睛一亮，“啪”地拍了一下双手。

“不过这么一想呢，如果我在当时没有画焦糖布丁和苹果派，你就不会被吸引，不被吸引就不会想要去直播，不去直播的话，就不会成为现在这样的大主播了呀。”李乃幼托着下巴，笑眯眯地露出虎牙，“所以某种意义上说，你来到黑桃，最后当上了大主播，是不是有一部分可以算是我的功劳啊？”

关沛：“……”

李乃幼咳嗽了一声，指了指面前的一盆水煮鱼：“所以，作为对我的报答，你就帮我把这些鱼刺挑出来好啦，我也不是什么贪心的人。”

关沛一直没有说话，李乃幼可能也觉得自己有点离谱，顿了一下，继续强词夺理地为自己辩解道："你别不信，我和你讲，如果你没有当上主播，就不会遇到我，这种情况用英语来说，就叫作 butterfly effect（蝴蝶效应），意思就是——"

关沛："打住。"

李乃幼计谋得逞，眼睛顿时一亮，得意扬扬地拿起了自己的盘子，双手捧到了关沛的面前。

关沛轻轻地叹息了一声。

但他并没有接过李乃幼手中的盘子，而是将自己面前的盘子拿起来，放到了李乃幼的面前。

"早就给你挑好了，我的祖宗。"关沛忍住嘴角的笑意，将整盘挑好刺的鱼肉放在手舞足蹈的男孩面前，无奈道，"笨手笨脚地，快点吃饭。"

番外三 翠菊的绝育

立秋那天，关沛和李乃幼吵了一次架。

其实对于每天都在一起生活、一起工作的人而言，偶尔的口角是不可避免的，毕竟再亲近的人也会产生摩擦。

但是这次他们吵架的原因比较特殊，不是对直播时表演的节目产生了分歧，也不是因为某天晚上排位时李乃幼又一次“不小心”地抢了关沛的蓝 buff，而是因为——

“今年一定要给关翠菊绝育了。”关沛面无表情地说。

李乃幼紧紧地将翠菊抱进自己怀里，伤心欲绝道：“不可以！吹橘还是一只小猫咪！我不同意！”

翠菊球一样肥硕圆润的身子在李乃幼的怀中疯狂挣扎，和男孩露在衬衫外纤细白皙的手腕形成了鲜明对比。

关沛沉吟片刻，叹息着开口：“还小猫咪呢……说它是长了毛的小猪我都信。去年你已经用打疫苗的理由拖了一年，今年不可能再拖下去，不论如何，这个月内我要给它断个干净。”

李乃幼：“我不同意！”

关沛是个现实主义者，他觉得什么都没有身体健康以及活得久重要。加上近几日翠菊总是会跳到窗台上，和楼下小黑猫的隔空对话越来越频繁，关沛觉得这么下去绝对不是个事儿，绝育这件事还是要尽快提上日程。

然而李乃幼是个和他截然不同的浪漫主义者。

他虽然知道绝育对小猫咪没有坏处，但总觉得还可以再等一等。

他沉迷于在脑海中挖掘并发散翠菊和楼下小黑的爱情故事，还特地给他们画了小小的四格漫画，看到小黑和楼下小橘玩的时候会捂着翠菊的眼睛，怒气冲冲地朝楼下喊“小黑你个负心汉”。

他想要给翠菊一个“自由恋爱”的机会。

关沛："母猫不绝育的话就会发情，发情就想交配，交配完就怀孕，怀孕完就会生一堆，生下来的孩子你打算怎么办？"

李乃幼被噎了一下。

"吵中国话，我……我吵不过你。"他吭哧了半天，"可是吹橘不是那种只想着交配的小猫咪，它是喜欢楼下小黑的！你这样是在剥夺它做妈妈的自由啊！"

关沛面无表情："必须绝。"

李乃幼气势汹汹地回视："不可以！"

于是他们陷入了漫长的冷战之中。

说是冷战，其实该吃吃该喝喝，直播和生活哪样都没变。

虽然俩人没有明着再吵过架，但是各自心怀鬼胎，会通过一些生活之中的小小细节暗暗表现一下自己的观点。

比如某天在直播时，李乃幼向观众发起了"我们是否应该剥夺小动物的择偶权与生育权"的投票。

他声泪俱下地说着翠菊是如何对楼下小黑念念不忘，讲述了整整一个小时它们之间的爱情故事。关沛面无表情地旁听，不明所以的观众刷满了"别念了师傅，真的别念了""人生中第一次想听弟弟多拉一会儿二胡"这样的弹幕。

关沛自然也不会真的被李乃幼的这些操作影响到。

他采取的是润物细无声的方式，每天睡前会轻飘飘地转发一条标题为《母猫绝育的三个好处》的公众号文章给李乃幼，然后若无其事地躺下睡觉，只留下李乃幼咬着手指盯着屏幕满脸纠结。

最后李乃幼还是妥协了，他看到"绝育对于小猫咪的寿命影响"这一条的时候还是不可遏制地动摇了。

翠菊绝育的前一晚，李乃幼蹲在地上摸着翠菊的屁股，碎碎念了足足半个小时："吹橘，虽然你做不了妈妈，但是我和哥哥一直都会陪着你，你不要害怕，你……你要做一只坚强的小猫咪。"

李乃幼又指了指身旁的关沛，小声地在翠菊的耳边絮絮叨叨："而且你一定要记住哦，要给你做绝育的是他，所以你从手术室出来之后，记得要恨他，而不要恨我，千万千万不要恨错人了哦。"

关沛：“……”

李乃幼瞪了一眼关沛。

关沛叹息，弹了一下翠菊的脑袋瓜，妥协道：“没错，到时候记得恨我。”

李乃幼这才满意地点了点头。

然而第二天，俩人带着翠菊到了宠物医院之后——

“绝育不了。”医生笑着说，“它已经怀孕了。”

关沛和李乃幼：“……”

俩人坐在宠物医院的走廊里，盯着猫包里呼呼大睡的翠菊说不出话，异常默契地共同陷入了沉思。

李乃幼小声地开口：“是不是那天，就是咱们点抹布豆腐……”

“麻婆豆腐。”关沛深吸了一口气，片刻后冷静开口道，“应该就是那一天，下楼取外卖的时候门没关严，咱们在家里找了半天，最后在楼下发现它正在和小黑厮混。”

“这不叫厮混！”李乃幼的眼睛亮晶晶，“这是吹橘主动选择守护自己的爱情，它是勇敢的小猫咪！我现在就去通知楼下小黑！

“小猫崽，嘿嘿，我们吹橘要有自己的小猫崽了！”

男孩抱着白色的猫咪蹦蹦跳跳地往医院外面跑，夕阳正好，他的发丝被风微拂起，就像是一幅色彩温暖而饱满，笔触温柔且细腻的油画。

他转过了身，朝关沛挥了挥手，眸子是清亮的琥珀色的，眼睛弯成了漂亮的两个月牙。

关沛盯着男孩笑意盈盈的脸，嘴角控制不住地微微上扬起来。

算了。关沛在心中叹息，只要他能开心就够了，多几只小猫崽又怎么样呢？不就是多买几箱罐头、多铲几次屎的事儿吗？

然而，注视着李乃幼兴高采烈的背影，关沛的直觉隐隐告诉他好像哪里不对。下一秒，他突然想到了什么——

“李乃幼！”

关沛猛地站起身，一边追上去，一边咬牙切齿地喊道：“那天咱俩下楼拿外卖的时候，你是不是故意没把门关上？”